Kathrin Lange wurde 1969 in Goslar am Harz geboren. Heute lebt sie mit ihrem Mann und zwei Söhnen in einem kleinen Dorf in Niedersachsen. Seit 2005 schreibt sie sehr erfolgreich Romane für Erwachsene und Jugendliche. Bei der Fischer Schatzinsel sind von ihr auch der historische Jugendroman ›Das Geheimnis des Astronomen‹ und die ersten beiden Bände einer phantastischen Trilogie, ›Florenturna – Die Kinder der Nacht‹ und ›Florenturna – Die Kinder des Zwielichts‹ erschienen. Für ›Das Geheimnis des Astronomen‹ wurde sie 2009 mit der »Segeberger Feder« ausgezeichnet.

Die verbrannte Handschrift
Um 1000 n. Chr: Im Kloster zu Hildesheim ist eine unschätzbar wertvolle Abschrift der Bibel eingetroffen.
Rona, die vierzehnjährige Tochter des Schmieds, überredet den Novizen Nonno, ihr die Handschrift zu zeigen. Durch ihre Unachtsamkeit geht sie in Flammen auf.
Wer soll sie ersetzen? Ronas Vater würde sein Leben lang für den Bischof arbeiten müssen, ohne die Schuld jemals begleichen zu können. Gräfin Ingerid, Nonnos Mutter, hat Mitleid. Sie schickt ihren Vertrauten Gunther in das ferne Italien, um eine neue Abschrift in Ravenna zu besorgen.
Rona und Nonno wollen nicht tatenlos abwarten. Heimlich laufen sie weg und schließen sich Gunther an. Sie ahnen nicht, welche Gefahren auf sie lauern ...

Eine abenteuerliche Reise durch das mittelalterliche Europa und eine bezaubernde Liebesgeschichte.

Kathrin Lange

Die verbrannte Handschrift

Fischer Taschenbuch Verlag

Fischer Schatzinsel
www.fischerschatzinsel.de

Veröffentlicht im Fischer Taschenbuch Verlag,
einem Unternehmen der S. Fischer Verlag GmbH,
Frankfurt am Main, Oktober 2010

© Fischer Taschenbuch Verlag
in der S. Fischer Verlag GmbH,
Frankfurt am Main 2006
Satz: Pinkuin Satz und Datentechnik, Berlin
Druck und Bindung: CPI – Clausen & Bosse, Leck
Printed in Germany
ISBN 978-3-596-80669-0

Nach den Regeln der neuen Rechtschreibung

*Für Jan-Iven und Tim Marten
Nicht jedes Buch riecht nach Leder –
aber viele nach Abenteuer!*

1. Kapitel

»Rona, bei allen Heiligen, was machst du denn da?«
Die Stimme ihres Vaters gellte Rona in den Ohren, und sie fuhr von der Arbeit hoch. Sie hatte gerade eine ganze Schale Rüben geschält, und ihre Hände schmerzten von der Anstrengung, das Messer zu halten, denn die gelben Wurzeln waren alt und schrumpelig und ließen sich nur mit Mühe bearbeiten. Beißender Gestank erfüllte das Haus. Dichter, dunkler Qualm hing über ihr, kratzte ihr im Hals und ließ sie husten.
Vater drängte sich an ihr vorbei, hin zum Herdfeuer, das in hellen, bläulichen Flammen in die Höhe leckte. Rasch nahm er einen Topfdeckel und schob ihn über die Pfanne, die Rona vor wenigen Augenblicken erst dort hingestellt hatte. Zischend erloschen die Flammen. Die überhitzte Pfanne knisterte leise.
Mit in die Hüften gestützten Händen baute Vater sich breitbeinig vor Rona auf. Seine schwarzen Haare, die sich sonst wie ein lustiger Helmbusch über seiner Stirn in die Höhe wölbten, waren zerzaust und struppig. Seine dunklen Augenbrauen hatten sich in einen einzigen, dicken Strich verwandelt, der nur von einer steilen, zornigen Falte

in der Mitte über der Nasenwurzel unterbrochen wurde.

Rona zog schuldbewusst den Kopf zwischen die Schultern.

»Was hast du dir dabei gedacht?« Vaters Rechte wedelte nach hinten, zum Herd hin, auf dem die Pfanne jetzt wie ein schwarz verkokeltes Etwas vor sich hin rauchte. »Wie oft habe ich dir schon gesagt, dass du aufpassen sollst, wenn du Öl auf das Feuer stellst. Es überhitzt gar zu schnell, und im Nu hast du unser gesamtes Haus in Brand gesetzt. Wir können Gott danken, dass ich es gerochen habe!« Er ließ seinen Blick durch den Raum schweifen, wo die Rauchschwaden um seinen Kopf zogen wie Gewitterwolken. Dann fasste er Rona fest ins Auge.

Sie fühlte sich schrumpfen, bis sie kaum größer war als eine Maus. Dummerweise war kein Loch da, in das sie sich verkriechen konnte, also blieb ihr nichts anderes übrig, als den Kopf zu senken und zu warten, bis das Donnerwetter vorüber war.

Vater hatte ja völlig Recht! Sie war unaufmerksam gewesen. Hatte wie immer zwei Dinge gleichzeitig gemacht und dabei das Öl auf dem Feuer vergessen. Aber war das wirklich nur ihre Schuld? Vater gab ihr oft so viel Arbeit auf, dass sie manchmal nicht wusste, wie sie alles schaffen sollte. Bei diesen Gedanken spürte sie, wie sich ihre Unterlippe trotzig nach vorne schob. Sie lugte unter ihren Haaren hervor in Vaters Gesicht, aber die Zornesfalte dort hatte sich noch nicht verflüchtigt.

Plötzlich seufzte Vater. »Ich weiß ja, dass ich zu streng mit dir bin. Du hast viel zu viele Pflichten in der letzten Zeit, seit ...« Er unterbrach sich rasch und presste für einen sehr kurzen, kaum sichtbaren Moment die Lippen aufeinander. Rona schluckte. Natürlich wusste sie genau, was Vater hatte sagen wollen, und ein dicker Kloß machte ihr die Kehle unerträglich eng.
Seit Mutter tot war ...
»Es tut mir Leid«, sagte sie schnell, um die Stille zu durchdringen, die sich zwischen sie legte wie ein dicker, erstickender Umhang. »Ich war unaufmerksam und habe nicht mehr an das Öl auf dem Feuer gedacht. Ich will versuchen, dass es nicht wieder vorkommt.«
Vater ließ sich auf einen Schemel sinken. Plötzlich sahen seine Bewegungen sehr schwerfällig aus. Er beugte den Oberkörper nach vorne, stützte beide Ellenbogen auf den Knien ab und fuhr sich mit den gespreizten Fingern in die Haare. Lange Zeit saß er so da, regungslos und in sich zusammengesunken. In seine eigenen Gedanken vertieft.
Rona schwieg und ließ ihren Blick durch das Haus wandern, das kaum mehr als eine in den Boden eingelassene Hütte aus Zweigen und geflochtenen Weidenmatten war. Der Fußboden bestand aus gestampftem Lehm, aber Vater hatte an den meisten Stellen Strohmatten ausgelegt, damit es im Winter von unten nicht so kalt wurde. Die beiden Lager, die sie zum Schlafen nutzten, waren ebenfalls mit

Stroh gefüllte Matratzen, über die graue Wolldecken gelegt waren. Ronas Blick blieb auf ihrem wertvollsten Besitz hängen, einem kleinen Kissen, genäht aus gutem, hellem Leinenstoff und gefüllt mit echten Gänsefedern. Sie hatte es zu ihrer ersten heiligen Kommunion geschenkt bekommen.
Während Vater weiter vor sich hin grübelte, ging sie zu ihrem Lager, streckte die Hand aus und wollte das Kissen berühren. Aber stattdessen gab sie sich einen Ruck, wandte sich zu Vaters Bett um und starrte auf es nieder.
Dort, wo bei ihr das Kissen lag, befand sich auf seinem Bett eine zusammengefaltete, bunte Decke mit schon stark verblichenen Farben. Ihre Mutter hatte sie lange vor ihrer Geburt aus vielen kleinen Stoffresten zusammengenäht, und als Rona noch sehr klein gewesen war, hatte sie sie manchmal in die Hände genommen und war mit dem Zeigefinger die unzähligen, feinen Nähte nachgefahren. Immer, wenn Mutter sie im Haus allein gelassen hatte, um im Wald Holz zu sammeln oder in der Stadt etwas einzukaufen, war Rona dabei gewesen, als könne sie Mutters Gegenwart spüren. Sie hatte in der Berührung Trost gefunden und das Wissen, dass Mutter ja bald wiederkommen würde.
Jetzt legte Rona eine Hand auf die Decke, und dabei stiegen ihr Tränen in die Augen. Schon lange hatte sie begriffen, dass Mutter niemals wiederkehren würde, und noch immer fiel es ihr schwer, das zu akzeptieren.

Vaters Stimme riss sie aus ihren trübseligen Gedanken. »Alles wäre einfacher, wenn es mir endlich gelingen würde, einen Auftrag von Abt Johannes zu bekommen«, murmelte er. »Einen einzigen nur, Rona, dann könnte ich ihm beweisen, dass ich gute Arbeit leisten kann, und er würde mich einstellen.«
Rona sah ihn an, und die Last, die er auf den Schultern spüren musste, drückte sie nieder. Ihr Vater war ein guter Schmied, aber die Zeiten waren schwer, und die Aufträge, die sie so notwendig zum Leben brauchten, kamen nur spärlich. Da war es kein Wunder, dass er alles versuchte, um oben in dem neuen Kloster, das Bischof Bernward auf einem der Hügel der Stadt bauen ließ, eine Anstellung zu bekommen. Bisher jedoch hatte der Abt sich nicht einmal dazu bereit erklärt, Ronas Vater auch nur eine Probearbeit anfertigen zu lassen.
»Du wirst es schaffen. Ich bete jeden Abend dafür«, sagte sie leise und biss sich dabei auf die Lippe. Ihr Blick fiel auf den Herd, der Vaters ganzer Stolz war. Aus festen, guten Steinen war er gemauert, mit einer dicken Eisenkette versehen, an der sich Töpfe unterschiedlicher Größe ganz einfach an Haken festmachen ließen. Ein dreibeiniges Gestell diente als Ständer für die Pfanne. Beides, die Kette und das Gestell, hatte Vater selbst hergestellt. Im letzten Jahr hatte er eine solche Kette an einen adligen Herrn ganz in der Nähe der Stadt verkauft, und Rona hatte ihn begleiten dürfen, als er hingegangen war und sie angebracht hatte.

Bei dem Gedanken an die mit Vorräten angefüllte Küche des Herrn stieg ein tiefes Seufzen in ihr auf. Ihr Magen knurrte leise, und sie schaute missmutig auf ihre Rüben. Wie lange hatte sie nichts anderes mehr zu essen bekommen als diese schrumpeligen, faden Dinger?

Außer den beiden Lagern und dem Herd befanden sich im einzigen Raum des Hauses nur noch drei Schemel. Darüber hinaus ein kleiner Tisch, an dem sie aßen und auch sonst alle wichtigen Tätigkeiten verrichteten – und ein klobiges, breitbeiniges Gestell mit Hunderten von grauen Fäden, die allesamt unten zu dicken Bündeln zusammengefasst und von schweren, durchlöcherten Steinen stramm gehalten wurden.

Mutters Webstuhl.

Rona fuhr sich mit der Zunge über die Lippen.

Falsch. *Ihr* Webstuhl.

Das erst halb fertige Tuch, das darauf gespannt war, erinnerte sie deutlich daran, was sie heute noch zu tun hatte. Sie biss die Zähne zusammen, dass sie es leise knirschen hörte.

Offenbar hatte Vater es auch vernommen, denn jetzt sah er auf. Plötzlich war sein Blick nicht mehr zornig, sondern weich und freundlich. Er streckte eine Hand aus, und Rona ging zu ihm und lehnte sich gegen ihn.

Er roch nach Feuer und Eisen, wie immer, wenn er aus der Schmiede kam. Sie sog den vertrauten Geruch ein und genoss die Wärme, die von ihm ausging.

Er legte ihr einen Arm um die Schultern – er hatte einen großen, schweren Arm, der sie ein wenig in die Knie gehen ließ.

»Sind nicht gestern im Kloster neue Zimmerleute eingetroffen?«, fragte er leise.

Rona nickte.

»Warum hast du mir nichts davon gesagt?«

»Du solltest nicht glauben, ich suche schon wieder nach einem Vorwand, die Arbeit zu schwänzen.«

Jetzt erschienen kleine Fältchen um seine Augen und zeigten, dass er ein Lächeln zu unterdrücken versuchte. Sein Blick sah traurig aus. »Du arbeitest viel mehr, als ich es von dir verlangen sollte. Möchtest du hingehen und dir die Arbeiten ansehen?«

Rona strahlte ihn an. Eine wilde Freude breitete sich tief unten in ihrem Magen aus, füllte ihn mit Wärme an und kroch dann langsam nach oben, bis ihr die Kehle und das Gesicht zu kribbeln begannen. Sie wusste nicht, worüber sie sich mehr freute: darüber, dass sie zur Baustelle würde gehen dürfen, oder darüber, dass Vater wusste, was sie bewegte.

»Aber ich muss erst noch das Tuch zu Ende weben«, sagte sie vorsichtig.

Vater sah auf den Webrahmen. »Stimmt.« Dann bohrte er den Blick in ihre Augen. »Aber du bist zurück, bevor es dunkel wird, ja?«

Rona lächelte. Plötzlich hatte sie das Gefühl, nicht mehr stillstehen zu können. Alles an ihrem Leib wollte nur noch hinaus. Hinaus aus der Hütte, hinaus aus dem winzigen Dorf. Hinaus ins Freie.

Vater lachte. »Gott segne dich. Und jetzt lauf schon, du wilde Maus!«

»Ich hab dich lieb!« Sie gab ihm einen Kuss auf die Wange, dann streifte sie seinen Arm ab. Sie war schon halb aus der Tür, als Vaters Ruf sie zurückhielt.

»Rona?«

»Ja?«, fragte sie.

»Ich dich auch!«

2. Kapitel

as Dorf, in dem Rona wohnte, war eigentlich nur eine kleine Ansammlung von Hütten und Ställen in Sichtweite der Mauern von Hildesheim, ihrer Heimatstadt. Wie von einem Riesen auf dem Hang eines Hügels verstreut lagen die Gebäude da, voneinander getrennt durch kleine Gemüsegärten und Schafweiden. Ein flacher Bach floss mitten durch die Ansiedlung hindurch, und ein Wald schmiegte sich bogenförmig um sie herum. Sein Rand kennzeichnete die Grenze der Stadt, so wie Bischof Bernward, der Herr über alles ringsherum, sie festgelegt hatte.
Manchmal dachte Rona darüber nach, dass auch sie, streng genommen, eine Bewohnerin der Stadt war, und jedes Mal freute sie sich darüber. Irgendwie, fand sie, machte es sie größer und wichtiger.
Ein schmaler Fußweg verband das Dorf mit einem der Stadttore. Genau fünfhundertdreizehn Schritte waren es von der Haustür ihres Vaters bis in den Schatten des Tores. Rona hatte die Entfernung schon vor vielen Jahren gemessen, und noch heute machte sie sich manchmal einen Spaß daraus, diese Zählung zu wiederholen. Einfach nur, weil sie es *konnte* – denn es war nicht selbstverständlich, dass ein junges Mädchen wie sie in der Lage war, weiter

zu zählen, als ihre Finger und Zehen reichten. Ihr Vater hatte es ihr beigebracht, und sie war stolz darauf, es zu beherrschen.
Heute jedoch war sie zu ungeduldig für die Zählerei. Nachdem die Haustür hinter ihr zugefallen war, verfiel sie in einen fröhlichen Hüpferlauf, aber kaum hatte sie den Weg bis zur Ecke ihres Gemüsegartens hinter sich gebracht, verlangsamte sie ihre Schritte wieder. Das Gehopse gehörte sich nicht für ein Mädchen in ihrem Alter! Im nächsten Monat würde sie immerhin schon vierzehn Jahre alt werden, auch wenn man ihr das nicht ansehen konnte. Sie war noch immer ein wenig zu klein für ihr Alter, zu zierlich vor allem. Vater schaute sie manchmal kopfschüttelnd an und meinte dann, dass er sie für höchstens zwölf halten würde, wenn er es nicht besser wüsste.
Ronas Füße weigerten sich, langsam zu gehen, und so schlug sie alle guten Vorsätze in den Wind und lief los.
Der Bach machte mitten im Dorf eine kleine Schleife und plätscherte munter über einen stufenförmigen Absatz aus hellen Kieselsteinen. Dahinter verbreitete er sich zu einer Art Becken, gerade groß genug für die kleineren Kinder des Dorfes, um sich im Sommer die Beinchen abzukühlen. Hier war die Wasseroberfläche ein wenig ruhiger als an anderen Stellen, und Rona nutzte diese Gelegenheit, einen Blick auf ihr eigenes Spiegelbild zu werfen.
Blass war ihr Gesicht und ein bisschen schmal

nach dem langen Winter, aber ihre Augen blitzten gleichzeitig fröhlich und unternehmungslustig, und ihre Haare hingen ihr ein wenig zu lang in die Stirn. Wenn sie erst einmal verheiratet war, würde sie die hellbraunen Strähnen unter einer Haube verstecken müssen ...
Rona tippte auf die Wasseroberfläche und sah zu, wie sich die Kreise langsam ausbreiteten und ihr Bild verzerrten. Als sie wieder klar sehen konnte, streckte sie sich selbst die Zunge heraus. Dann richtete sie sich auf.
Aus Geschichten wusste sie, dass Kaiserin Theophanu, die Mutter des vor kurzem verstorbenen Kaisers Otto, mit dreizehn Jahren verheiratet worden war. Seit Rona davon gehört hatte, dachte sie viel über das Heiraten nach. Sie konnte sich beim besten Willen nicht vorstellen, Vaters Haus verlassen zu müssen, um in ein anderes zu ziehen; eines, das ihrem Ehemann gehörte und für das sie dann ganz alleine verantwortlich sein würde ...
»Rona, Kind!« Eine brüchige Stimme ließ sie sich umwenden. Sie musste lächeln. Vor ihr stand Marianne, eine der alten Frauen des Dorfes. Ihre langen, schneeweißen Haare reichten ihr bis auf die Schultern, und die Hand, mit der sie sich auf einen knorrigen Stock stützte, zitterte.
»Marianne! Wie geht es dir?« Rona trat einen Schritt näher. Sie bemerkte, wie die Alte einen nachdenklichen Blick auf die noch immer nicht wieder ganz spiegelglatte Wasseroberfläche warf

und abschätzend den Mund verzog. Sie war sich sicher, dass sie von Marianne beobachtet worden war, während sie sich selbst betrachtet hatte. Der Gedanke war ihr unangenehm, denn sie wollte nicht eitel wirken.
»Ich musste gerade daran denken, wie es wohl sein wird, wenn ich erst verheiratet bin«, sagte sie.
Marianne kicherte leise. »So viele schwere Gedanken!«, murmelte sie. Ihre Kniegelenke knackten leise, als sie sich bewegte. »Du bist genau wie ich damals! Wenn ich nicht wüsste, wer deine Mutter war, würde ich einen heiligen Eid schwören, dass du Mathildas Tochter bist.« Mathilda war Mariannes eigene Tochter, und wie Ronas Mutter war sie vor einigen Jahren im Kindbett gestorben.
Rona nickte der alten Frau zu. »Das sagst du mir fast jeden Tag.« Sie blickte auf die verkrümmten, knotigen Finger Mariannes. »Deinen Gelenken geht es wieder schlechter, oder?«
Marianne seufzte. »Der lange Winter! Aber ich beklage mich nicht.« Sie grinste breit und zeigte dabei ihren völlig zahnlosen Kiefer. »Der Herr hat mich mit einem hellen Kopf gesegnet, und er scheint nicht vorzuhaben, mir den im Alter wieder fortzunehmen.« Sie tippte sich an die Stirn. »Und du weißt ja, was ich über Schönheit und Klugheit denke, nicht wahr?«
»Klugheit ist innere Schönheit, ich weiß. Natürlich.« Solange sie denken konnte, predigte Marianne Rona diesen Spruch, und inzwischen fiel es ihr

sogar recht leicht, ihn auch zu glauben. Dennoch, dachte sie, wäre es ein Geschenk, sich im Alter nicht mit fauligen Zähnen und hässlich schmerzenden Gliedern plagen zu müssen.

»Genau so ist es. Das hat Gott gut eingerichtet: Solange wir jung sind, sind wir äußerlich schön und innen drin, im Kopf dumm und hässlich. Du musst dir nur einmal die schnatternden Gänse anschauen, die sich an manchem Sommerabend hier am Bach versammeln! Je älter wir werden, umso mehr verblasst unsere äußere Schönheit, aber dafür erlangen wir etwas viel Besseres. Wissen. Erfahrung. Und vielleicht sogar Weisheit.«

Rona atmete tief durch. Eigentlich hatte sie keine große Lust, sich die Predigten der alten Frau anzuhören, aber sie blieb trotzdem stehen. Meist ergab es sich nämlich, dass sie von der Alten irgendetwas lernen konnte. Sei es das Rezept einer neuen Salbe gegen Kopfweh oder einfach nur eine neue Sichtweise auf das Verhalten eines der Dorfbewohner. Neulich hatte Marianne Rona zum Beispiel erklärt, warum einer der Bauern allen Kindern des Dorfes so abweisend und zornig gegenübertrat. »Er hat sich früher sehnsüchtig eigene Kinder gewünscht, aber seine Frau konnte keine bekommen«, hatte Marianne Rona berichtet. »Und das hat ihn traurig gemacht. Jedes Mal, wenn er eines von den Kindern sieht, fällt ihm sein eigenes Unglück wieder ein.« Seit diesem Tag fiel es Rona leichter, das Gebrüll des Mannes zu ertragen.

»Wohin willst du?« Mariannes Frage riss Rona aus ihren Gedanken.
Sie wies in Richtung Stadtmauer. »Zum Kloster.«
Marianne musterte Rona mit solcher Intensität, dass der ganz warm wurde. »Es zieht dich an, nicht wahr? Schon als kleines Kind warst du wissbegierig, Rona. Schon damals wusste ich, dass du etwas ganz Besonderes bist.« Sie blickte in die Richtung, in der das Kloster sich befand, und ein wehmütiger Ausdruck erschien auf ihrem Gesicht. »Wie überaus schade«, flüsterte sie.
»Was meinst du?«
Marianne wedelte mit der Hand durch die Luft, als könne sie auf diese Weise die Frage auslöschen. Rona war jedoch nicht gewillt, sich abspeisen zu lassen.
»Was meinst du, Marianne«, wiederholte sie, und da gab sich die Alte geschlagen.
»Dass du fortmusst«, sagte sie.
»Fort? Was redest du da? Ich muss doch nicht fort!«, rief Rona.
Die Alte schnaubte. Dann schüttelte sie den Kopf, wandte sich ab und schlurfte auf ihren Stock gestützt ohne ein Wort des Abschieds davon. »Wie schade!«, hörte Rona sie noch einmal murmeln.

Als Marianne außer Sichtweite war, schüttelte Rona sich, als müsse sie Wassertropfen aus ihren Haaren lösen, und ging dann weiter. Sie dachte nicht mehr allzu lange über die seltsamen Worte der alten Frau nach, denn Marianne war bekannt dafür, dass sie langsam wunderlich wurde.

Der Weg lief in einem Bogen auf den Wald zu, sodass Rona die letzten hundert Schritte im Schatten der Bäume gehen musste. Ein einzelner Sonnenstrahl fiel durch das Blätterdach und kitzelte sie auf der Stirn. Ein starker, aromatischer Geruch stieg ihr in die Nase, verscheuchte alle Gedanken an die Zukunft und ließ sie sich umsehen. Tatsächlich – unter einem Baum stand ein ganzes Feld voller kleiner, weißer Blüten. Sie lächelte. Bärlauch. Auf dem Rückweg, nahm sie sich vor, würde sie einige der Pflanzen in ihre Schürze sammeln und damit heute Abend den Eintopf würzen. Es war bereits Anfang Mai, und sie konnte ein bisschen Abwechslung in dem ewigen Einerlei gebrauchen, zu dem sie der noch nicht lange vergangene Winter beim Kochen zwang.

Wenig später durchquerte sie das Kaufmanns-Viertel. Hier standen die Häuser etwas dichter als in ihrem Dorf, aber noch immer gab es Gärten und kleine Viehweiden zwischen ihnen. Die Kirche, um die das Viertel erbaut worden war, war dem heiligen Andreas geweiht und von einer hölzernen Palisade umgeben. Hier gingen auch Rona und ihr Vater sonntags zur heiligen Messe.

Nach einem der Gottesdienste hatte Rona den Priester von Rom reden hören, von jener weit entfernten und berühmten Stadt, in der der Papst lebte, und die, wie ihre eigene Heimatstadt, auf Hügeln erbaut worden war. Manchmal des Nachts stellte sie sich vor, wie es sein mochte, in den Schatten der uralten Mauern Roms umherzuwandern. Rom, und mit ihm einige seiner Gebäude, waren mehr als tausend Jahre alt! Es fiel Rona schwer, das zu glauben, aber nichts anderes hatte der Priester gesagt, und ein Priester log schließlich nie.

Während sie auf diese Weise in Gedanken versunken war, ließ sie das Sankt-Andreas-Viertel hinter sich und kam an einen kleinen Fluss, der mitten zwischen den beiden Stadtteilen hindurch verlief. Ein hölzerner Steg verband die beiden Ufer miteinander, und darüber lief Ronas Weg. Ihre Schritte klangen dumpf auf dem im letzten Winter brüchig gewordenen Holz.

Jenseits des Flusses führte der Weg einen Hügel hinauf, und auf dessen Gipfel erhob sich eine mächtige steinerne Mauer in die Höhe.

Die Domburg.

In ihr befanden sich die größte Kirche der Stadt und noch viele andere interessante Häuser. Bischof Bernward residierte hier, der Herr über die Stadt und alle ihre Menschen darin. Ein befestigtes Tor führte, ein wenig nach hinten versetzt, ins Innere der Domburg. Auf dieses Tor lief der Weg zu, auf dem Rona ging.

Auf einem kleinen Feld am Hang, direkt unterhalb der Mauer, arbeiteten zwei Bauern. Sie hackten die Wurzeln eines Baumes aus der Erde, der wohl zu dicht an den Fundamenten gewachsen war und aus diesem Grund hatte gefällt werden müssen. Der nackte Stamm und ein paar der dickeren Äste lagen noch an der Seite, aber Rona wusste, dass es nur eine Frage der Zeit sein würde, bis auch sie in den Feuerstellen der Stadtbewohner verschwunden waren.

Im Vorbeigehen nickte sie den Bauern höflich zu. Zwei schmutzige Kinder von vielleicht drei oder vier Jahren kamen angelaufen und umarmten Rona fröhlich schwatzend. Rona hatte sie gehütet, als sie noch sehr klein gewesen waren und die Mutter auf den Feldern hatte arbeiten müssen. Beiden hatte sie geholfen, laufen und sprechen zu lernen, und sie mochte es, wenn sich ihre kleinen, warmen und meistens etwas klebrigen Hände zwischen ihre Finger schoben und große, runde Augen zu ihr hochstrahlten. Rona erwiderte ihre Umarmungen.

»Geht wieder spielen«, forderte sie sie auf. »Ich habe etwas zu erledigen.«

In diesem Moment fühlte sie sich sehr erwachsen. Sie stellte sich vor, wie es sein musste, mit einer richtigen Arbeit in die Stadt zu gehen – um ein Stück Fleisch für das Sonntagsessen einzukaufen, zum Beispiel, oder einen Ballen Stoff, aus dem sie sich ein Kleid nähen würde. Die Kinder gehorchten und rannten davon. Als sie außer Sichtweite waren, schalt Rona sich eine Närrin. Sie würde niemals genug Geld haben, um in der Stadt Stoff für ein Kleid zu kaufen! Nicht umsonst musste sie so viel Zeit am Webstuhl sitzen, um Kleidung für sich und ihren Vater herstellen zu können. Alles, was sie sich erhoffen konnte, war, dass ihr Vater die Anstellung im Kloster erhalten würde, sodass er genug verdiente, um ihr irgendwann eine Aussteuer zu bezahlen. Dann, und nur dann würde sie vielleicht auf den Markt gehen können, um Leinen einzukaufen. Aber auch das, das war klar, würde kein Stoff für Kleider sein, sondern allenfalls für Laken und Tücher.

Das Tor trug den Namen Sankt Petrus, und wie an jedem sonnigen Tag stand es einladend offen. Dennoch durchquerte Rona es nicht, sondern wandte sich an einer Gabelung nach rechts. Der Weg führte ein Stück weit im Schatten der Mauer entlang und entfernte sich dann ein gutes Stück von ihr. Apfelbäume, die noch kaum Laub, dafür aber umso mehr weiße und rosa Blüten trugen, reckten ihre Äste in den Himmel. Rona hörte Bienen in den Baumkronen summen, und es waren so viele, dass ihr Kopf von dem Geräusch wie schwindelig wurde. Auf einer Wiese jenseits der Bäume sah sie die Bienenstöcke, die man beim ersten Sonnenstrahl ins Freie getragen hatte. Sie warf einen Blick nach oben. Zwar schien die Sonne hell und freundlich, aber sie wusste, dass es nachts noch empfindlich kalt werden konnte. Wahrscheinlich würde man die Bienenkörbe abends wieder hereinholen.

An einer Kreuzung blieb Rona kurz stehen und entschied sich dann für den Weg nach rechts. Weit verstreut auf etwas sumpfigem Gelände standen

hier weitere Häuser und Hütten, ganz ähnlich denen von Ronas Dorf.
Dahinter erhob sich ein Stück Wald.
Und wiederum dahinter das Kloster. Sankt Michael.
Rona legte den Kopf in den Nacken und sah zu dem erst halb fertigen Bau auf. Wenig nur war von ihm über den Baumwipfeln zu sehen, aber Rona wusste, dass sich das bald ändern würde. Der Bischof hatte eine Kirche in Auftrag gegeben, und es hieß, sie solle mächtiger werden als der Dom hier unten. Bisher konnte Rona allerdings nur hölzerne Gerüste und halbhohe Mauern erkennen, aber genau das war es, was sie, genauso wie alle anderen Jungen und Mädchen aus der Stadt, so sehr faszinierte. Jedes Mal, wenn sie ins Kloster kam, dann waren die Kirche und auch die umliegenden Gebäude ein Stück gewachsen. Es kam ihr vor, als erhöben sie sich direkt aus der Erde, wie ein Zahn, der durch das Zahnfleisch bricht, oder eine Blume auf dem Feld, die sich der Sonne entgegenstreckt. Natürlich wusste sie, dass es die unzähligen Handwerker waren, die dieses Wunder vollbrachten, aber trotzdem hatte der Bau etwas Geheimnisvolles, ja fast Magisches für sie.
Der Weg, der sich zwischen Domburg und Sankt Michael durch das Waldstück schlängelte, war dicht befahren von Fuhrwerken, die Steine hinauf- oder Bauschutt heruntertransportierten. Rona entschied, dass es besser sein würde, sich seitlich des

Weges im Unterholz zu halten, um nicht Gefahr zu laufen, von einem der hölzernen Räder zerquetscht zu werden. Hier roch es nicht nach Bärlauch oder Apfelblüten, sondern nach frisch geschlagenem Holz, nach Männerschweiß und den Pferden, die die Karren zogen.

»Rona!«

Als sie die Baustelle betrat, kam ihr ein junger Mann entgegen und lachte sie an. Er war einen ganzen Kopf größer als sie, und einer seiner Schneidezähne war abgebrochen, was seinem Lachen einen etwas dümmlichen Ausdruck gab. Rona kannte ihn schon lange, denn er stammte aus dem gleichen Dorf wie sie. Sein Name war – wie der des Klosters – Michael, und er arbeitete seit einem Jahr als Lehrling auf der Baustelle.

»Guten Tag, Michael!«

»Na, wieder neugierig, wie weit wir sind?« Michael wies mit seiner großen, schwieligen Hand hinter sich, wo sich die halb fertige Kirche in den Himmel erhob. Rona ließ ihren Blick an den Gerüsten hinaufwandern und staunte nicht zum ersten Mal, mit welcher Sicherheit sich die Maurer in solch schwindelnden Höhen bewegten. Als sie das letzte Mal hier gewesen war, hatte man gerade mit den Fenstern im oberen Lichtgaden begonnen. Heute schien der Tag zu sein, an dem die Bögen oben geschlossen werden sollten.

»Ihr seid ziemlich weit gekommen in letzter Zeit«, sagte Rona, und sie tat es mit ehrlicher Bewunde-

rung. Jemand huschte durch ihr Blickfeld, eine Gestalt, die ihr zu klein für einen erwachsenen Mann vorkam, und sie wandte den Kopf, um ihr mit den Blicken zu folgen. Sie war jedoch nicht schnell genug. Die Gestalt war verschwunden, bevor sie einen zweiten Blick auf sie erhaschen konnte, und so konzentrierte sie sich wieder auf Michael.
»Du bist ein paar Tage nicht hier gewesen«, gab er zur Antwort. »Und es war schönes Wetter. Wir konnten rasch arbeiten. Bald werden sie schmiedeeiserne Gitter für die unteren Fenster brauchen.«
»Hm.« Noch einmal suchte Rona mit dem Blick die Baustelle ab, aber die kleine Gestalt tauchte nicht wieder auf.
»Hat Abt Johannes deinem Vater inzwischen den Auftrag dafür erteilt?«
»Wie?« Rona richtete ihre Aufmerksamkeit wieder auf das Gespräch. Sie brauchte einen Moment, bis sie begriff, was er sie gefragt hatte. »Nein. Noch nicht.«
»Schade. Wir könnten einen guten Schmied gebrauchen.« Michael trat einen Schritt näher an Rona heran. »Wenn ich meine Ausbildung hier beendet habe, dann will ich meinen Vater um Erlaubnis fragen, mich einem der Steinmetze anzuschließen.«
»Du willst Steinmetz werden?« Steinmetze, das wusste Rona, waren auf einer Baustelle angesehene und gut bezahlte Männer.
Michael strahlte sie an. »Ja. Damit ich dir ein schönes, festes Haus bauen kann!«

Rona zog die Augenbrauen zusammen. Zwar hatte Michael in der letzten Zeit immer wieder einmal eine Andeutung fallen gelassen, dass er sie gerne zur Frau nehmen würde, aber so deutlich wie heute war er dabei noch nie geworden. Hastig suchte Rona nach einer passenden, einigermaßen ausweichenden Antwort.
»Achtung!«
Ein lautes, bedrohliches Knirschen ertönte über ihrem Kopf. Instinktiv sah sie nach oben. Ein Schatten war über ihr, sauste auf sie herab, aber bevor sie sich ducken oder irgendwie anders reagieren konnte, prallte etwas gegen sie und riss sie von den Füßen. Sie kam hart mit dem Rücken auf dem festgestampften Boden auf. Jemand landete auf ihr und sein Gewicht presste ihr die Luft aus den Lungen.
Donnernd krachte genau dort, wo sie sich noch eben befunden hatte, ein Balken auf den Boden und stanzte ein zwei Handbreit tiefes, quadratisches Loch in die Erde.
Rona keuchte auf. »Bei Gott!«
Die Gestalt, die sie von den Füßen gerissen hatte, erhob sich. Rona starrte erschrocken zu ihr hinauf. Sie blickte in ein Gesicht, das sie noch nie zuvor gesehen hatte. Ein Junge, vielleicht ein Jahr älter als sie selbst, schaute sie aus weit aufgerissenen Augen an, streckte dann die Hand aus und bot sie ihr.
Rona griff danach und ließ sich auf die Füße ziehen.
»Danke!«, stammelte sie.

Der Junge nickte nur und wollte sich wortlos zum Gehen abwenden. Er war nicht besonders groß, vielleicht eine halbe Spanne größer als Rona selbst. Rona hielt ihn an der Schulter zurück. »Warte!«
Er sah auf ihre Hand, und hastig ließ sie sie sinken. »Entschuldige. Ich ... ich meine ... wie heißt du?«
Es dauerte einen Augenblick, bis der Junge antwortete. Rona hatte den Eindruck, als müsse er sich erst überlegen, ob er ihr das sagen wollte.
»Nonno«, sagte er schließlich.
Und dann ging er ohne ein weiteres Wort davon.

3. Kapitel

ona sah ihm fassungslos nach. »Was war denn das für einer?«, entfuhr es ihr.
Michael stand auf einmal wieder neben ihr. »Um Himmels willen, das war ja ganz schön knapp! Hast du dir wehgetan?«
Rona schüttelte den Kopf, ohne den Blick von der Hausecke zu lassen, um die Nonno verschwunden war. »Nein. Wer war das?«
»Ach der!« Michael folgte ihrem Blick. »Fridunant von Goslar. Er ist vor ein paar Tagen hier im Kloster angekommen. Es heißt, er soll als Novize aufgenommen werden. Wenn du mich fragst, der ist nicht ganz richtig im Kopf! Seit er hier ist, hat er noch keine drei Sätze gesprochen. Hat mir der Cellerar erzählt! – He, wo willst du hin?«
Rona reagierte nicht auf Michaels Ruf, sondern folgte Nonno um die Hausecke. Eine kniehohe Mauer trennte hier die Baustelle von jenem Teil des Klosters ab, in dem später einmal der Garten entstehen sollte. Einige Beete waren bereits von Unkraut und Steinen befreit und mit Hilfe von Stöcken und Schnüren in gleichmäßige Rechtecke aufgeteilt worden. Einer der wenigen Mönche, die das vor kurzem erst gegründete Kloster schon bewohnten, kniete an einem Beet und streute irgend-

welche Saat in den Boden. Als er Rona nahen hörte, drehte er sich um.

Seine Miene zeigte keinerlei Erstaunen darüber, dass sie hier war. Noch war Sankt Michael nicht der abgeschiedene, stille Ort, der es später einmal werden sollte, und tagtäglich rannten hier nicht nur die Kinder der Maurer herum, sondern auch allerlei neugieriges Volk aus der Stadt und den umliegenden Dörfern.

»Der junge Novize«, sagte Rona, noch atemlos von dem soeben Erlebten. »Wo ist er hin?«

Der Mönch musterte sie. Dann wies er mit einer erdschwarzen Hand in den hinteren Teil des Gartens. Dort befand sich eine weitere Mauer, unterbrochen von einem eisernen Tor, das jedoch offen stand. Hinter dem Tor begann der nahe liegende Wald. Einige Bäume streckten ihre hellgrünen Äste über die Mauer und warfen Schatten auf die Beete.

Rona bedankte sich bei dem Mönch und lief zu dem Tor. Sie streckte den Kopf hindurch. Nach rechts und links verlief ein Fußpfad, der im Sommer von den Bäumen so stark beschattet wurde, dass außer dichtem, dunkelgrünem Moos auf ihm nichts wachsen wollte. Hier roch es kühl und feucht, wie in einem unterirdischen Keller.

»Er ist nach rechts«, hörte Rona die Stimme des Mönches. Sie durchquerte das Tor und wandte sich in die angegebene Richtung. Der Pfad verließ die Klostermauer und schlängelte sich tiefer in den Wald hinein. Rona konnte zwischen den Bäumen

Inseln aus Sonnenlicht sehen. Einmal wehte sie der Geruch von Bärlauch an, dann glaubte sie Waldmeister zu riechen. Beide Male blieb sie nicht stehen, um den Ursprung der Düfte festzustellen. Rasch lief sie den Pfad entlang, stieg über verknotete, moosbewachsene Wurzeln, bis sie endlich auf einer kleinen Lichtung ankam. Hier war der Duft nach Waldmeister beinahe überwältigend, und Rona sah überall die typischen vielfingrigen Blätter.

Mitten auf der Lichtung lag ein großer, schwarzer Stein wie ein riesiges Ei in einem Nest aus weichem Moos. Rona trat vorsichtig auf die Lichtung hinaus, und dann sah sie die Beine.

Nonno hatte sich auf der ihr abgewandten Seite des Steines niedergelassen.

Sachte ging Rona näher, und um ihn nicht zu erschrecken, räusperte sie sich, als sie nur noch wenige Schritte von dem Stein entfernt war.

Nonno gab keine Antwort.

Rona umrundete den Stein, und dann stand sie vor ihm.

Er hatte sich angelehnt, ein Bein vor die Brust gezogen und das andere lang vor sich ausgestreckt. Eine Hand ruhte auf dem angewinkelten Knie und spielte gedankenverloren mit einem Zweig, brach ihn in immer kleinere Stücke und ließ diese schließlich achtlos zu Boden rieseln.

»Störe ich?« Vorsichtig trat Rona noch einen Schritt näher.

»Ja.«

Es war etwas in Nonnos Gesicht, das Rona glauben machte, er habe es nicht ernst gemeint. Seine Augen blickten in weite Fernen, und nur ab und zu blinzelte er langsam, fast träge.
»Ich wollte mich nur bei dir bedanken.«
»Schon gut.«
»Nein!« Das Wort brach heftig aus ihr hervor. »Nicht gut! Du hast mir das Leben gerettet, und das ist nicht einfach mit einem Danke abgetan.« Einem Impuls folgend, hockte sie sich in das Moos.
Endlich wandte Nonno seinen Blick von der Ferne ab und richtete ihn auf Rona. Trotzdem hatte sie nicht das Gefühl, dass er sie wirklich ansah. Er wirkte auf eigenartige Weise abwesend, als trage er eine große Trauer in sich, die ihn bewegungslos machte.
»Was hast du?«, rutschte es ihr heraus.
»Nichts!«
»Du bist traurig, das spüre ich doch!«
Für einen ganz kurzen Moment zogen sich Nonnos Augenbrauen zu einem dicken Strich zusammen, und Rona erwartete schon, dass er wütend werden würde. Dann jedoch nickte er zu ihrer Überraschung.
»Stimmt.«
»Und warum?«
Er antwortete nicht, aber so leicht ließ Rona sich nicht abwimmeln. »Warum?«, hakte sie nach.
Da endlich fanden seine Augen ihr Gesicht. Ein leichtes, wehmütiges Lächeln erschien auf seinen

Zügen, und er senkte den Kopf, sodass seine Haare ihm in die Stirn rutschten. »Weil ich Heimweh habe.«

Rona war ein wenig verblüfft von der Offenheit, mit der seine Antwort gekommen war. Bisher hatte er nicht den Eindruck gemacht, ein besonders mitteilsamer Mensch zu sein, und jetzt gab er unumwunden zu, an etwas zu leiden, das eigentlich nur kleine Kinder verspürten?

Nonno sah ihre Überraschung und erneut lächelte er. »Erstaunt?«

»Ein bisschen.«

Er zuckte die Achseln. »Wie heißt du?«

»Rona.«

Danach sagten sie lange Zeit gar nichts. Rona wurde es unbehaglich. Sie konnte das Schweigen kaum ertragen, und irgendwann hielt sie es nicht mehr aus. »Warum gehst du nicht einfach nach Hause zurück?«

»Weil ich nicht kann.«

»Kann dich dein Vater nicht hier rausholen?«

»Mein Vater selbst hat mich hierher gebracht. Ich soll als Novize in das Kloster aufgenommen werden. Ich soll Mönch werden.«

»Wo ist dein Vater jetzt?« Rona musste an ihren eigenen Vater denken.

»Wieder zu Hause. In Goslar. Ungefähr zwei Tagesreisen von hier. Am Fuß der Berge im Südosten.«

Rona dachte daran, wie es wäre, wenn sie von heute auf morgen von ihrem Vater getrennt werden wür-

de, und gerne hätte sie Nonno aufgemuntert. Wenn sie nur gewusst hätte, wie. Sie runzelte die Nase.
»Was macht dein Vater?«, fragte sie. »Meiner ist Schmied.«
»Meiner ist Graf.«
Erstaunt riss sie die Augen auf. »Warum hat er dich hergeschickt?« Sie wusste, dass manche Eltern ihre Kinder fortgaben, weil sie nicht genug zu essen für sie hatten. Nonnos Vater hatte doch aber bestimmt Geld, um zehn Kinder zu ernähren, warum hatte er Nonno dann ins Kloster gegeben?
»Weil ich sein dritter Sohn bin.«
»Und?« Rona begriff nicht, was er damit meinte.
»Der erste wird die Burg erben, wenn Vater einmal stirbt. Der zweite kriegt einen Gutshof, der ebenfalls meinem Vater gehört, aber für mich ist nichts mehr übrig. Vater meint, ich soll im Kloster etwas lernen. Vielleicht kann ich der Familie so nützlich sein.«
»Hast du noch eine Mutter?«, wollte Rona wissen.
»Ja.«
»Meine Mutter ist vor zwei Jahren gestorben.«
»Das tut mir Leid!«
Rona zuckte die Achseln. »Am Anfang habe ich sie sehr vermisst, aber jetzt ist es besser. Mein Vater sagt, es wird immer besser, egal, was dich gerade belastet.« Ein wenig sprach sie auch zu sich selbst, denn allein der Gedanke an ihre Mutter hatte die Wunde, die ihr Verlust in ihrem Inneren geschlagen hatte, wieder aufreißen lassen.

Nonno kaute auf der Innenseite seiner Wange herum, und es sah aus, als prüfe er Ronas Worte mit der Zunge. Schließlich nickte er. »Vielleicht hast du Recht.«
»Was sollst du denn lernen, hier im Kloster?«
»Oh. Lesen und Schreiben fürs Erste. Eigentlich bin ich schon zu alt, um mit dem Lernen anzufangen. Vater hat mir gesagt, dass man eigentlich siebenjährige Knaben als Novizen aufnimmt, aber Bischof Bernward hat ihm versichert, dass hier in Sankt Michael gute Männer für meine Studien sorgen werden. Darum hat er mich hierher gegeben, auch wenn das Kloster noch keinen berühmten Namen hat.«
»Du hättest auch woanders hingehen können?«
»Nach Fulda zum Beispiel. Ich glaube, der Bischof war froh, dass Vater sich hierfür entschieden hat.«
»Warum?«
»Nun, Vater hat dem Kloster ein gutes Stück Land dafür geschenkt, dass ich hier ausgebildet werde.«
Rona schüttelte den Kopf. »Wenn er das Land hatte, warum hat er es dir dann nicht gegeben?«
»Es ist zu klein, um einen Mann und seine Familie zu ernähren.«
Rona nahm einen Zweig, der vor ihren Knien lag, und drehte ihn zwischen den Fingern. Ihre Beine drohten einzuschlafen, und so setzte sie sich bequemer hin. Nonno sah es, rückte ein Stück zur Seite und machte ihr Platz, damit sie sich ebenfalls an den Stein anlehnen konnte. Sie tat es, sorgsam darauf bedacht, Nonno nicht zu nahe zu kommen.

»Ich würde auch gerne lesen lernen«, sagte sie leise.

Nonno zuckte die Achseln. »Ist eine ziemliche Plackerei. Meine Mutter hat es mir ein wenig beigebracht.«

»Kannst du es mir zeigen?«

Nonno lachte, und zum ersten Mal wich dabei die Traurigkeit aus seinen Augen. »Das ist nicht so einfach!« Aber er beugte sich vor und zeichnete mit dem Fingernagel ein paar Buchstaben auf den Boden. »Das ist mein Name.« Und dann noch ein paar. »Und das heißt Rona.«

Rona starrte auf die Zeichen. Ihr Name! Sie hatte zu kurze Fingernägel, um es Nonno nachzumachen, also nahm sie ihren Zweig und versuchte, die Buchstaben nachzumalen. Es war wirklich nicht einfach. Ihre Zeichen sahen viel eckiger aus als Nonnos, aber trotzdem konnte man erkennen, was es heißen sollte! Sie war Feuer und Flamme.

»Wenn du alle Buchstaben kennst, kannst du dann alles aufschreiben, was du willst?«, fragte sie.

Nonno lachte noch einmal. »Nein. Ich hab ja gesagt, es ist nicht so einfach. Wenn man schreiben will, muss man erst Lateinisch lernen, und das ist noch viel schwerer als alles andere.«

Lateinisch war die Sprache, in der die Priester im Dom die Messe abhielten. Rona verstand kein Wort davon, und ihr Herz sank. »Worin liest du?«, fragte sie. »Ich meine, hast du ein Buch?«

»Natürlich nicht! Nicht mal das Kloster hat eins,

weil es gerade erst gegründet wurde. Aber Bischof Bernward hat einige in Auftrag gegeben, soweit ich weiß.« Nonno stemmte sich auf die Füße. »Ich muss zurück«, sagte er. »Im Kloster erwartet man mich.«

In den nächsten Tagen und Wochen trafen Nonno und Rona sich häufiger auf der Lichtung. Wenn Vater bemerkte, dass Rona einen Teil ihrer häuslichen Pflichten vernachlässigte, so sagte er jedenfalls nichts, sondern ließ sie gewähren.
Nonno verlor seine anfängliche Traurigkeit mit jedem ihrer Treffen mehr, und schließlich lernte Rona ihn so kennen, wie er zu Hause gewesen sein musste: als fröhlichen, neugierigen Jungen, der den Kopf voller Ideen und Streiche hatte. Es fiel ihr schwer, ihn sich in einer Mönchskutte vorzustellen, und die Tatsache, dass er große Teile seines Tages mit so ernsten Dingen wie Beten und Singen verbrachte, kam ihr falsch vor.
Die Bäume standen in vollem, dunkelgrünem Laub, und an den Buchen waren bereits die ersten Früchte zu erkennen, als Rona wieder einmal auf dem Weg zur Lichtung war. Sie hob einen dünnen Zweig auf, strich damit durch die Pflanzen am Wegrand und nahm sich vor, beim Nachhausegehen auf die besten Stellen zu achten, an denen sie im Herbst würde Bucheckern sammeln können. Aber dieser Vorsatz war rasch vergessen, denn Nonno kam ihr

mit glühendem Gesicht entgegengeeilt. Er verlangsamte seine Schritte, kurz bevor er Rona erreicht hatte, und dabei versuchte er ein gleichmütiges Gesicht zu machen. Es gelang ihm jedoch nicht. Seine Augen funkelten vor Aufregung und Begeisterung. Rona lachte. »Was ist?«, fragte sie.
Nonno bohrte einen Fuß in die Erde. »Och, nichts!« Aber dann überzog ein breites Grinsen sein Gesicht. »Heute Morgen ist das erste von den bestellten Büchern gekommen!«
Rona warf den Zweig fort. »Und?« In den letzten Tagen hatte sie immer wieder darüber nachdenken müssen, ob sie Nonno noch einmal um Schreibunterricht bitten sollte. Seit ihrem ersten Treffen hatten sie dieses Thema nicht wieder angesprochen, aber je länger Rona darüber nachdachte, umso brennender wurde ihr Wunsch, diese kleinen, geheimnisvollen Zeichen entschlüsseln zu können. Irgendwie jedoch wagte sie es nicht, von sich aus damit anzufangen, und hoffte inständig, Nonno möge ihr ihren Wunsch an der Nasenspitze ablesen. Dass er das nicht tat, hatte fast ein bisschen Wut in ihrem Bauch aufkeimen lassen, und so bemühte sie sich jetzt um ein möglichst gleichgültiges Gesicht. Sie wollte ihn für seine Unaufmerksamkeit bestrafen, aber er schien es in seiner Begeisterung gar nicht zu bemerken.
»Ich habe noch nicht hineinsehen dürfen, aber der Cellerar hat es mir gezeigt«, erzählte er. »Sogar Bilder sollen darin sein, Rona!«
Seine Aufregung schlug in Atemlosigkeit um, und

ein wenig schmolz die Wut in Ronas Bauch dahin. Er sah lustig aus, wenn er so glühte! »Ach?«, spöttelte sie. »Bemerkt der Herr plötzlich selbst, wie wunderbar es ist, lesen zu können?«
Nonno stutzte, und Rona wusste nicht, ob wegen der Spitze in ihren Worten oder einfach nur wegen ihres missmutigen Tonfalls. Er dachte nach, und dabei legte er den Kopf schief. Schließlich nickte er widerwillig. »Du hast Recht. In *diesem* Buch würde ich schon gerne lesen dürfen.«
Rona schob ihren Zorn zur Seite. Ein wenig von Nonnos Aufregung ging jetzt auch auf sie über, krabbelte hinten an ihrem Kopf nach unten und den ganzen Rücken hinunter bis zu ihren Oberschenkeln. »Aber du darfst es nicht?«
»Es ist viel zu kostbar, um es einem kleinen Novizen in die Hand zu geben. Der Cellerar sagt, es kommen bald andere, weniger wertvolle, und mit denen darf ich dann üben.«
Rona reckte die Nase in den Himmel, schloss die Augen und malte sich das Buch in den prächtigsten Farben aus, die sie sich vorstellen konnte.
»Die sind wahrscheinlich dann viel weniger interessant«, fuhr Nonno fort. »Langweilige Abhandlungen über Grammatik und Rhetorik und so ein Zeug. Ich habe gehört, wie der Cellerar darüber sprach, dass eine Schrift von Augustinus angeschafft werden soll. Puh! Wenn ich das schon …« Er verstummte, weil Rona die Augen wieder aufgerissen und eine Hand erhoben hatte, wie um ihn mit einer

Ohrfeige endlich zum Schweigen zu bringen. Mit gerunzelter Stirn starrte er sie an.

»Ich würde so gerne einen Blick darauf werfen«, flüsterte sie. »Nur einen einzigen.«

Nonno schüttelte den Kopf. »Das geht nicht. Es liegt im Scriptorium, und da darf ich allein nicht rein. Und du schon gar nicht, fürchte ich.«

Rona ließ die Hand sinken und lächelte entschuldigend. »Schade!« Sie sah Nonno schräg an. »Und da kann man wirklich gar nichts machen?« Das Kribbeln wanderte von den Oberschenkeln aus wieder in die Höhe.

Nonno zog die Unterlippe zwischen die Zähne und kaute darauf herum. »Na ja …«

Rona wartete.

Endlich grinste Nonno. »Komm mit!«, sagte er und griff nach ihrer Hand.

4. Kapitel

ie liefen den Waldweg zurück zum Kloster, durch das Eisentor und quer durch den Garten, in dem inzwischen die meisten Beete mit irgendwelchen Pflanzen bewachsen waren.

Das Scriptorium, die Schreibstube der Mönche, befand sich in einem der wenigen Gebäude, die schon ganz fertig waren. Steinern und zweigeschossig ragte es empor. Seine Fensterläden waren aus dunklem Eichenholz, und zwei Steinstufen führten zu der zweiflügligen Tür hinauf, durch die man das Gebäude betrat.

Nonno sah sich rasch um. Der Klosterhof war zwar nicht leer, weil ein gutes Dutzend Maurer und Zimmerleute herumliefen und ihrer Arbeit nachgingen, aber von den Mönchen war keiner zu sehen. Nonno gab Rona einen Wink, und gemeinsam stemmten sie sich gegen die Tür. Die Angeln quietschten leise. Rona zuckte zusammen, doch Nonno huschte wortlos durch den Spalt und verschwand im Inneren des Gebäudes.

Rona folgte ihm.

Drinnen war es dämmerig, denn die Fenster waren winzig klein und die Mauern so dick, dass nur wenig Licht hereinfiel. Es roch nach Mörtel und fri-

schem Holz und ein wenig nach Staub. Außerdem war es erstaunlich warm für ein Gebäude mit so dicken Mauern.
»Warum ist es hier so heiß?«, murmelte Rona.
Nonno stand ganz dicht neben ihr. »Das Feuer soll die Feuchtigkeit aus den frischen Mauern ziehen, damit die Schriftrollen und Bücher später nicht schimmelig werden.« Er zeigte auf einen Kamin, in dem Kohlen glommen. Direkt daneben befand sich ein Pult, auf dem ein dickes Buch lag. »Da ist es!«
Rona trat andächtig näher.
Das Buch war kleiner, als sie es sich vorgestellt hatte. Viel kleiner sogar. Außerdem war es kaum verziert, hatte nur einen schlichten Deckel aus braunem Leder. Irgendwie hatte es in Ronas Phantasie schöner ausgesehen, bemalt und mit einer goldenen Schließe.
Nonno nahm eine Kerze, entzündete sie am Kaminfeuer und hielt sie schräg über das Pult, sodass ein wenig Wachs auf das Holz tropfen konnte. Dann klebte er die Kerze fest und schlug das Buch auf. »Ist das besser?«
Rona beugte sich vor. Ihr stockte der Atem. Die Flamme der Kerze warf einen hellen Schein genau auf die bemalte Seite, und in ihrem Licht sah es so aus, als sprängen die Zeichnungen ihr entgegen. Sie fuhr vorsichtig mit dem Zeigefinger die verschiedenen, ineinander verschlungenen Bilder ab. »Ein brennender Busch«, murmelte sie. »Es sieht aus,

als seien die Flammen echt.« Mit klopfendem Herzen richtete sie sich auf und sah Nonno an. »Das ist wunderbar!«, flüsterte sie. Sie blätterte um. Die nächsten paar Seiten waren nur mit schwarzen und roten Buchstaben voll geschrieben, aber schließlich kam ein weiteres Bild, und dann noch eins. Ohne darüber nachzudenken, was sie tat, löste Rona die Kerze und hielt sie näher an das Buch. Das Bild, das sie jetzt ansah, zeigte Jesus am Kreuz. Die Figuren auf den Bildern schienen sich zu bewegen, sobald das Licht sich veränderte. Rona konnte sich gar nicht satt sehen. Sie drehte und wendete die Kerze und ließ so die Bilder tanzen.

Und plötzlich löste sich ein heller Wachstropfen und fiel genau auf die aufgeschlagene Seite.

»O nein!« Zu Tode erschrocken zog Rona die Kerze fort und starrte auf die Bescherung. *Lass nicht zu, Herr, dass das wirklich geschehen ist!*, dachte sie und schlug mit der freien Hand ein Kreuz über sich.

»Du dumme Gans!« Nonno nahm ihr die Kerze aus der Hand und klebte sie wieder fest. »Los, versuch es wegzuwischen!«

Sie wischte über die Seite, aber dadurch verschmierte sie den eben noch runden Fleck nur zu einer langen, hässlichen Spur. Panik machte ihre Kehle eng, wollte sie auf dem Absatz kehrtmachen und weglaufen lassen. Aber sie konnte es nicht. Eisiges Entsetzen hatte sie zu einem Klotz erstarren lassen. Nonno fuhr mit dem Ärmel über die Seite, aber es

nützte nichts. Das Wachs blieb, wo es war. Mit einem Ruck zog er den Arm an den Körper.
Dabei stieß er mit dem Ellenbogen gegen die Kerze.
Und sie fiel genau auf das Buch.
»Mist!« Nonno patschte mit der Hand in die Flamme, aber dadurch wurde es nur noch schlimmer. Innerhalb von Augenblicken brannte und kohlte das ganze Buch.
Rona presste beide Hände vor den Mund. Ein Schatten trat in ihr Blickfeld, ein Mann warf eine Decke über das Buch und löschte damit das Feuer. Zaghaft spähte Rona an ihm vorbei, hoffte, der Schaden würde nicht zu groß sein. Aber sie wurde enttäuscht. Als der Mann die Decke wieder hob, sah sie angesengte Buchdeckel, verbranntes Leder und zu einem formlosen Klumpen zusammengeschmolzene Pergamentseiten, deren Kanten noch leise vor sich hinglommen. Ein beißender Gestank erfüllte die Luft.
»Könnt ihr mir sagen, was bei allen Heiligen das zu bedeuten hat?«, fragte der Mann und drehte sich zu Nonno um. Sein Gesicht war finster, und in seinen Augen blitzte es zornig.
Rona wagte es nicht, ihn anzusehen. Tränen rollten über ihre Wangen.
Der Mann, der vor ihnen stand, war der Abt.

5. Kapitel

ie Geschehnisse danach kamen Rona vor wie ein einziger, endloser Albtraum. Innerhalb von wenigen Minuten war das Scriptorium voller Mönche, die entsetzt auf die Bescherung starrten und sich leise murmelnd unterhielten. Nonno und Rona standen mit hängenden Köpfen inmitten der Versammlung, und als Nonno sah, dass Rona den Tränen nahe war, tastete er nach ihrer Hand. Der Abt beriet sich mit einigen Mönchen. Dabei schoss er immer wieder finstere Blicke auf Rona ab, bis sie sich so klein vorkam wie eine Mücke.

»Es nützt alles nichts«, knurrte er schließlich. »Der Bischof muss entscheiden, was mit euch geschehen soll.«

Nonno stieß ein unterdrücktes Wimmern aus, aber Rona konnte keinen einzigen Ton hervorbringen. Der Bischof! Bis vor wenigen Jahren hatte er im Dienst des Kaisers gestanden, und er war der höchste und mächtigste Mann, den sie sich nur vorstellen konnte.

Sie wurden gepackt und aus der Bibliothek gestoßen. Dann ging es quer über den Klosterhof. Fragende Blicke der Handwerker begegneten ihnen, und leises Gemurmel verfolgte sie, wie das Raunen von Geistern. Je zwei Mönche nahmen Nonno und

Rona in ihre Mitte, und dann führten sie sie den ganzen Weg bis hinunter zur Domburg. Mit jedem Schritt, den sie machte, glaubte Rona noch kleiner und schwächer zu werden. Sie murmelte immer wieder die Worte eines alten Kindergebetes vor sich her, als könne sie sich dadurch für das Kommende wappnen. Aber es half nichts.
Sie betraten die Domburg durch ein Tor, das sie direkt vor den bischöflichen Palast führte. Die Mauern sahen heute nicht wie sonst schön und bewundernswert aus, sondern nur hoch, düster und bedrohlich. Der Abt, der ihrer kleinen Prozession vorausgeeilt war, ging eine kurze Treppe hinauf und klopfte gegen die schwere, doppelflüglige Tür. Jemand öffnete, die Mönche schoben Rona hindurch, dann fiel die Tür mit einem Knall wieder ins Schloss. Hallende Stille, erfüllt vom Flackern eines halben Dutzends brennender Fackeln, umgab sie.
»Wir müssen zum Bischof«, hörte sie den Abt zu einem der Diener sagen. »Sofort!«
Der Mann eilte davon, kam gleich darauf wieder und bat den Abt und seine Leute durch eine weitere Tür in ein dahinter liegendes Gemach. Teppiche bedeckten hier die Wände. Teppiche, die bunter waren als alles, was Rona jemals zuvor zu Gesicht bekommen hatte. Abgesehen vielleicht von dem zerstörten Buch.
Sie schluckte.
»Abt Johannes!« Ein Mann trat vor, bei dessen Anblick sich vor Angst Ronas Magen umdrehte. Er

war älter als ihr Vater, in kostbare Gewänder gekleidet und mit Ringen und Ketten geschmückt. Sein Gesicht sah freundlich aus, auch wenn eine Falte zwischen seinen Augenbrauen anzeigte, dass er ein Unheil bereits ahnte. Er sah kurz auf Nonno, dann auf Rona und wendete sich schließlich dem Abt zu. »Was bringt Ihr mir?«

»Schlechte Nachrichten, Exzellenz!« Der Abt zeigte auf Nonno, dann auf Rona. »Das hier ist der junge Novize, den Graf Germunt uns vor kurzem geschickt hat. Das Mädchen ist die Tochter von jenem Schmied, der nahe bei Sankt Andreas wohnt.«

Der Bischof richtete den Blick seiner Augen auf Rona. Ein leichtes Funkeln lag darin, und ihr wurde schlecht vor Angst. »Ich kenne deinen Vater. Er ist ein guter Mann. Hat er nicht um einen Auftrag im Kloster ersucht? Was haben die beiden angestellt, Abt Johannes? Warum könnt Ihr sie nicht selbst bestrafen?«

Bei dem Wort »Bestrafung« raste Ronas Herz. Sie warf einen Seitenblick auf Nonno. Er stand ganz gerade da und war wahrscheinlich genauso blass wie sie selbst. Rona machte sich heftige Vorwürfe. Wie hatte sie ihm nur solchen Ärger machen können? Wenn sie ihn nicht dazu gedrängt hätte, ihr das Buch zu zeigen …

Mit wenigen Worten erzählte der Abt, was geschehen war, und riss Rona damit aus ihren Selbstvorwürfen. Als er endete, herrschte einen Augenblick lang tiefes, erschrockenes Schweigen.

»Die neue Bibel?« Als Bischof Bernward endlich wieder sprach, klang seine Stimme viel tiefer als vorher. Er richtete den Blick auf Nonno, und Rona sah, dass er plötzlich totenblass aussah. »Was habt Ihr euch dabei gedacht? Fridunant, das ist doch Euer Name, oder? Wisst Ihr, dass es Euch verboten war, das Scriptorium zu betreten?«
Nonno nickte. Er hatte die Lippen fest aufeinander gepresst.
Bernward sah Rona an. »Und du, Mädchen? Wie kommst du auf die Idee, dass du dich einfach in unser Allerheiligstes schleichen kannst?« Ein wenig zitterte seine Stimme jetzt, sodass Rona sich gut vorstellen konnte, wie mühsam er sich beherrschen musste, um sie nicht anzuschreien.
Sie wollte etwas sagen, aber ihre Kehle war wie zugeschnürt.
Der Bischof wandte sich ab und begann, mit auf dem Rücken verschränkten Händen umherzugehen.
Rona biss die Zähne zusammen. Sie war es gewesen, die Nonno dazu überredet hatte, ins Scriptorium zu gehen. Es war alles nur ihre Schuld! Nonno durfte nicht für etwas bestraft werden, für das ganz allein sie verantwortlich war. »Darf ich etwas sagen?«, piepste sie.
Abt Johannes' Miene verfinsterte sich, aber der Bischof drehte sich zu Rona um und nickte. »Nur zu.«
»Nonno, ich meine Fridunant, er kann nichts dafür! Es war meine Schuld. Ich habe ihn dazu über-

redet, mir das Buch zu zeigen, und ich habe auch die Kerze gehalten, sodass das Wachs ...« Rasch unterbrach sie sich, weil die Ungeheuerlichkeit ihres Vergehens wie eine Woge über ihr zusammenstürzte. Ihre Knie begannen zu zittern, aber sie zwang sich, ihnen nicht nachzugeben. Sie klammerte sich an einen einzigen Gedanken: Wohin sollte Nonno gehen, wenn man ihn aus dem Kloster hinauswarf? Auf keinen Fall durfte das passieren!
Der Bischof sagte eine Weile gar nichts. Dann sah er Nonno an. »Stimmt das, was sie sagt?«
Nonno öffnete den Mund, aber Rona stieß ihm den Ellenbogen in die Seite, und er klappte ihn wieder zu. Verwirrt sah er sie an und sagte gar nichts.
Bernward schürzte die Lippen. »Nun ja.« Mit einem Ruck drehte er sich zu Abt Johannes um. »Lasst den Schmied herbringen!«
»Nein!« Nonno trat einen Schritt vor. »Es ist genauso auch meine Schuld!«
Rona presste die Kiefer zusammen. *Was für ein Dummkopf!*, schrie es in ihr. Der Bischof würde seinen Vater für den Schaden aufkommen lassen.
Aber zu ihrer Überraschung beachtete Bernward Nonnos Einwurf gar nicht, sondern wiederholte den Befehl, den er dem Abt gegeben hatte.
Johannes verbeugte sich. »Was habt Ihr vor?«
»Kennt Ihr Graf Germunt, Fridunants Vater?«, fragte der Bischof, statt eine Antwort zu geben.
»Er ist ein herrischer Mann. Er würde seinem Sohn die Haut in Streifen vom Rücken ziehen, wenn er

erführe, was passiert ist.« Einen Augenblick lang dachte Bernward nach. »Irgendwer muss für den Schaden aufkommen. Und da wir sonst niemanden haben, wird das Ronas Vater sein müssen.«
Rona wurde es heiß und kalt.
»Der Schmied wird kaum das Geld haben, den Schaden zu bezahlen«, vermutete der Abt.
Bernward nickte. »Nein. Wohl nicht.«
Rona schlug sich entsetzt die Hand vor den Mund.
»Und Ihr wisst«, sprach Abt Johannes weiter, »wie kostbar das Buch war.«
»Ich weiß.« Bischof Bernward seufzte. »Immerhin war ich es, der Claudius von Ravenna den Auftrag gab, es herzustellen. Geht jetzt. Holt mir den Schmied.« Er winkte den Abt mit einer Handbewegung aus dem Raum. Dann richtete er seinen ernsten Blick auf Rona. »Dein Vater wollte eine Anstellung im Kloster, nicht wahr?«, fragte er leise.
Rona kämpfte gegen die Tränen an. Sie verlor.
»Nun, er wird sie erhalten. Er wird bis zum letzten seiner Tage für das Kloster arbeiten dürfen«, sagte Bernward. Und er sprach nicht aus, was das zu bedeuten hatte.
Eine Träne tropfte Rona von der Wange und hinunter auf ihren Unterarm, wo sie sich seltsam kalt anfühlte. Durch ihre Dummheit würde ihr Vater für den Rest seines Lebens für den Bischof arbeiten müssen. Allerdings ohne Hoffnung darauf, jemals für seine Dienste bezahlt zu werden.

6. Kapitel

achdem Abt Johannes gegangen war, gab Bischof Bernward einem seiner Mönche den Befehl, Nonno und Rona einzusperren, bis der Schmied da sein würde.
Sie wurden in eine Zelle gesteckt, die so klein war, dass Rona gerade vier Schritte in jeder Richtung machen konnte. Ein winziges Fenster hatte zwar keine Gitter, aber dafür saß es so weit oben in der Wand, dass ein Entkommen völlig ausgeschlossen war. In der Ecke lag ein mit Stroh gefüllter Sack, und auf den ließ Nonno sich jetzt fallen.
»So ein elender Mist!«, fluchte er.
Rona hatte das Gefühl, jeder Muskel in ihrem Körper sei zur Bewegungslosigkeit erstarrt. Stockstock steif stand sie einfach nur da und blickte auf Nonno nieder. »Es tut mir so Leid!«, flüsterte sie.
»Für wen? Für dich oder für deinen Vater?« Nonnos Miene war verschlossen, aber als er jetzt einen Blick in Ronas bleiches Gesicht warf, schmolz die Härte in seinen Zügen.
Rona antwortete nicht auf seine Frage. Sie biss sich auf die Lippen, dass es wehtat. Sie dachte an das Gespräch damals, als ihr das Öl in der Pfanne fast das Haus entzündet hätte. Vielleicht hätte sie das damals als böses Omen ansehen sollen – es war im-

merhin der Tag gewesen, an dem sie Nonno kennen gelernt hatte! Durch ihre Schuld würde ihr Vater für den Rest seines Lebens für den Bischof schuften müssen. Und von was sollten sie leben? Nichts Besseres wären sie als einfache, leibeigene Bauern. Sklaven.
Rona schluchzte auf und wandte sich ab.
Sie wusste nicht, wie viel Zeit vergangen war, als die Zellentür geöffnet wurde und ihr Vater hereinkam.
»Kind! Was ist passiert, um Himmels willen?« Ronas Vater kniete vor ihr nieder und schlang seine Arme um sie.
Sie presste sich schluchzend an ihn. Reden konnte sie nicht, aber es tat gut, in seiner Nähe zu sein.
Mit halbem Ohr nur hörte sie zu, wie Nonno schilderte, was geschehen war. Da endlich machte sie sich los und schaute auf.
Ihr Vater war bleich geworden.
Rona wollte sagen, dass es ihr Leid tat, aber sie kam nicht zu Wort.
»Was können wir tun?«, erkundigte sich ihr Vater bei Nonno, gerade so, als sei der kein Kind mehr, sondern ein Mann, den man um Rat fragen konnte.
Nonno gab sich einen Ruck und stand auf. »Ich werde nach meinem Vater schicken lassen«, sagte er.
»Nein!« begehrte Rona auf. »Der Bischof hat gesagt, er bringt dich um!« Auf keinen Fall wollte sie auch noch Schuld daran sein, dass jemand getötet wurde!

Aber Nonno winkte einfach nur ab. »Höchstens verabreicht er mir eine gehörige Tracht Prügel. Kein Vergleich also damit, für den Rest des Lebens zum Sklaven zu werden, oder?« Dass er den gleichen Ausdruck benutzte, der Rona auch schon durch den Kopf geschossen war, ließ ihren Widerstand gegen sein Vorhaben erlahmen.
Auf keinen Fall durfte ihr Vater für ihr Vergehen büßen müssen.
Vater sah Nonno an. »Würdet Ihr das wirklich für mich tun?« Erst jetzt ging Rona auf, dass er nicht »du« zu Nonno sagte. Plötzlich kam ihr ihr neu gewonnener Freund fremd vor. Sie blinzelte ein paar Mal, als müsse sich Nonno vor ihren Augen in einen anderen verwandeln. Er blieb jedoch, wie er war. Er nickte schlicht. »Lasst mich nach einem Boten rufen«, sagte er und schlug mit geballter Faust gegen die Zellentür.

Einer der Mönche erklärte sich bereit, einen Boten zu Nonnos Vater nach Goslar zu schicken. Er berichtete außerdem, dass Bischof Bernward die Stadt hatte verlassen müssen, sodass es ein paar Tage dauern würde, bis sie erneut vor ihn geführt werden würden.
»Gut«, sagte Nonno zufrieden. »Das heißt zwar, dass wir ein paar Tage hier drinnen aushalten müssen. Aber wenigstens haben wir genug Zeit, bis mein Vater hier sein kann.«

Vier Tage vergingen, die für Rona die endlosesten ihres Lebens waren. Zu Anfang schlief sie viel, weil der Kummer sie am ganzen Körper zu lähmen schien, aber irgendwann wurde sie so ungeduldig und kribbelig, dass sie es kaum noch still auf ihrem Lager aushielt. Es fiel ihr sehr schwer, ihrem Vater in die Augen zu schauen, denn ihr schlechtes Gewissen plagte sie mit solcher Macht, dass sie Magenschmerzen davon bekam. Sie hatte sich jedoch schon einmal bei ihm entschuldigt, und sie wusste, dass eine Wiederholung der Worte sie sich auch nicht besser fühlen lassen würde, also schwieg sie.
Bis ihr Vater sie – es mochte der Abend des zweiten Tages sein – zur Seite nahm, ihr die Hände schwer auf die Schultern legte und sie zwang, ihn anzusehen. »Wir werden das durchstehen«, sagte er leise. »Hörst du?«
Sie nickte, und schlagartig waren ihre Augen voller Tränen. Heftig zog sie die Nase hoch. »Ja.«
Ihr Vater krümmte den Zeigefinger und strich ihr damit über die Wange. In seinen Augen stand kein Vorwurf, aber Rona konnte Traurigkeit in ihnen sehen. Ebenso wie ihr war ihm völlig klar, dass er das Leben, das er sich erhofft hatte, wegen ihrer Dummheit jetzt niemals würde leben können.
Dennoch lächelte er tapfer. »Sieh es doch einmal so«, versuchte er zu scherzen. »Auf diese Weise kann der Abt gar nicht mehr anders: Er muss mich für das Kloster einstellen.« Er zuckte die Achseln. »Schade nur um deine Aussteuer.«

Rona warf einen Blick in Nonnos Richtung, aber der schien sie nicht zu hören. Oder er tat nur so. Er hatte sich auf dem Lager ausgestreckt, die Füße gegen die Wand gestemmt und die Arme hinter dem Kopf verschränkt. Fast sah es aus, als lausche er einer Musik, die nur er hören konnte. Rona beneidete ihn um seine Gelassenheit. Sie richtete den Blick wieder auf ihren Vater.

Es war eine unausgesprochene Vereinbarung zwischen ihnen gewesen, dass Vater, sobald er für das Kloster arbeiten durfte, einen Teil des verdienten Geldes zurücklegen würde, um Rona eine Aussteuertruhe zu kaufen und sie mit gutem Leinen zu füllen. Rona hatte es ihm nie gesagt, aber sie hatte sich insgeheim darauf gefreut, mit ihm zum Schreiner gehen zu dürfen, um die Truhe in Auftrag zu geben. Ungeduldig hatte sie auf den Tag gewartet, an dem sie auf dem Markt der Stadt an den Tuchhändlerstand würde treten dürfen, nicht nur um sich die Stoffe einfach anzusehen. An diesem Tag würde sie sie auch befühlen und dann auf einige von ihnen zeigen und sie mit nach Hause nehmen dürfen!

Diesen Traum konnte sie nun begraben, und das nur wegen ihrer dummen, kindischen Neugier. Sie biss die Zähne zusammen und griff nach ihres Vaters Hand. Fest drückte sie sie, und er erwiderte den Druck.

Zwei Tage später öffnete sich endlich die Zellentür, und Rona sprang auf die Füße. Ein schmaler Lichtstreifen fiel durch den Spalt und quer über Nonnos

Beine, und in Ronas Augen verwandelte er sich in einen mit Gold gepflasterten Weg. Der Weg in die Freiheit.

Der alte Mönch, der sie abholen kam und nun erneut in den Palast des Bischofs brachte, hatte ein mürrisches Gesicht, und er schlurfte mit so müden Schritten vor ihnen her, dass Rona sich nicht gegen einen gemeinen Gedanken wehren konnte, der ihr kurz durch den Kopf schoss. Was, wenn sie einfach flohen? Sie begegnete Nonnos Blick und erkannte, dass er genau das Gleiche dachte. Er verzog den Mund zu einem spöttischen Grinsen und imitierte das Schlurfen des Alten.

Rona zog ihm eine Grimasse.

Der bischöfliche Palast hatte nichts von seiner Pracht und Bedrohlichkeit verloren, im Gegenteil. Durch die vier vergangenen Tage, in denen Rona eine Gefangene gewesen war, in denen sie demütig an die Tür klopfen und um Erlaubnis fragen musste, um austreten zu gehen, fühlte sie sich jetzt fast noch kleiner und wehrloser als beim ersten Mal, als sie die Stufen erklommen hatte. Irgendwie, dachte sie, war sie während der Kerkerhaft eine andere geworden, und der Gedanke gefiel ihr nicht besonders gut.

Diesmal waren außer Bischof Bernward und Abt Johannes noch zwei weitere Menschen anwesend: ein großer, dünner Mann mit finsterem Gesichtsausdruck und eine ebenso große Frau, die ihre Haare als geflochtenen Kranz um den Kopf gelegt

hatte und einen halb durchsichtigen Schleier darüber trug. In ihren Augen spiegelte sich Sorge. Beide standen vor einem der kostbaren Teppiche und schauten Nonno, Rona und ihrem Vater entgegen, als sie in den Saal geführt wurden.
Beide sagten sie kein Wort.
»Das sind meine Eltern!«, flüsterte Nonno Rona zu.
Bischof Bernward machte eine einladende Handbewegung zu der Frau hin. »Nun, meine gute Ingerid, wollt Ihr Euren Sohn nicht begrüßen?«
Da trat die Frau vor, kniete sich vor Nonno hin und umarmte ihn herzlich. »Was hast du bloß wieder angestellt!«, murmelte sie so leise, dass Rona sie gerade noch verstehen konnte.
Nonno zuckte nur mit den Achseln.
»Nun, Graf Germunt«, begann Bischof Bernward. »Ihr seid unterrichtet worden, was Euer Sohn sich zu Schulden hat kommen lassen?«
Graf Germunt nickte. Seine Augenbrauen waren so dicht zusammengezogen, dass zwischen ihnen nicht einmal Ronas kleiner Finger Platz gehabt hätte. Bisher hatte er noch kein einziges Wort gesagt, und als er jetzt sprach, klang seine Stimme wie ein Peitschenhieb. »Ja, Exzellenz.«
»Und Euch ist auch klar, dass dieser Mann hier, dieser Schmied, nicht über die Mittel verfügt, um den Schaden wieder gutzumachen«, sprach Bernward weiter.
Germunt nickte erneut. »Exzellenz, so Leid es mir

tut, aber Ihr müsst wissen, dass es meinem Vermögen auch nicht besonders gut ergangen ist in der letzten Zeit. Die Ernten meiner Bauern waren schlecht, und außerdem hatten wir eine Viehseuche in Goslar.«

Rona starrte den Grafen an. Die ganze Zeit hatte sie im Stillen darum gebetet, dass Graf Germunt den angerichteten Schaden wieder gutmachen würde. Schließlich, so hatte sie gedacht, besaß er doch genügend Geld dafür. Umso härter traf sie jetzt die Erkenntnis, dass sie sich offensichtlich getäuscht hatte.

»Das ist doch nicht wahr, Vater!«, brauste Nonno auf. »Die Seuche hat unser Vieh verschont, das weißt du so gut wie ich!« Er sah auf seine Mutter, aber die schwieg. Sie hatte die Hände vor dem Leib ineinander verschränkt und beobachtete das Geschehen aufmerksam. Rona fragte sich, warum Gräfin Ingerid hier war.

Bischof Bernward ignorierte Nonnos Einwurf. »Dann habe ich Euch also richtig verstanden, dass Ihr für den Schaden nicht aufkommen wollt?«

»Ich kann nicht«, antwortete Germunt. »Selbst wenn ich wollte, könnte ich nicht. Außerdem: Nachdem, was ich weiß, ist dieses Mädchen hier die Schuldige, nicht mein Sohn.«

»Vater!« Nonno schrie fast.

Bischof Bernward fasste Ronas Vater ins Auge. »Dann werde ich also so verfahren, wie ich bereits vor ein paar Tagen entschieden habe. Bist du bereit,

Schmied, in meine Dienste zu treten und den Schaden, den deine Tochter angerichtet hat, mit deiner Hände Arbeit abzugelten?«

Vater trat einen einzigen Schritt nach vorne. Er sah Ingerid von Goslar an, dann Germunt. Aber bevor er nicken konnte, schob Rona sich vor ihn.

Ohne dass es ihr selbst klar geworden war, hatte sie in der Zelle bereits einen Entschluss gefasst. »Exzellenz«, krächzte sie mit brüchiger Stimme. »Bitte! Ihr müsst meinen Vater gehen lassen. Er kann nichts dafür, dass seine Tochter ein so unbesonnenes Ding ist. Ich flehe Euch an: Nehmt dafür mich in Euren Dienst. Ich kann arbeiten wie eine Erwachsene, und ich werde …«

»So ein Unsinn!« Nonnos Mutter trat vor und schnitt Rona mit einer harschen Handbewegung das Wort ab. Dann sah sie dem Bischof ins Gesicht. »Verzeiht, Exzellenz, dass ich mich einmische.«

Bernward richtete den Blick auf sie. Ein leises Lächeln zuckte um seine Mundwinkel, das ihn sofort freundlicher aussehen ließ. »Ich dachte mir schon, dass es einen Grund dafür gibt, dass Ihr Euren Gatten hierher begleitet habt.«

»In der Tat. Wäre es möglich, Euch unter vier Augen zu sprechen?« Ingerid sah auf den Abt und lächelte ihn freundlich an. »Wenn Ihr es für unschicklich haltet, lasst Vater Johannes dabei sein.«

Das Lächeln auf Bernwards Gesicht wurde breiter. Rona begriff, dass er Ingerid sehr schätzen musste, weil sie sich eine solche Rede erlauben durfte.

»Sie kennen sich seit langem«, flüsterte Nonno Rona zu und bestätigte damit ihre Vermutung. »Sie hat einige Jahre lang in den Diensten von Bernwards Schwester gestanden.«
»Wie Ihr wünscht.« Der Bischof winkte sowohl Nonno, Rona und ihren Vater als auch Graf Germunt aus dem Saal. Rona sah, wie Germunt seiner Frau einen zornigen Blick zuwarf, aber sie reagierte nicht darauf.
Kaum einen Lidschlag später standen sie allesamt auf dem Gang und wunderten sich.

Es dauerte nur wenige Minuten, dann kam Ingerid zusammen mit dem Abt aus Bernwards Saal. Sie sah äußerst zufrieden aus, und das änderte sich auch nicht, als Germunt auf sie losschoss und sie anzischte: »Was hat das zu bedeuten, Ingerid?«
Ingerid hielt seinem offensichtlichen Zorn mit großer Ruhe stand. »Ich habe deinen Kopf aus der Schlinge gezogen, mein lieber Gatte.«
»Wie muss ich das verstehen?«
»Du glaubst doch nicht im Ernst, dass der Bischof dich mit deiner Ausrede von der Viehseuche so einfach davonkommen lässt! Vergiss nicht, dass wir bestrebt sind, die kaiserliche Pfalzanlage von Verla nach Goslar verlegen zu lassen. Bernward hat engen Kontakt zum Kaiserhaus, und da willst du ihn wegen einer solchen ... Lappalie verärgern?«
Rona entging nicht, dass Ingerid vor dem Wort

»Lappalie« kurz zögerte. Die Gräfin senkte den Kopf, was aber kein bisschen demütig aussah. Als sie Germunt wieder anschaute, blitzte es in ihren Augen. In Rona wuchs der Verdacht, dass der Graf ihr nicht gewachsen war, und sie staunte darüber. Noch nie hatte sie eine Frau so mit ihrem Mann reden gehört. Ob in den Häusern der Adligen andere Sitten herrschten als in den Dörfern bei Bauern und Handwerkern?

»Mutter?« Nonno stand neben Rona, so dicht, dass er sie beinahe berührte. »Was soll das heißen?«

»Ich habe dem Bischof angeboten, ihm ein neues Buch zu beschaffen«, erklärte Ingerid.

Graf Germunt öffnete den Mund, klappte ihn aber gleich darauf wieder zu. Er sah aus wie ein Fisch auf dem Trockenen.

Ingerid sprach ungerührt weiter. »Zuerst habe ich dem Bischof angeboten, den Schaden mit meinem Geld wieder gutzumachen ...«

»Du besitzt kein eigenes Geld, Frau!« Jetzt brüllte Germunt. Sein Gesicht war zornrot. »Mit deiner Heirat hast du dein Vermögen an mich übergeben!«

Darauf gab Ingerid keine Antwort. Alles, was sie tat, war, ihren Mann schweigend anzuschauen, so lange, bis er resigniert abwinkte.

»Wie auch immer, der Bischof wollte mein Geld nicht. Er sagte, das Buch sei so kostbar gewesen, weil es direkt aus einem Scriptorium in Ravenna kam.« Ingerids Stimme hatte sich kaum erhoben, und dadurch wirkte Germunts Wut noch unangemessener. »Ich schlug ihm also vor, jemanden nach Ravenna zu schicken und ein neues Buch zu holen. Er hat eingewilligt.«

»Und wen willst du schicken?« Graf Germunt hatte sich mit dem Unabwendbaren abgefunden, das zeigte seine schlaffe Haltung ganz deutlich.

»Gunther. Er ist mein Vertrauter seit meiner Kindheit. Er wird diese Aufgabe zu meiner und des Bischofs Zufriedenheit erledigen. Bernward wird noch heute einen Boten nach Ravenna schicken, damit man dort mit der Herstellung des neuen Buches beginnen kann. Sobald wir wieder zu Hause sind, werde ich Gunther ihm hinterhersenden.«

Ingerid wandte sich an Ronas Vater. »Der Bischof hält dich für einen ehrlichen Mann. Gibst du ihm da Recht?«

Vater sah auf seine Hände, die er vor seinem Leib gefaltet hatte. Während der ganzen Zeit hatte er hochaufgerichtet und beherrscht gewirkt, aber jetzt, im Angesicht dieser energischen, hochgestellten Frau, kam er Rona unsicher vor. »Ja, Herrin.«

»Gut. Das heißt, du wirst dich nicht in die Wälder absetzen, sondern auf deinem Stück Land bleiben, bis mein Gefolgsmann wieder zurück ist. So lange, hat der Bischof mir bestätigt, wirst du nicht behelligt werden. Sollte Gunther mit dem Buch wiederkommen, bleibst du frei. Wenn nicht ...« Sie unterbrach sich. »Nun, vielleicht solltest du für sein Leben auf dieser Reise sehr fleißig beten.«

»Ja, Herrin!«
Rona konnte nicht an sich halten. »Warum tut Ihr das?«
Ingerid lächelte fein. »Weil ich meinen Sohn kenne, Kind. Er war genauso neugierig auf das Buch wie du. Und ich empfinde es als Ungerechtigkeit, wenn allein dein Vater die Bestrafung tragen soll. Außerdem schmerzt mich der Verlust meines Geldes wahrscheinlich weitaus weniger als deinen Vater der Verlust seiner Freiheit.«
Rona nickte heftig. »Das stimmt!« Dann besann sie sich und senkte ebenfalls den Kopf. »Ich danke Euch für Eure Großherzigkeit!«
Ingerid lachte nur. Dann legte sie Nonno in einer zärtlichen Geste die Hand auf den Kopf, und er verzog missmutig das Gesicht.

7. Kapitel

n diesem Abend kehrte Rona mit ihrem Vater in ihr Haus im Dorf zurück. Gemeinsam aßen sie einen wässrigen Eintopf, den Rona aus ein paar Rüben, aus gequetschten Weizenkörnern und einer Hand voll Kräuter gekocht hatte, und beide hatten sie nicht sehr viel Appetit.
Vater schwieg die ganze Zeit über in seine Schüssel, und dieses Verhalten war so anders als seine tröstenden Worte in der Zelle, dass Rona zunächst erstaunt und erschrocken darüber war. Fieberhaft überlegte sie, warum er jetzt, da sich die Angelegenheit für ihn doch auf recht günstige Weise geregelt hatte, so viel düsterer und zorniger auf sie schien als zuvor. Sie kam nicht darauf, und so beschloss sie, ihn danach zu fragen.
»Ich …«, setzte sie an, verstummte aber, als Vater nicht reagierte.
Mutlos tauchte sie ihren Löffel in das Essen, hob ihn an und sah zu, wie die Suppe langsam in die Schüssel zurücktropfte. Das Bild des brennenden Buches tauchte vor ihrem inneren Auge auf, überlagert von dem wütenden Blick des Bischofs. Plötzlich war ihr schlecht. Sie ließ den Löffel in die Suppe fallen.
Vater blickte auf.

Seine Augen waren gerötet und die Linie seines Kinns ein harter, kantiger Bogen.

Rona schluckte. »Warum …« Tränen traten ihr in die Augen. Sie wischte sich mit dem Handrücken über die Lider.

»Wir sollten schlafen gehen.« Vater stand auf und nahm beide Schüsseln vom Tisch. Nachdem er sie auf dem Herd abgestellt hatte, zog er sein Lager aus der Ecke und ließ sich wortlos darauf nieder. Einen Augenblick lang saß er einfach nur da, den Blick zwischen die eigenen Füße gerichtet, dann seufzte er, legte sich hin und starrte gegen die Decke.

Rona warf sich auf ihr Lager. Sie verschränkte die Arme hinter dem Kopf und versuchte, sich nicht von ihrer Verwirrung und der schmerzhaften Scham, die sie verspürte, zerquetschen zu lassen. Ihr schlechtes Gewissen plagte sie mit solcher Kraft, dass sie es im Magen, in der Kehle und sogar in den Kniekehlen spüren konnte.

Dämmerung füllte die Hütte, trieb alles Licht zuerst aus den Ecken und dann aus dem gesamten Raum und füllte ihn mit Finsternis. Von ihrem Lager aus konnte Rona durch die Öffnung über dem Herd schauen. Sterne funkelten am Himmel, und am liebsten wäre sie nach draußen gegangen, um sie zu betrachten. Und um dem dumpfen Schweigen ihres Vaters zu entgehen. Stattdessen zwang sie sich, den Stier bei den Hörnern zu packen.

»Warum zürnst du mir jetzt auf einmal?«, murmelte sie in die Dunkelheit.

Ihr Vater antwortete nicht sofort, und die Stille im Raum war Rona unerträglich. Sie setzte sich auf, schaute zu ihrem Vater, aber seine Gestalt war in der Finsternis nur ein kompakter Schatten. Auch er schien gegen die Decke zu starren.
»Wegen der Demütigung.«
Rona blinzelte. »Was für eine Demütigung?« Aber noch während sie diese Frage stellte, kannte sie schon die Antwort darauf. »Du bist wütend, weil du dich von einer Frau aus dieser Lage retten lassen musst!«
Er antwortete nicht, aber Rona wusste, dass sie Recht hatte. Es ärgerte ihn, dass er die Gefälligkeit einer Frau annehmen musste, mochte sie auch noch so weit über ihm stehen!
Rona ließ sich seufzend zurücksinken. Wie konnte sie ihm dieses Gefühl abnehmen? Sie dachte daran, ihm zu erklären, dass Nonno genauso neugierig auf das Buch gewesen war wie sie, dass er es gewesen war, der die Kerze umgestoßen hatte, nicht sie, dass auch er mitschuldig an dem Unglück war. Aber sie schwieg. Es kam ihr falsch vor, nach Ausflüchten zu suchen. Sie war schuld, das war alles, was zählte. Wenn sie Nonno nicht überredet hätte …
Trotzdem!, flüsterte eine kleine, gemeine Stimme in ihrem Kopf. Wenn du deinem Vater sagst, welche Rolle Nonno bei der Sache gespielt hat, dann fühlt er sich nicht mehr ganz so scheußlich.
Sie vertrieb die Stimme. Sie würde Nonno nicht verraten, das war sie ihm schuldig! Aber es schmerzte

unglaublich stark, zwischen ihm und ihrem Vater hin- und hergerissen zu sein. Es schmerzte so sehr, dass sie sich zwang, an etwas anderes zu denken.

Gunther würde nach Süden reisen. Eine so lange Reise, wie er sie vor sich hatte, war sehr gefährlich. Viele Menschen starben unterwegs, an Krankheiten, durch wilde Tiere, an Hunger oder Kälte. Sie ertranken bei der Überquerung von Flüssen oder versanken im Moor. Oder sie wurden von Wegelagerern überfallen und erschlagen. Eine einzelne Ader pochte an Ronas Hals, und sie lauschte ihrem Rhythmus. Wie sollte sie es verkraften, wenn sie auch noch an Gunthers Tod schuldig werden würde?

Eine Weile lauschte sie einfach in die stille Dunkelheit des Hauses hinein und wünschte sich, Gott möge ihr einen Ausweg aus ihrer verzwickten Lage zeigen. Vater begann, leise zu schnarchen, und sie war froh, dass wenigstens er zur Ruhe gefunden hatte.

»Rona!« Ein kaum hörbares Zischen ertönte dicht bei ihrem Kopf, von jenseits der Hauswand. »Rona, hörst du mich?«

Es war Nonno.

Schnell schwang Rona die Füße aus dem Bett und tapste barfuß zur Tür. Zum Glück hatte Vater die Angeln erst vor wenigen Tagen mit ein bisschen Schweineschmalz geschmiert, sodass sie sich völlig lautlos drehten. Kalte Nachtluft umfing Rona und tastete sich unter ihr Gewand bis auf die Haut. Sie fröstelte.

Wie ein Schatten löste Nonno sich aus der Finsternis. »Nicht erschrecken. Ich bin's!«
»Weiß ich. Was machst du hier?«
Nonno war vollständig angekleidet. Im Licht der wenigen Sterne, die das kleine Dorf beleuchteten, konnte Rona nicht allzu viel erkennen, aber sie sah immerhin, dass er aussah, als wolle er sich auf eine Reise machen. »Ich wollte dir nur Lebewohl sagen.«
»Warum das?« Rona schlang die Arme um ihren Leib, um sich vor der Kälte und vor Nonnos Worten zu schützen.
»Weil ich mit meinen Eltern nach Goslar zurückgehe.«
»Mitten in der Nacht?«
Ein Räuspern aus Nonnos Kehle zeigte Rona, dass sie ihn bei einer Lüge erwischt hatte. »Was hast du wirklich vor?«, fragte sie streng.
»Meine Eltern sind noch am frühen Abend nach Goslar aufgebrochen«, sagte er kleinlaut. »Ich hatte vor abzuhauen. Ich will nicht im Kloster bleiben.«
Rona runzelte missbilligend die Stirn. »Es ist der Wunsch deines Vaters.«
»Na und? Meine Mutter richtet sich auch nicht nach seinen Wünschen, oder?« Jetzt klang er trotzig.
»Stimmt. Aber was hast du vor?«
»Ich schließe mich Gunther an.«
»Das ist nicht dein Ernst!« Diesmal war Rona ein Ausruf herausgerutscht. Im Inneren der Hütte erklang ein leises Brummen, und die beiden erstarr-

ten. Vater schien sich jedoch nur auf die andere Seite herumgedreht zu haben, denn er ließ sich nicht blicken. Vorsichtshalber schob Rona die Tür ein Stück weit auf und lauschte. Erst, als sie ihren Vater wieder gleichmäßig atmen und dabei leise schnarchen hörte, redete sie weiter. »Wie willst du das anstellen? Gunther ist noch gar nicht aufgebrochen! Du kannst nicht einfach nach Hause gehen und deinen Leuten sagen: He, hört mal zu, ich gehe mit nach Ravenna. Dein Vater würde dir den Hintern versohlen!«

Nonno schnaubte. »Tu nicht so, als wäre ich noch ein Kind!«

»Sondern?«

»Ich bin immerhin schon vierzehn! Und ich kenne die Wälder rings um Vaters Hof sehr genau. Ich weiß, wo Gunther langkommen wird, wenn er aufbricht. Ich kann mich ihm anschließen.«

»Du weißt doch gar nicht, wann er losreitet! Willst du die ganze Zeit im Wald hocken und auf ihn warten?«

»Na ja …« Nonno schwieg.

Rona biss sich auf die Lippen. Halb wollte sie Nonno von seinem Vorhaben abbringen, aber sie konnte es nicht. Sie stellte fest, dass sie ihn um seinen Mut beneidete. Sie hatte die halbe Nacht auf ihrem Strohsack gelegen und sich Sorgen gemacht. Um Gunther, um ihren Vater, und am allerschlimmsten, auch um sich selbst. Nonno dagegen tat etwas, und dafür bewunderte sie ihn. Ohne weiter darüber

nachzudenken, fasste sie einen Entschluss. »Ich komme mit!«
»Was?« Jetzt war Nonnos Stimme viel zu laut.
»Ich komme mit«, wiederholte Rona. »Du kannst nicht alleine reisen. Und ich bin genauso schuld an dem ganzen Schlamassel wie du. Vielleicht noch mehr.« Hier bot sich ihr die Lösung für das Problem ihres Vaters! Rona hob die Schultern. »Es ist einfach so«, murmelte sie, »dass ich das Gefühl habe, für meinen Fehler selbst geradestehen zu müssen.« Es war schwer, die richtigen Worte zu finden, aber sie war zu dem Schluss gekommen, dass ihr Vater nicht mehr ganz so tief in Ingerids Schuld stehen würde, wenn sie selbst sich den Reisenden nach Süden anschloss. Und hatte nicht die alte Marianne neulich diese Ahnung gehabt? Die Ahnung, dass Rona bald fortgehen würde ...
»Du kannst nicht ...« Nonno verstummte. Dann schwieg er lange. Viel zu lange, fand Rona. Sie dachte an Ingerid und die Art und Weise, wie sie ihren Mann vor vollendete Tatsachen gestellt hatte. Gerade, als sie den Mund wieder aufmachen wollte, sah sie Nonno im schwachen Sternenglanz nicken.
»Gut. Dann komm eben mit.«
Fast ärgerte sie die Abruptheit, mit der er das sagte.

Rona schlich zurück in die Hütte und raffte ihre Sachen zusammen. Viel besaß sie nicht, was sie mitnehmen konnte, nur ihren warmen Umhang und ihr

eigenes Messer. Als sie es an ihrem Gürtel befestigt und sich den Umhang unter den Arm geklemmt hatte, blieb sie inmitten der Finsternis stehen und lauschte den gleichmäßigen Atemzügen ihres Vaters.
Vorsichtig machte sie einen Schritt in seine Richtung. Sie konnte ihn riechen, doch seine Gestalt verschmolz mit den tiefen Schatten. Er schnaufte, und dann verursachten seine Lippen ein schmatzendes Geräusch. Rona musste lächeln, aber gleichzeitig durchflutete tiefe Traurigkeit sie. Halb war sie versucht, ihn aufzuwecken, um ihm zu erklären, warum sie fortging. Aber sie tat es nicht.
Niemals würde er sie gehen lassen.
Sie unterdrückte ein Seufzen. Wenn sie doch schreiben könnte, um ihm einen Brief zu hinterlassen, in dem sie ihm ihren Grund erklärte. Doch selbst wenn sie es gekonnt hätte: Er hätte ihn nicht lesen können. Es gab keine Möglichkeit, sich ihm zu erklären. Das würde warten müssen, bis sie wieder zu Hause war.
Falls sie nach Hause zurückkehrte.
Sie verdrängte die Gedanken an Wölfe und Räuber. Lautlos hauchte sie einen Kuss in die Luft. Ihr Vater schnaufte erneut, dann drehte er sich um. Sein Lager knirschte leise.
Rona schluckte schwer. Dann ging sie.

Schweigend marschierte sie an Nonnos Seite durch die Dunkelheit und kam sich dabei unglaublich verloren vor. Sie war nicht zum ersten Mal mitten in der Nacht draußen, aber es war das erste Mal, dass sie wusste, sie würde in absehbarer Zeit nicht wieder in ihr Bett kriechen können.
Vielleicht nie mehr …
Sie schauderte. »Lass das, dumme Gans!«, schalt sie sich selbst.
»Was lassen?« Es war so dunkel, dass Nonnos Stimme direkt aus den Schatten zu kommen schien. Rona zuckte zusammen.
»Ach nichts. Ich muss nur andauernd an Wölfe und so ein dummes Zeug denken.«
Statt darauf etwas zu erwidern, tastete Nonnos Hand nach der ihren, fand sie und umschloss sie vorsichtig. Ein klein wenig fühlte sie sich dadurch besser.
»Was wird dein Vater sagen, wenn er bemerkt, dass du einfach fortgegangen bist?«, fragte er mit leiser Stimme.
Rona schloss die Augen. Aber obwohl die Finsternis rings herum so tief war, war es unangenehm, mit geschlossenen Augen herumzulaufen, und so riss sie sie wieder auf. In ihrer Brust saß ein großer, kalter Stein. »Ich weiß es nicht.«
»Eigentlich willst du gar nicht mitkommen, oder?«
Darauf antwortete sie nicht. Zwischen den Bäumen ging der Mond auf und tauchte den Weg vor ihren Füßen in ein fahles, silbriges Licht, sodass Rona

Nonno jetzt besser erkennen konnte. Sie suchte nach seinem Blick, aber sie konnte ihn nicht einfangen. Für einen Augenblick lang fühlte sie sich an ihr erstes Treffen erinnert, an die traurige Dunkelheit, die damals seine Augen erfüllt hatte. Täuschte sie sich, oder war diese Traurigkeit plötzlich wieder da?

»Doch«, antwortete sie ihm endlich. »Schon. Aber ...«

»Was aber?«, fragte er, als sie nicht weitersprach.

»Ich weiß nicht. Ich habe das Gefühl, es tun zu müssen, aber ich weiß auch, dass es meinem Vater wehtun wird. Ich möchte ihn nicht verletzen, Nonno.«

Der Schatten auf Nonnos Wangen änderte seine Form, und daran erkannte Rona, dass er nickte. »Das verstehe ich.«

»Es ist das erste Mal, dass ich ihn nicht um Rat fragen kann, was ich tun soll.«

Nonno blieb stehen. »Wenn du willst, bringe ich dich nach Hause zurück.« Sie standen jetzt vor einem alten, halb zerfallenen Schafstall, dessen Mauern mit Efeu bewachsen und dessen Dach teilweise heruntergebrochen war. Schwach konnte Rona noch den Geruch der Schafe wahrnehmen, die hier früher einmal Schutz gefunden hatten.

»Nein«, entschied sie.

Nonno ließ ihre Hand los. Dann brummte er etwas vor sich hin, das sie nicht verstand.

»Was meinst du?«, wollte sie wissen.

»Nichts. Ich habe nur ›Gut‹ gesagt.« Er deutete auf den Stall. »Wollen wir hier ein bisschen ausruhen, bevor wir weitergehen?«

8. Kapitel

m nächsten Morgen erwachte Rona, weil ihr eisige Wassertropfen ins Gesicht fielen. Sie setzte sich auf. Ihr war kalt; so kalt, dass ihre Zähne aufeinander schlugen und ihre Fingernägel eine dunkelblaue Färbung angenommen hatten.

Ein leises, stetiges Rauschen verriet ihr, woher das Wasser gekommen war. Es regnete.

Nonno stand in der Tür des alten Stalles. Er hatte die Arme vor der Brust verschränkt, die Schulter gegen den Rahmen gelehnt und ein Bein über das andere geschlagen. So stand er reglos da und starrte in den grauen Morgen hinaus.

Rona sprach ein rasches Morgengebet, erhob sich dann und trat neben ihn. »So fängt also unser Abenteuer an? Ein tolles Wetter!«, sagte sie statt einer Begrüßung.

Nonno zuckte die Achseln. »Gewöhnen wir uns am besten gleich daran.«

Rona nahm ihren Umhang von den Schultern und schüttelte ihn aus. Er war in der feuchten Luft klamm geworden und wärmte nicht mehr besonders gut, aber er war das Einzige, was sie hatte, also legte sie ihn schließlich wieder um. Was ihr Vater jetzt wohl gerade machte? Ob er ihr Fehlen schon be-

merkt hatte? Sie schob diesen Gedanken fort. »Wie soll es jetzt weitergehen? Ich meine: Wir kommen doch niemals ganz alleine bis nach Goslar!«
»Müssen wir auch nicht«, erklärte Nonno. »In der Stadt haben vor ein paar Tagen Händler Quartier genommen. Sie wollen heute in Richtung Harz weiterreisen, und ich habe sie gefragt, ob sie uns mitnehmen würden.«
»Tun sie es?«
»Ja.«
»Und wo treffen wir sie?« Rona konnte sich nicht vorstellen, dass Nonno vorhatte, in die Stadt zurückzukehren, um sich mit den Händlern zu treffen. Schließlich musste er fürchten, entdeckt und in das Kloster zurückgebracht zu werden. Zwar hatte er noch keinerlei Gelübde abgelegt, aber trotzdem stand es ihm nicht einfach zu, das Kloster ohne Angabe von Gründen zu verlassen.
»Östlich der Stadt steht eine Mühle. Ich habe die Händler gebeten, heute Morgen dort auf uns zu warten.«
Leises Schafblöken begleitete Nonnos Worte. Er stieß sich vom Türrahmen ab und spähte in den Regen hinaus, wo sich jetzt, kleinen Buckeln in der Landschaft gleich, an die zwanzig Schafe aus dem Dunst schälten. Ein kurzes, scharfes Bellen ertönte, dann ein einzelner Pfiff.
Rona sah die breite, hoch gewachsene Gestalt eines Schäfers, der in einen langen, schweren Mantel gehüllt hinter seinen Tieren herging und mit

gelegentlichen Befehlen seinen beiden Hunden anzeigte, wohin er sich zu wenden gedachte. Die Schafe schienen wegen des trüben Wetters schlecht gelaunt zu sein; ihr Blöken klang mürrisch, und ab und zu boxte eines von ihnen mit dem Kopf nach einem anderen. Die vordersten wollten ins Innere des Stalls drängen, sodass Nonno ihnen Platz machen musste, aber die Hunde verhinderten das mit Nachdruck, indem sie dem Leithammel heftig in die Hinterbeine bissen.
»Holla!« Der Schäfer hatte Nonno und Rona entdeckt und reckte grüßend seinen Stab in die Höhe. »Was macht ihr denn hier draußen bei dem Wetter?«
Nonno trat vor den Stall, hoch aufgerichtet und mit vorgeschobenem Kinn. Als er sprach, klang seine Stimme ein ganzes Stück tiefer als sonst. »Wir warten darauf, dass der Regen nachlässt.« Die Art, wie er den Gruß des Schäfers nur mit einem knappen Kopfnicken beantwortete, ließ den Mann die Augenbrauen hochziehen. Er musterte Nonno einen Augenblick lang intensiv, dann zog er seine Kappe vom Kopf.
»Natürlich. Wünsche Euch einen schönen Tag.« Und mit diesen Worten ging er rasch seines Weges.
Rona sah ihm nach. »Was hatte er plötzlich? Er war am Anfang doch ganz freundlich.«
Nonno grinste. »Er hat gemerkt, dass ich aus hohem Hause stamme.«
Rona blinzelte zweifelnd und sah an Nonnos ein-

fachem Gewand hinab, das ihn zwar noch nicht als Mönch, so doch als Angehörigen eines Klosters auswies. Nonno hob die Arme, als wolle er sich ihren Blicken besser präsentieren.
»Es kommt nicht auf die Kleidung an«, belehrte er sie. »Sondern auf die Art, wie du mit den Leuten sprichst.«
»Na ja, ich fand dich eigentlich nur arrogant!«
Nonno lachte auf. »Eben!«, sagte er und lehnte sich wieder gegen den Türrahmen.
Eine ganze Weile schauten sie schweigend dem strömenden Regen zu, bis Nonno sich schließlich einen Ruck gab. »Wir müssen los, sonst verpassen wir die Händler.« Er starrte finster in den Himmel, als könne er die Wolken dadurch davon abhalten, sie gänzlich zu durchnässen. Dann nahm er seine zu einem Bündel zusammengeschnürten Sachen und trat hinaus in den Regen.
Seufzend folgte Rona ihm.

Lange bevor sie die Mühle erreichten, hatte der Regen Rona bis auf die Haut durchnässt. Das Wasser lief ihr seitlich am Kopf hinunter, klebte ihre Haare am Nacken fest, rann ihr über Rücken und Oberschenkel bis hinunter zu den Füßen, wo es sich in kleinen Pfützen in den Schuhen sammelte.
Bei jedem Schritt, den sie tat, quietschte es leise. Wenigstens fror sie nicht, denn Nonno hatte jetzt ein so scharfes Tempo angeschlagen, dass ihr vom

Laufen rasch warm wurde. Sie war ihm dankbar dafür, auch, weil der stramme Marsch sie davon abhielt, sich zu viele Gedanken über ihren Vater zu machen.

Die Mühle stand am Ufer eines kleinen Flusses, dessen Bett über ein Geröllfeld führte. Das Mühlrad drehte sich munter und knarzend, und wenn die Sonne geschienen hätte, hätte Rona das Bild sogar schön finden können. So jedoch kam ihr alles wie in eintöniges Grau getaucht vor – einschließlich ihrer eigenen Zukunft.

Vor der Mühle standen zwei mächtige Karren, deren Zugtiere – jeweils zwei kräftige, pechschwarze Ochsen – mit hängenden Köpfen dastanden und das Wasser über ihre Rücken laufen ließen. Die Ladung der Karren war mit großen wachsbeschichteten Planen verdeckt, in deren Falten sich das Wasser sammelte und seitlich neben den Rädern zu Boden tropfte. Von den Händlern war keine Spur zu sehen.

»Sie werden im Haus sein«, vermutete Nonno. Er wies auf einen kleinen Anbau neben der Mühle, der unschwer als das Wohnhaus des Müllers zu erkennen war. Rasch gingen die beiden zu der niedrigen Tür und klopften an.

Ein bärtiger Mann öffnete und streckte seinen Kopf zur Tür hinaus. Bevor er einen Ton sagen konnte, löste sich ein dicker Wassertropfen von der Dachkante genau über ihm und fiel ihm auf die Nase.

»Brr!«, rief der Mann und schüttelte sich wie ein

Hund. »Was für ein Mistwetter!« Dann richtete er den Blick seiner hellblauen Augen auf Nonno und rief nach hinten ins Innere des Hauses: »Ich glaube, mein Lieber, Eure Fracht ist eben eingetroffen.«

Er kicherte fröhlich, als er sah, wie Nonno seine Worte mit einem finsteren Blick erwiderte. »Nichts für ungut, junger Herr. Kommt erst einmal herein, sonst kriegt Ihr noch Schwimmhäute bei diesem Wetter hier.« Er ließ die Tür ganz aufschwingen und Nonno und Rona eintreten.

Das Haus bestand nur aus einem einzigen Raum, genau wie das, das Vater und Rona bewohnten – *bewohnt hatten*, verbesserte sie sich in Gedanken. Sie stellte sich so dicht wie möglich hinter Nonno, sodass sie ihm ins Ohr flüstern konnte: »Der hat dich auch als Herr erkannt.«

Nonno nickte, sah sich aber nicht zu ihr um dabei. »Sage ich ja.« Er trat auf eine kleine Gruppe von vier Männern zu, die am Esstisch des Müllers saßen und sich bis eben angeregt unterhalten hatten. »Dank Euch, dass Ihr auf uns gewartet habt, Herr Quentin.«

Einer der Männer, ein kleiner, gedrungener Kerl mit einem Ungetüm von Nase mitten im Gesicht, erhob sich und kam lächelnd auf Nonno zu. »Es ist uns eine Ehre, junger Herr, den Sohn eines Grafen nach Hause begleiten zu dürfen!« Er deutete eine leichte Verbeugung an, die aber offensichtlich nur dazu diente, Rona möglichst unauffällig ins Auge zu fassen. Sie fühlte sich beinahe wie unter dem gestrengen Blick von Abt Johannes und musste sich zwingen, nicht unsicher von einem Bein auf das andere zu treten.

Nonno bemerkte die unausgesprochene Frage. »Das ist die Tochter eines Schmiedes hier aus der Gegend«, erklärte er Quentin. »Sie soll meiner Mutter in Zukunft zur Hand gehen, darum reist sie mit uns.«

Fast hätte Rona protestiert angesichts dieser offensichtlichen und für sie darüber hinaus noch wenig schmeichelhaften Lüge, aber Nonno stieß sie unauffällig an, sodass sie den Mund, den sie bereits geöffnet hatte, wieder zumachte.

»Nun gut!« Quentin wackelte mit dem Kopf. »Die Frage ist jetzt nur noch: Sollen wir gleich weiterreisen oder warten wir, bis der Regen nachgelassen hat?«

Sie entschieden sich für das Letztere, und Quentin bat Nonno und Rona, sich zu ihnen an den Tisch zu setzen. »Herr Müller, wäret Ihr so freundlich, meinen neuen Begleitern einen Krug von Eurem vorzüglichen Bier zu bringen?«

Der Müller tat wie erbeten, und er sah dabei seltsam zufrieden aus. Rona beugte sich zu Nonno hinüber. »Warum ist er so fröhlich?«

»Quentin wird ihm eine angemessene Bezahlung angeboten haben für alles, was wir hier verzehren.« Nonno nahm den Krug und trank einen Schluck daraus. Rona sah, wie sich sein Kehlkopf ruckartig hob und senkte, auch noch, nachdem er bereits wieder abgesetzt hatte.

Sie nahm den Krug entgegen. »Auch für unser Essen und Trinken?«

»Ja.«

»Warum?«

Nonno legte beide Hände auf die Tischplatte und presste sie gegen das raue Holz. »Weil ich ihm versprochen habe, dass mein Vater ihn für unsere Mitnahme entlohnen wird.«

Rona, die den Krug schon halb an den Lippen hatte, setzte ihn wieder ab. »Aber das ist doch gelogen!« Fast hätte sie laut gesprochen. Gerade noch konnte sie ihre Empörung zu einem Flüstern dämpfen. Nonno schaute rasch zu den Händlern hinüber, die am anderen Ende des Tisches in irgendeine Diskussion über den Weg vertieft waren und die beiden nicht beachteten.

»Das wissen die vier nicht«, sagte er schlicht.

Rona konnte es nicht glauben. »Du hast gar nicht vor, die Männer für unsere Mitnahme zu bezahlen?« Energisch setzte sie den Krug ab, ohne einen Schluck genommen zu haben.

Nonno zuckte die Achseln. »Wollen wir deinem Vater helfen, oder nicht?«

»Schon, aber ...«

»Nichts, aber! Lass das alles mal meine Sorge sein, ja?«

Rona blieb nichts anderes übrig, als widerwillig zu nicken, auch wenn ihr alles andere als wohl bei der Sache war. Sie betrachtete Nonno, während er seelenruhig einen weiteren Schluck aus dem Krug nahm, und in diesem Moment kam er ihr unsympathisch vor.

9. Kapitel

ie warteten bis kurz vor Mittag, und als der Regen dann immer noch nicht aufhörte, entschied Quentin, dass sie dennoch losziehen würden.
Der Händler drückte dem Müller einige Münzen in die Hand, die dieser zufrieden zählte, und dann nahm jeder der Männer seinen Platz auf den Karren ein.
»Ihr könnt es Euch aussuchen«, sagte Quentin zu Nonno. »Auf jedem Kutschbock ist noch Platz für einen von Euch. Wenn Ihr lieber zusammen reisen möchtet, so müsstet Ihr mit einem Platz da hinten vorlieb nehmen.« Er deutete hinter sich auf die Ladefläche des Karrens.
Nonno sah Rona fragend an.
»Auf der Ladefläche«, sagte sie, und er nickte knapp.
»Also dann.« Er wollte Rona beim Aufsteigen helfen, aber sie entzog ihm ihren Arm. Achselzuckend kletterte er hinter ihr hoch.
»Da liegt irgendwo noch eine Plane«, meinte Quentin. »Wenn Ihr wollt, könnt Ihr Euch damit zudecken. Vielleicht hält sie wenigstens einen Teil des Regens ab.«
Nonno griff nach der Plane und breitete sie über sich

und Rona aus. Rona rückte dabei so weit von ihm ab, wie es möglich war, ohne den Regenschutz dafür aufgeben zu müssen. Nonno musterte sie fragend, zuckte dann jedoch nur erneut die Achseln.

Die beiden Wagenlenker wollten die Ochsen schon antreiben, als Rona etwas einfiel.

»Halt, bitte!«, rief sie.

Die Händler sahen sich zu ihr um.

Sie deutete auf den Müller. »Könntet Ihr mir einen Gefallen tun?«

Der Mann nickte widerwillig, warf dann jedoch einen Blick auf die Münzen in seiner Hand. »Natürlich«, sagte er.

»Mein Vater lebt als Schmied in dem Dorf südlich der Stadt. Würdet Ihr ihm die Nachricht zukommen lassen, dass es Rona gut geht?«

Der Müller antwortete erst, nachdem er einen fragenden Blick auf Nonno geworfen hatte. Der nickte zustimmend, also nickte auch der Mann. »Klar.«

Rona neigte den Kopf. »Danke! Sagt ihm bitte auch, dass ich ihm alles erkläre, wenn ich wieder nach Hause komme.«

»Und was war das jetzt?«, fragte Nonno leise, nachdem sie die Mühle schon längst hinter sich gelassen hatten und in den Wald eingebogen waren, der sich östlich von Hildesheim erstreckte. Der Regen wurde hier durch das dichte Blätterdach der Bäume zu einem unregelmäßigen Tröpfeln gedämpft. Es roch stark nach Erde.

»Was meinst du?« Rona hatte sich gegen die Seitenwand des Karrens gelehnt und die Knie vor die Brust gezogen. Die Plane verströmte den intensiven Geruch irgendwelcher ihr unbekannten Gewürze.

»Der Müller kommt deiner Bitte nicht aus Barmherzigkeit nach, das ist dir doch klar, oder? Er ist von den Händlern äußerst großzügig bezahlt worden, und darum hat er eingewilligt. Weil er gar nicht anders konnte.«

»Unsinn!« Rona wischte Nonnos Worte zur Seite, aber sie konnte nicht verhindern, dass sie sich in ihrem Kopf festsetzten.

Im Grunde hatte Nonno Recht: Sie profitierte genauso wie er von der Tatsache, dass er die Händler betrog.

Ob es ihr nun gefiel oder nicht.

Es war der kälteste und verregnetste August, an den Rona sich erinnern konnte. Die ersten zwei Tage ihrer Reise goss es unablässig und in Strömen, sodass den Händlern nichts anderes übrig blieb, als ihre Köpfe zwischen die Schultern zu stecken, das Wasser über ihren kalten Rücken laufen zu lassen und zu hoffen, dass es bald besser werden würde. Auch sie hatten sich notdürftig mit Planen gegen den Regen geschützt, aber im Gegensatz zu Nonno und Rona, die ganz darunter kriechen konnten, mussten die Händler sich darin einwickeln. Ihre Beine und Arme schauten daraus hervor und waren auf diese Weise dem ständigen Regen ausgesetzt.

Bevor der zweite Tag vorbei war, begann es in Ronas Hals zu kratzen. Sie konnte kaum noch schlucken, und dann kribbelte ihre Nase, ihr Kopf dröhnte, und ein enges Gefühl breitete sich in ihrem Brustkorb aus. Sie begann zu husten, und schließlich fühlte sie sich so matt und schwindelig, dass ihr Oberkörper hin und her schwankte.

»Quentin!«, rief Nonno über die Schulter nach vorne.

Der Händler sah sich um, richtete den Blick auf Rona und betrachtete sie einen Moment lang. Dann nickte er und hielt seine Ochsen an.

Rona erwiderte seinen Blick, aber plötzlich hatte sie das Gefühl, den Händler gar nicht richtig anzusehen. Er wirkte vor ihren Augen eigenartig verschwommen, als würde etwas Unsichtbares an seinen Konturen zerren und sie einmal in die Breite und dann wieder in die Länge ziehen.

»Gib mir mal deine Hand!«, forderte Quentin sie auf.

Sie tat es, und er nickte, als habe sich eine Vermutung bestätigt. »Sie hat Fieber«, sagte er zu einem seiner Begleiter, dessen Namen Rona sich immer noch nicht merken konnte. »Komm, leg dich hier vorne hinter den Kutschbock.« Der Händler sprang vom Karren, ging um ihn herum und machte sich an einer der Planen zu schaffen. Es dauerte einen Augenblick, dann hatte er ein fest verschnürtes Bündel zu Tage befördert. Er brachte es zu Rona, legte es neben ihr auf den Kutschbock und löste die Verschnürung.

Es war eine dicke, flauschig weiche Decke, in die er sie jetzt hüllte, und über die er die Plane zog. Rona senkte die Nase in den kostbaren Stoff und sog den Duft ein, der daraus aufstieg. Obwohl sie wegen des Schnupfens kaum etwas roch, glaubte sie doch ein schweres, fast betäubendes Parfüm wahrzunehmen. Sie schloss die Augen. Der Karren stand, und dennoch hatte sie das Gefühl, die Welt um sie herum müsse von einer Seite zur anderen schwanken.
Als sie die Augen wieder öffnete, beugte sich Nonno über sie. »Was machst du bloß für Sachen?«, fragte er. Seine Stimme hörte sich ein wenig heiser an, und Rona vermutete, dass er die gleichen Halsschmerzen hatte wie sie selbst.
»Du hast jetzt gar keine Plane mehr«, murmelte sie mit einem Blick auf das Bündel, zu dem Quentin sie verpackt hatte.
Nonno winkte ab. »Schon in Ordnung.«
Quentin werkte eine Weile an dem anderen Karren herum und kam schließlich zum zweiten Mal zu Rona. Er hatte eine kleine gläserne Flasche in der Hand, aus deren Hals er jetzt einen unglaublich winzigen Korken zog. »Trink das!«, befahl er.
Wieder gehorchte Rona. Die Medizin schmeckte scharf und holzig gleichzeitig, und beinahe hätte Rona sie wieder ausgespuckt, weil sie beim Schlucken husten musste. »Was ist das?«, keuchte sie. Ihre Kehle brannte wie Feuer.
»Ein Sud aus Salbei und Liebstöckl, beides stark konzentriert. Es wird das Fieber senken und den

Husten stillen.« Quentin steckte das Fläschchen in eine Tasche an seinem Gürtel, und Rona vermutete, dass sie diese Medizin nicht zum letzten Mal getrunken hatte. Sie schluckte gegen die Enge in ihrer wunden Kehle an, und der bittere Nachgeschmack des Trankes ließ sie beinahe würgen.
Quentin lachte. »Es schmeckt widerlich, aber es wird dir bald auf die Beine verhelfen.«

Er behielt Recht. Schon am Abend des nächsten Tages war Rona wieder auf. Sie fühlte sich bei weitem nicht mehr so zerschlagen und zitterig wie am Tag zuvor, und so nahm sie ihren Platz neben Nonno auf der Ladefläche des Karrens wieder ein. Quentin verpackte seine kostbare Decke, und Rona achtete darauf, dass Nonno von der Plane gut zugedeckt wurde. Unter dem Schutz fühlte sich sein Körper kühl und feucht an, und Rona machte sich Sorgen, dass auch er sich ein Fieber zuziehen würde. Auf ihre entsprechende Äußerung reagierte er jedoch so abwehrend und überheblich, dass sie beinahe wütend auf ihn wurde.
Inzwischen hatte es aufgehört zu regnen. Zwar hüllte sich die Sonne noch immer in tief hängende, graue Wolkenschleier, aber allein das Fehlen der kalten Güsse ließ die Laune aller Reisenden ein gutes Stück steigen.
»Wie kommt es, dass du nicht krank geworden bist?«, fragte Rona Nonno, nachdem ihre Wut ver-

raucht und die Stille zwischen ihnen ihr zu langweilig geworden war. Gemeinsam lehnten sie mit dem Rücken an der Seitenwand des Karrens und schauten zu, wie die Bäume des Waldes an ihnen vorbeistrichen. In den letzten Stunden hatte sich das Bild gewandelt. Die Laubbäume waren seltener geworden und hatten dunkelgrünen Tannen Platz gemacht. Die durchnässte Erde roch schwer und dumpf nach Verwesung und Leben zugleich, und Rona meinte fast, das Aroma von Pilzen in der Luft schmecken zu können. Eigentlich war es dafür noch ein bisschen zu früh, aber der beständige Regen der letzten Tage ließ sie wohl eher austreiben als sonst.
»Quentin hat mich mit der gleichen Medizin versorgt wie dich«, erklärte Nonno. Er verzog das Gesicht dabei, und Rona musste lachen.
»Ekelig, was?«
Nonno zuckte die Achseln. »Es hat geholfen.«
»Zu Hause hat mein Vater mir immer Brustwickel mit Zwiebeln gemacht, wenn ich so starken Husten hatte.« Rona wollte noch etwas hinzufügen, aber die plötzliche Erinnerung an ihren Vater traf sie unvermittelt, und sie verstummte abrupt.
Nonno lauschte auf das Tröpfeln des Wassers aus den Baumkronen. »Vermisst du ihn?«
»Und wie!« Rona legte den Kopf gegen die Karrenwand. Das Holpern des Gefährtes übertrug sich auf ihren Schädel, und sofort schmerzte die Stelle, an der sich Knochen und Holz berührten.

Statt noch etwas zu sagen, legte Nonno seine Hand auf ihre. Er hatte schon zweimal Ronas Hand gehalten, einmal im Palast des Bischofs und einmal in ihrer ersten Nacht im Wald. Aber damals war Rona verängstigt gewesen und froh über seine Berührung. Jetzt jedoch kam sie ihr unpassend, ja peinlich vor. Rasch zog sie ihre Hand weg.
Nonno schaute betreten, sagte aber nichts dazu.
»Es wird schon gehen«, meinte sie und versuchte leichthin zu klingen. »Es wird besser werden, denke ich.«
»Es wird immer besser.«
»Klar.«
Eine Weile sagten sie gar nichts, sondern lauschten stattdessen dem Gespräch, das Quentin und seine Männer führten. Inzwischen hatte Rona herausbekommen, dass die Händler Tuch und Leder transportierten, das sie in Goslar gegen Silbererz eintauschen wollten. Der Geruch nach Gewürzen, der von den Planen ausging, schien demnach von einer früheren Ladung zu stammen. Quentin plante, in einem Kloster ganz in der Nähe der Stadt Zwischenstation zu machen, aber seine Begleiter zogen es vor, Goslar so schnell wie möglich zu erreichen.
Rona hörte zu, wie sie zu diskutieren begannen, und sie hoffte, die anderen Männer würden sich durchsetzen. Sie hatte die Reiserei in dem schaukelnden Karren satt. Ihre Hoffnung wurde erfüllt; schließlich lenkte Quentin ein, und an der nächsten

Wegkreuzung, die sie erreichten, wandten sie sich nach links.

»Seid Ihr schon öfter hier gewesen?«, rief Nonno nach vorne. »Ihr scheint den Weg genau zu kennen!«

»Wir kommen zweimal im Jahr hierher«, bekam er zur Antwort. »Darum weiß ich auch, wo der Weg zu Eures Vaters Ländereien abzweigt. Ihr mögt Euch nicht mehr daran erinnern, aber als Ihr noch ein kleiner Junge wart, war ich einmal auf der Burg Eures Vaters.«

Nonno kniff die Augen zusammen. »Ihr habt Recht, ich erinnere mich nicht daran.«

»Eure Mutter wird es«, prophezeite Quentin. »Sie hat damals einige Ballen blaue Seide bei mir gekauft.«

Rona schoss ein Gedanke durch den Kopf, aber bevor sie ihn aussprechen konnte, ergriff Nonno schon das Wort. »Der Weg zu unserer Burg wäre ein ebenso weiter Umweg wie der zum Kloster. Ihr müsst uns nicht bis direkt nach Hause bringen. Es reicht, wenn Ihr uns in der Stadt abladet.«

Quentin wandte sich um und fasste Nonno ins Auge. »Und wie wollt Ihr von dort aus …«

»Einige gute Freunde meines Vaters leben in der Stadt. Ich finde schon einen Weg.« Urplötzlich hatte Nonno wieder diesen etwas anmaßenden Grafenton am Leibe, und das schien auch Quentin zu spüren. Er nickte langsam. »Wir werden sehen.« Dann drehte er ihnen den Rücken zu und schnalzte mit der Zunge, um seine Ochsen zu einer schnelleren Gangart anzutreiben.

»Was machen wir, wenn er trotzdem zur Burg fährt?«, flüsterte Rona. Noch immer war ihr der Gedanke, die Händler um ihren verdienten Lohn für die Mitreisegelegenheit zu bringen, sehr unangenehm.

»Keine Ahnung! Ich ...«

Nonno unterbrach sich, stemmte sich ein wenig in die Höhe und schaute voraus. Auf dem Weg wurden Stimmen laut, und mit einem kleinen Ruckeln kamen die beiden Karren zum Stehen.

»Holla!«, hörte Rona eine Männerstimme rufen. »Wohin seid Ihr des Weges, meine Herren?«

»Wir wollen nach Goslar«, erklärte Quentin. Rona sah, dass er sicherheitshalber seine Hand auf dem Knauf des Schwertes liegen hatte, das er ebenso wie seine drei Begleiter immer bei sich trug.

»Dann habt Ihr Euch eine schlechte Zeit ausgesucht«, sagte einer der Männer, die jetzt vor den Karren stehen blieben. Sie waren zu dritt, und sie sahen nicht aus wie Wegelagerer. Ein jeder von ihnen trug den einfachen, graubraunen Kittel eines Bauern und Schuhe aus Holz. Zwei hatten Sensen über der Schulter hängen, der dritte, derjenige, der das Gespräch führte, hielt eine Sichel in den Händen. »Oder einen schlechten Weg, wie man es nimmt.«

»Warum?« Quentin richtete seinen Blick auf den Weg voraus. Die Sonne war vor einigen Minuten durch die Wolken gebrochen, und so musste er die

Augen mit der flachen Hand beschatten, um etwas erkennen zu können.

Auch Rona blinzelte in das helle Licht.

»Weil Ihr auf diesem Weg zur Eridanus-Mühle kommt, und es heißt, die Innerste ist dort über die Ufer getreten und hat die Furt überschwemmt.« Der Bauer wedelte mit der Hand hinter sich.

»Wisst Ihr das sicher?«, erkundigte sich Quentin.

Der Bauer zuckte die Achseln. »Ich sage nur das weiter, was mir die Leute erzählt haben, die vor ein paar Tagen aus Goslar gekommen sind.«

»Was jetzt?« Einer von Quentins Begleitern auf dem zweiten Karren wandte den Oberkörper.

Quentin grub die Zähne in die Oberlippe. »Hm. Wenn wir einen anderen Weg einschlagen wollen, müssen wir zurück bis fast nach Lutter.«

»Wenn du mich fragst«, sagte der Begleiter, »sollten wir weiterfahren und sehen, ob dieser Mann Recht hat.«

Rona beugte sich vor. »Ist denn die Furt der einzige Weg über den Fluss?«, fragte sie den Bauern.

Der richtete seine hellen Augen auf sie, und sie bemerkte, dass er weder Augenbrauen noch Wimpern besaß. Ihr Fehlen gab seinem Gesicht etwas eigenartig Maskenhaftes. »Nein. Ein Stück weiter südlich gibt es eine Brücke, aber ich weiß nicht, ob die bei Hochwasser befahrbar ist.«

Das gab den Ausschlag. Quentin nickte, hob die Peitsche und ließ sie einmal durch die Luft schnalzen. »Wir fahren weiter«, entschied er.

Sie fuhren noch einen halben Tag durch dichtstehenden Tannenwald dahin, bis sich der Fluss endlich mit langsam lauter werdendem Tosen ankündigte.

»Das klingt nicht gut«, hörte Rona Quentin murmeln. »Die Innerste ist sonst ein eher ruhiges Gewässer. Wenn wir es jetzt schon hören können ...«

Es war ein Geräusch wie von einem Wasserfall, und als sie sich im letzten Tageslicht dem Fluss näherten, sahen sie, dass die Auskunft, die sie von dem Bauern erhalten hatten, richtig gewesen war. Der Fluss hatte sich in ein brüllendes Monster verwandelt. Dort, wo sich die Ufer dicht aneinander drängten und dem Fluss dadurch die nötige Kraft gaben, ein Mühlrad anzutreiben, glich er einem grauen, wilden Strom. Gischt sprühte in die Höhe und ließ die letzten Sonnenstrahlen funkeln, und rings um die Felsbrocken, die sich der Wucht des Wassers entgegenstemmten, hatten sich Strudel gebildet.

»Wo soll denn hier eine Furt gewesen sein?«, fragte Rona.

Nonno wies ein Stück weit den Fluss hinunter, dorthin, wo sich das Ufer wieder verbreiterte. An dieser Stelle stand die angekündigte Mühle, ein flacher Bau aus dunklem, fast schwarzem Holz. Sie wirkte seltsam fehl am Platze: Der Fluss hatte sich rings um sie herum ausgebreitet, sodass es aussah, als stünde sie inmitten eines weiten, flachen Sees.

»Ein Stück weiter den Fluss runter«, beantwortete

Nonno Ronas Frage. »Aber wie es aussieht, lässt sich kaum sagen, wo genau.«
»Ob das Wasser dort tief ist?«
»Auf jeden Fall zu tief für unsere Wagen«, sagte Quentin. Er hatte die Nase gerümpft und schien nachzudenken. »Sieht ganz so aus, als müssten wir es tatsächlich mit der Brücke versuchen.«

Sie wandten sich in Richtung Süden und fuhren so lange, bis die Nacht ein undurchdringliches, schwarzes Tuch über sie gelegt hatte. Dann erst ließ Quentin anhalten, ein Feuer anzünden und ein Lager für die Nacht errichten.
In dieser Nacht träumte Rona schlecht. Nicht zum ersten Mal, seit sie von zu Hause fortgegangen war, aber diesmal war der Traum so intensiv, dass sie weinend daraus aufwachte. Sie hatte ihren Vater gesehen, wie er vor der Hütte stand, den Blick auf den Weg gerichtet, auf dem sie fortgegangen war, und aus seinen Augen waren unablässig silbrige Tränen geströmt, die sich glitzernd um seine Füße sammelten wie Perlen. Nachdem Rona erwacht war, lag sie lange in der Dunkelheit und kämpfte gegen den Wunsch an kehrtzumachen. Irgendwann bemerkte sie, dass auch Nonno an ihrer Seite nicht schlief, aber er sagte kein Wort, und so schwieg auch sie. Fast wünschte sie sich, er würde erneut nach ihrer Hand greifen.
Am nächsten Morgen ging die Sonne in einem die-

sigen Schleier auf, der ihnen ankündigte, dass ein warmer Tag bevorstand. Rona war so erleichtert über das Ende des elenden Regens, dass sie die nächtliche Traurigkeit vergaß und anfing, vor sich hin zu pfeifen. Irgendwann fiel Quentin ein, und schließlich fuhren sie singend an den Ufern des breiten Flusses dahin.

Bis Quentin plötzlich mitten in einer Strophe abbrach und einen Fluch ausstieß.

Gemeinsam mit Nonno spähte Rona nach vorne.

»Ach du liebe Güte!«

Die Brücke, von der der Bauer gesprochen hatte, war nicht viel mehr als ein Steg, der sich in flachem Bogen aus der überfluteten Wiese erhob und über die tiefsten Stellen des Flusses führte, bis er auf der anderen Seite wieder im Wasser verschwand.

»Und nun?« Quentin zog an den Zügeln, und die Ochsen seines Karrens blieben stehen. Einer von ihnen senkte den Kopf und schnaubte leise.

Während die Männer begannen, darüber zu diskutieren, was nun zu tun sei, sprang Nonno kurzerhand aus dem Karren.

»Was hast du vor?«, rief Rona ihm hinterher, als er vorsichtig tastend in das flache Wasser hineinwatete.

»Ich sehe nach, ob es hier seicht genug für die Wagen ist.« Fuß um Fuß schob er nach vorne, und stets fand er festen Grund, bis er den Steg erreicht hatte. An keiner Stelle reichte ihm das Wasser höher als bis zum Stiefelschaft.

»Das sieht ganz gut aus!« Er erklomm den Steg und winkte Quentin zu. »Ich schaue mal, ob die andere Seite genauso ist.«

Mit raschen Schritten überquerte er den solide gebauten Steg und wiederholte auf dem anderen Ufer seine Prüfung mit der gleichen Vorsicht wie eben. Einmal trat er in ein Loch und hätte beinahe das Gleichgewicht verloren.

Rona hielt den Atem an, als sie sah, wie er sich mit rudernden Armen wieder aufrichtete. Endlich war er drüben. Er hob eine Hand und winkte heftig.

»Das müsste gehen!«, schrie er aus Leibeskräften und war doch nur schwach zu verstehen.

Quentin schürzte die Lippen. »Was meint ihr?«, fragte er seine Männer.

Die betrachteten den Fluss eine Weile nachdenklich. »Bis nach Lutter zurück, das würde uns zwei Wochen kosten, oder?«

Quentin nickte. »Dann ist der Sommermarkt vorbei, wenn wir ankommen.«

»Also, ich würde sagen, wir sollten es versuchen!« Einer der Männer sprang vom Kutschbock und trat an das Geschirr seiner Ochsen. Wie um seine Entschlossenheit zu demonstrieren, trieb er die Tiere an, und sie gingen willig in das flache Wasser.

Quentin sah zu, wie der Wagen über die überflutete Wiese rollte. Das Wasser wurde von den Rädern nach oben transportiert und tropfte in feinen Kaskaden wieder zu Boden. Ab und zu wedelte einer der Ochsen mit dem Schwanz und peitschte einen

Schwall Gischt in die Luft. Rona beobachtete, wie der Wagen die Brücke erreichte, rumpelnd hinaufrollte und sie dann überquerte.

»Das ist ganz schön eng!«, sagte sie zu Quentin und wies auf die Räder des Karrens. Zwischen ihnen und dem Rand der Brücke war kaum eine Handbreit Platz.

Quentin nickte, sah aber nicht besorgt aus. »Matthias hat seine Tiere gut im Griff, genau wie ich auch«, beruhigte er Rona. »Du kannst auch absteigen und zu Fuß hinübergehen, aber ich glaube, es wäre besser, wenn du nicht durch das kalte Wasser watest. Ganz fort ist deine Erkältung immerhin noch nicht.«

Kurz überlegte Rona, und dann entschied sie sich dafür, keine neue Erkältung zu riskieren. »Ich bleibe bei euch, bis wir auf dem Steg sind«, sagte sie.

10. Kapitel

achdem der andere Karren endlich das gegenüberliegende Ufer erreicht hatte, wandte Quentin sich zu Rona um und sah sie fragend an. »Bereit?«
Rona nickte, und der Händler sprang zu Boden und griff nach den Zügeln der Ochsen. Mit einem spürbaren Ruck zogen die Tiere an. Rona stieß sich den Ellenbogen an der Seitenwand, aber sie bemerkte es kaum, denn sie hatte ihren Blick jetzt nach vorn gerichtet, wo die weite, glänzende Wasserfläche auf sie zu warten schien. Sie war eigentlich kein Angsthase, wenn es um Wasser ging. Sie konnte auch schwimmen, aber trotzdem ergriff sie ein ungutes Gefühl, als der Wagen jetzt in den seichten Fluss hineinfuhr. Das Wasser stieg den Ochsen erst über die Fesseln, dann über die Gelenke und reichte ihnen schließlich bis zum Bauch.
»Ihr müsst ein Stück weiter nach links lenken!«, hörte Rona Nonnos Ruf vom anderen Ufer schallen. Quentin tat wie geheißen, und sofort sank das Wasser den Ochsen wieder bis zu den Fesseln.
Rona spähte vorsichtig über den Karrenrand. Obwohl der flache Fluss aus der Entfernung silbrig und glänzend ausgesehen hatte, kam er ihr jetzt schwarz und undurchdringlich vor. Ab und zu rag-

te ein Grasbüschel aus den trägen Fluten und wirkte trotz des vielen Wassers seltsam schlaff.
Endlich erreichten sie die Brücke. Die Hufe der Ochsen verursachten ein dumpfes Poltern auf dem Holz, das von dem Knarren übertönt wurde, das die Brückenpfeiler machten, als der Karren mit seinem ganzen Gewicht auf sie hinauffuhr. Rona wollte schon von der Ladefläche abspringen, als ein Ruck sie fast von den Beinen geholt hätte.
Die Ochsen waren stehen geblieben.
Rona sah nach vorne. »Was ist?«
»Sie haben sich erschrocken«, erklärte Quentin. »Steig ruhig ab, es geht gleich weiter.«
Rona tat wie empfohlen und blieb hinter dem Karren stehen, um zu warten. Vorne redete Quentin auf seine Tiere ein, zog an den Zügeln und schnalzte mit der Zunge. Nichts half.
Die Ochsen standen wie aus Stein gemeißelt.
Rona krallte ihre Hände ineinander, dass die Fingernägel sich schmerzhaft in ihr Fleisch bohrten. Seit sie mit den Händlern reisten, hatten die Ochsen noch nicht ein Mal den Gehorsam verweigert. Warum mussten sie ausgerechnet jetzt damit anfangen? Spürten sie eine Gefahr, die die Menschen nicht wahrnehmen konnten? War die Brücke voraus vielleicht so morsch, dass sie beim Überfahren des anderen Karrens unsicher geworden war?
Quentin ließ die Peitsche knallen, aber auch das veranlasste die Ochsen nicht weiterzugehen. »Es

nützt nichts!«, rief der Händler zu den anderen hinüber. »Jemand muss kommen und mir beim Führen helfen.«
Die beiden Händler, die zu dem ersten Karren gehörten, waren damit beschäftigt, ihre Ladung zu prüfen, aber Quentins Mitfahrer, der den Steg bereits zuvor zu Fuß überquert hatte, wollte sich anschicken, das Wasser erneut zu durchwaten. Er hielt jedoch inne, weil Nonno ihn ansprach. Die beiden redeten einen Augenblick; Rona verstand kein Wort, aber schließlich war es nicht der Händler, der zu ihnen zurückkam, sondern Nonno. Er watete durch das Wasser und erklomm dann den Steg. Seine Stiefel verursachten auf dem Holz der Brücke kaum Geräusche, und bald hatte er die beiden Ochsen erreicht.
»Ich habe als Kind gerne mit den Ochsen auf Vaters Gut gespielt«, erklärte er Quentin. »Ich bin damals gut mit diesen sturen Biestern klargekommen.«
Rona verspürte den Wunsch, einen Scherz zu machen, der sich auf Nonnos eigenen Dickschädel bezog, aber irgendwie war ihr zu unwohl bei der ganzen Sache. Das dunkle Wasser ringsherum ängstigte sie, auch wenn sie sich lieber die Zunge abgebissen hätte, als das zuzugeben.
Nonno trat auf der anderen Seite des Fuhrwerks neben den Kopf des Ochsen und griff nach seinem Geschirr.
»Was ist mit dir?«, fragte er. »Stell dich nicht so dumm an!« Er blickte in Quentins Richtung, und

auf dessen Signal hin zogen sie beide gleichzeitig an den Riemen.

Widerwillig setzten die Ochsen sich wieder in Bewegung. Knirschend rollte der Karren weiter. Eine Schrittlänge. Eine zweite.

Und kam erneut zum Stehen.

Rona stöhnte auf.

»Rona«, rief Quentin zu ihr nach hinten, »du musst schieben, kannst du das?«

»Natürlich. Glaubt Ihr, dass das einen Sinn macht?«

»Hoffen wir es. Manchmal ist es nur eine Kleinigkeit, die die Biester wieder zum Laufen bringt.«

Rona legte beide Handflächen gegen die Rückseite des Karrens und wartete auf ein Kommando des Händlers, als einer der Ochsen Nonno einen heftigen und völlig unerwarteten Schlag mit dem Kopf versetzte. Nonno verlor das Gleichgewicht, taumelte über den Rand der Brücke und verschwand mit einem Aufschrei in der Tiefe. Rona hörte ihn auf dem Wasser aufklatschen.

»Nonno!«, rief sie und stürzte zum Rand des Steges. Ihr Schrei gellte weithin hörbar über das Wasser und erschreckte eine Schar Vögel, die im nahen Schilf Zuflucht vor den Händlern gesucht hatten. In einer laut kreischenden, silbrigen Traube erhoben sie sich in die Luft. Ihre Flugbahn führte sie direkt vor den Nasen der Ochsen über die Brücke hinweg. Und die Tiere gerieten in Panik.

»Rona!«, donnerte Quentins Stimme, aber es war bereits zu spät.

Etwas krachte gegen sie, mit solcher Gewalt, dass ihre Zähne aufeinander schlugen. Ein schrilles Brüllen dröhnte in ihren Ohren, dann fühlte sie sich durch die Luft fliegen, drehte sich einmal um ihre eigene Achse. Die Wasseroberfläche kam rasend schnell auf sie zu, sie prallte auf, und jedes kleine Bisschen Luft wurde ihr aus den Lungen gepresst, als sie unter die Oberfläche glitt.
Etwas war über ihr, ein riesiger, eckiger Schatten. Durch das Wasser gedämpft, das auf ihre Ohren drückte, vernahm sie ein mächtiges Platschen, dann sank der Schatten auf sie nieder. Sie begriff, dass es der Karren war.
Panisch versuchte sie, ihm zu entkommen, aber ihre Kleidung war so mit Wasser vollgesogen, dass sie nur langsam vorankam. Der Karren füllte ihr gesamtes Blickfeld aus. Unter ihr war aufgewirbelter Schlick. Etwas traf sie mit brutaler Wucht zwischen den Schulterblättern. Dann wurde ihr Körper in die aufgewühlte Masse des Flussbetts gepresst. Sie bekam noch mit, wie etwas in ihrem Kopf explodierte, fühlte das Brennen ihrer Lungen, die nach Luft gierten.
Und dann wurde alles um sie herum schwarz wie die Nacht.

»Rona!« Jemand schlug ihr ins Gesicht. »Rona, kannst du mich hören?«
Sie öffnete den Mund und schnappte nach Luft, aber

es ging nicht. Etwas saß in ihrer Kehle, kalt und zäh wie ein dicker Frosch. Sie drehte sich auf die Seite, dann würgte es sie mit aller Gewalt. Zäher, brauner Schleim rann ihr aus Mund und Nase. Sie hustete und spuckte, bis ihr Hals wie Feuer brannte.
Es war ihr egal. Sie bekam wieder Luft.
Japsend setzte sie sich auf. Eine Hand hielt sie im Rücken aufrecht, und jetzt erst sah sie, dass es Nonno war, der sich über sie gebeugt hatte. Er war klatschnass. Aus seinen Haaren rannen Wasser und zäher Schlamm über sein Gesicht und gaben seinen Zügen etwas Unheimliches. Als nun jedoch ein breites Lächeln über sein Gesicht huschte, leuchteten seine Zähne hell und weiß aus all dem Schmutz hervor.
»Bei allen Heiligen!«, keuchte er. »Ich dachte schon, es wäre zu spät gewesen.«
Rona beugte sich vor, um das Brennen in ihrem Oberkörper unter Kontrolle zu bekommen. »Was ist passiert?«, gelang es ihr zu fragen.
»Die Vögel haben die Ochsen in Panik versetzt«, gab Quentin ihr die Antwort. Auch er war nass und schmutzig, ebenso wie alle anderen seiner Männer. »Sie haben beide einen Satz rückwärts gemacht und dabei den Karren gegen dich gerammt. Du bist im Wasser gelandet und der Karren ist auf dich gefallen. Wir mussten ihn anheben, damit Fridunant dich darunter hervorziehen konnte.«
Rona sah in Nonnos Augen, in denen jetzt Verlegenheit erschien. »Danke.«
»Schon gut!«, winkte er ab.

Bevor sie dazu kam, ihn darauf hinzuweisen, dass er ihr jetzt schon zum zweiten Mal das Leben gerettet hatte, kam Quentin ihr zuvor. »Ihr solltet den Dank ruhig annehmen, junger Herr. Es war ziemlich mutig von Euch, unter den Karren zu tauchen.«
Nonno schüttelte unwillig den Kopf. »Wieso? Ihr seid doch starke Männer! Ihr hättet ihn nicht einfach wieder fallen gelassen.«
Rona konnte Quentin ansehen, dass er das ganz anders sah, aber er schwieg. Vorsichtig legte sie eine Hand auf Nonnos Unterarm und sah ihn an. Diesmal sagte sie gar nichts, aber sie glaubte, ihm war klar, wie dankbar sie ihm tatsächlich war.

»Au!«
Matthias, der Lenker des anderen Karrens, hatte sich bei Ronas Rettung eine Hand gebrochen, und nachdem Rona wieder einigermaßen bei Sinnen war und festgestellt hatte, dass sie mit einigen Prellungen und dem Schrecken davongekommen war, half sie ihm, den Bruch zu schienen.
»Entschuldigung!«, murmelte sie, zog den Verband jedoch trotzdem noch ein wenig fester.
»Aua!«, beschwerte sich Matthias zum zweiten Mal. »Du machst es ja noch schlimmer, als es war.«
»Nein«, widersprach Rona. »Der Bruch ist offen, darum tut es noch viel mehr weh als normalerweise. Aber ich muss den Knochen in seine richtige Position zwingen, sonst wächst er schief zusammen,

und Ihr würdet für den Rest Eures Lebens eine verkrüppelte Hand haben.«

»Na!«, rief Quentin lachend aus. »Ich glaube, seine Theresa hätte etwas dagegen, oder?«

Es schien sich bei seinen Worten um irgendeinen anzüglichen Witz zu handeln, denn die anderen Händler lachten lauthals, während Matthias' Ohren knallrot wurden. Rona sah in Nonnos Richtung, aber er saß ein Stück abseits und hatte den Blick zu Boden gerichtet. Also konzentrierte sie sich auf ihre Arbeit und versuchte, sich die Übelkeit nicht anmerken zu lassen, die sie angesichts des vielen Blutes und des weißen, aus der Wunde ragenden Knochens erfasst hatte. Sie war nicht ganz sicher, ob der Bruch mit ihrer Hilfe wieder sauber zusammenwachsen würde. In Wahrheit tat sie nur so, als wüsste sie genau Bescheid, und sie ärgerte sich sowohl über sich selbst als auch über die Händler. Sie war sich sicher, dass sie über die Jahre hinweg schon etliche Verletzungen selbst behandelt hatten. Nur die Tatsache, dass Rona eine Frau war, bewegte sie, ihr diese Arbeit zu überlassen, ohne überhaupt nachzufragen, ob sie sie beherrsche.

Aber Ronas Stolz war zu groß, sich ihren Ärger anmerken zu lassen, und so unterdrückte sie ihn ebenso wie die Übelkeit.

Als sie fertig war, ging sie zu Nonno hinüber und setzte sich neben ihn auf die Erde.

Die Sonne neigte sich bereits dem Horizont zu, aber noch schien sie warm, und ihre Kleider begannen bereits zu trocknen. Nonno sah auf, als er Rona bemerkte.

Über seine rechte Wange zog sich ein breiter Schlammstreifen, der inzwischen zu einer brüchigen Linie erstarrt war und seinem Gesicht etwas Furchterregendes gab. Rona berührte ihn vorsichtig, und etwas von dem Schlamm bröckelte unter ihren Fingernägeln fort.

Nonno zog den Kopf zur Seite. »Lass das!«

»Entschuldige«, sagte sie, machte aber keine Anstalten, seiner unausgesprochenen Aufforderung, ihn in Ruhe zu lassen, nachzukommen.

Er drehte sich zur Seite, und dabei hörte Rona, wie er scharf die Luft durch die Zähne zog.

Alarmiert beugte sie sich zu ihm herüber. »Was hast du?«

Er wollte sich zum zweiten Mal wegdrehen, aber diesmal war Rona schneller. Ihr Blick fiel auf seine rechte Seite, an der sein Hemd feucht und rot an seinen Rippen klebte.

»Was ist passiert?«, entfuhr es ihr. Sie ignorierte seinen nur noch halbherzigen Protest. Inzwischen war fast sämtliche Farbe aus seinem Gesicht gewichen. Tiefschwarze Halbmonde lagen unter seinen Augen, und seine Lippen wirkten blau und schmal, als Rona sein Hemd aus dem Gürtel zog und anhob.

Quer über seine rechte Brusthälfte zog sich eine tiefe, blutige Schramme, die ihn höllisch schmerzen musste.

»Wie ist das passiert?«, fragte Rona.

Matthias' Ausruf kam einer Antwort zuvor. »Dann hat Euch der Karren doch getroffen, als er mir aus der Hand gerutscht ist, oder?«
Rona untersuchte die Schramme. Die Wundränder sahen unregelmäßig aus, ausgefranst, als habe jemand mit einer stumpfen Klinge versucht, ein Stück aus Nonnos Leib zu schneiden. »Das war aber kein Holz«, stellte Rona fest.
»Die Aufhängung der Deichsel«, presste Nonno zwischen den Zähnen hervor.
Rona erschrak. Die Aufhängung der Deichsel war aus Eisen.
Ohne viele Worte zu machen, ging Quentin jetzt an den einzigen verbliebenen Karren und holte erneut den kleinen Kasten hervor, mit dessen Hilfe Rona Matthias verarztet hatte. Er entnahm ihm eine ähnliche Flasche wie die, in der sich die Hustenmedizin befunden hatte, und drückte sie Rona in die Hand. »Sei nicht zu sparsam mit dem Öl!«, riet er ihr. »Die Wunde sieht übel aus, und wir wollen doch nicht, dass sie sich entzündet, oder?«
Rona entkorkte die Flasche, und sofort erfüllte ein fremdartiger, scharfer Geruch die Luft. Die Flüssigkeit war eine Art klares Öl, nur wenig dickflüssiger als Wasser. Sein Geruch machte Rona schwindelig, als sie ihn einatmete. Quentin kannte den Namen der Flüssigkeit nicht, aber er wusste, dass sie dazu diente, Wundbrand zu verhindern.
Rona nahm die Flasche in die Hand und suchte Nonnos Blick.

»Mach schon!«, knirschte er.
Rona tränkte einen kleinen Lappen mit dem duftenden Öl und legte ihn vorsichtig auf Nonnos Wunde.
Ein heller Schrei entrang sich seiner Kehle, und er kippte ein wenig nach vorne. »Herr der Hölle!«, murmelte er gepresst. »Tut das weh!«
»Es wird Euch helfen«, versicherte Quentin. Er stand vor Nonno und sah auf ihn nieder. Die sinkende Sonne ließ seinen Schatten lang und spindeldürr über ihn hinwegfallen.
»Ich glaube«, sagte er matt, »für heute waren das genug Aufregungen. Wir sollten sehen, dass wir eine Mütze Schlaf bekommen.«

11. Kapitel

ls sie am nächsten Morgen erwachte, war das Erste, was Rona ins Auge fiel, das Wrack des verunglückten Karrens in der Mitte des Flusses. Die Sonne stand etwa eine Handbreit über dem Horizont und ließ ihr goldenes Licht über das Wasser tanzen.
Rona schluckte.
Die beiden Ochsen waren tot. Von einem von ihnen ragten nur die Beine wie verdorrte Äste aus dem Wasser, der andere lag auf der Seite und schaukelte sachte in der Strömung. Sein Leib wirkte aufgedunsen und prall, als habe jemand Luft unter sein straff gespanntes Fell geblasen. Rona zog es vor, nicht näher heranzugehen, denn sie wusste, dass er bereits angefangen haben musste zu stinken. Die Ladung hatte sich über die ganze Breite des Flusses verteilt. Rona sah blaue Stoffbahnen im Wasser schaukeln und rote, die sich um einen Baumstamm gewickelt hatten. Nur ein halbes Dutzend Bündel mit Leder hatten die Händler aus den Fluten gerettet und sie zum Trocknen ins Gras gelegt.
Während Rona noch dastand, die Bescherung betrachtete und ein leises Gebet zum Dank für ihre Rettung sprach, spürte sie, wie Nonno neben sie trat.

Sie sah ihn aus den Augenwinkeln an. Er war noch blass, aber die tiefen Schatten unter seinen Augen waren verschwunden. Eine Hand hatte er unter seinem Hemd auf dem Verband liegen, als wolle er die Wunde schützen. Er lächelte Rona schwach zu.
»Warum haben sie nur das Leder gerettet?«, fragte sie.
»Weil die Stoffe durch das Wasser ruiniert wurden.«
»Und die Ochsen? Ich meine, das wäre eine Menge Fleisch gewesen, die man hätte verkaufen können.« Rona zögerte. »Wenigstens das.« Ihr kam in den Sinn, dass es ihr Schrei gewesen war, der die Ochsen zum Durchgehen veranlasst hatte. Sie war zumindest mitschuldig an diesem Unglück.
»Ich habe das Quentin auch gefragt«, meinte Nonno. »Aber sie fürchten sich davor, Fleisch von verunglückten Tieren zu essen oder zu verkaufen. Sie behaupten, es bringe Unglück.« Er zuckte die Achseln, was ihn gleich darauf schmerzhaft das Gesicht verziehen ließ. »Abgesehen davon: Wie sollten sie so viel Fleisch transportieren – mit nur einem Karren?«
»Meinst du, sie geben mir die Schuld?«
»Weil du geschrien hast? Nein. Die Ochsen waren sowieso panisch. Sie wären auch wegen etwas anderem durchgegangen.« Nonno schob die Unterlippe vor.
»Ich habe mich nur so erschrocken, weil du gestürzt bist«, sagte Rona leise.

Er nickte. »Ich weiß.«
»Was ist jetzt mit der Bezahlung?«
Er sah sie fragend an.
»Na ja, immerhin haben sie die Hälfte ihrer Waren verloren«, erklärte Rona. »Findest du nicht, das ist ein zusätzlicher Grund, ihnen ihre Bezahlung nicht vorzuenthalten?«
Nonno richtete seinen Blick auf die toten Ochsen. Erneut zuckte er die Achseln, aber diesmal verzog er das Gesicht nicht dabei.

Sie erreichten Goslar im Laufe des folgenden Vormittags. Dunkel ragten hinter der Stadt die Berge in die Höhe, großen, grotesken Hügeln gleich, die jedoch statt mit saftigem Gras mit schwarzem Tannenwald bedeckt waren. Der höchste dieser Berge, verriet Quentin Rona, diente Hexen als Tanzplatz.
Rona verzog das Gesicht und beobachtete von diesem Augenblick an aufmerksam den Himmel. Erst als Nonno sie deshalb auslachte, richtete sie den Blick wieder auf irdische Dinge, nicht ohne ab und zu noch vorsichtig nach oben zu schielen. Sicher ist sicher, dachte sie. Schließlich hatte der Priester von Sankt Andreas mehr als einmal in den düstersten Farben geschildert, wozu Hexen fähig waren.
Rona hielt kurz inne. Ihr Zuhause fiel ihr ein, aber es gab jetzt zu viel zu sehen, als dass sie mehr als einen kurzen Gedanken auf ihr Heimweh verwandte.

Goslar war größer als Ronas Heimatstadt, aber genauso wie Hildesheim umgeben von einer Mauer aus Stein und Holz. Der Fuß eines breiten, runden Turmes ragte vor ihnen in die Höhe, eingesponnen in dieselben schwindelerregenden Baugerüste wie die Klosterkirche zu Hause. Die Straße führte einen Hügel hinab, und auf ihr befand sich reger Verkehr. Quentin und seine Männer waren nicht die einzigen Händler, die an diesem Tag in die Stadt wollten. Vor dem nahe liegenden Tor bildete sich eine lange Schlange von Karren, Reitern, Menschen mit Kiepen oder hoch beladenen Eseln, die allesamt Einlass in die Stadt begehrten.
Rona hörte Quentin zufrieden brummen. Er hatte Rona erzählt, dass er sich nicht ganz sicher war, ob sie den Jahrmarkt noch rechtzeitig würden erreichen können. Offenbar hatten sie es, zu seiner hörbaren Freude, geschafft.
Sie reihten sich in die Schlange ein, und zu Ronas Erleichterung ging es zügig vorwärts. Die Stadtwachen durchsuchten jeden Wagen nur flüchtig – Rona hatte keine Ahnung, wonach, und sie wollte nicht schon wieder beweisen, wie wenig sie von der Welt wusste. Also schwieg sie, obwohl ihr eine entsprechende Frage auf den Lippen brannte.
Als sie an der Reihe waren, hoben die Wachen die Plane ein Stück in die Höhe und spähten darunter. »Was transportiert Ihr?«, fragte einer von ihnen, ein großer, grobschlächtiger Kerl, dem eine scharfe Klinge vor Jahren eine hässliche Wunde ins Gesicht

gezeichnet und eine wulstige, rote Narbe hinterlassen hatte.

»Stoffe aus Italien und Leder aus dem Schwarzwald«, antwortete Quentin, und der Mann war zufrieden. Die Händler wurden durchgewinkt.

Quentin, der jetzt zusammen mit Matthias den einzigen verbliebenen Karren lenkte, während die beiden anderen Männer und auch Nonno und Rona hinter ihm hergingen, schnalzte mit der Zunge. Die Ochsen zogen an, und sie durchquerten das Stadttor.

Sie fanden sich in einer engen Gasse wieder, deren Boden von den vielen Füßen der Menschen, die tagtäglich hier entlanggingen, wie glatt poliert schien. Die Häuser, die die Gasse begrenzten, waren teils aus kompliziert aussehenden Holzbalkenkonstruktionen errichtet, teils mit einem Rona unbekannten, glatten, grauen Stein verkleidet, der auf sie sehr düster wirkte. Überall waren große Menschenmengen unterwegs, sodass sie nur langsam vorankamen. Sie überquerten eine breitere Straße und einen kleinen Platz, bis sie schließlich die Marktkirche vor sich aufragen sahen.

»Dort wollen wir hin!« Quentin zeigte auf den einzelnen Turm der Kirche. Er drehte sich zu Nonno um. »Wenn Ihr wollt, könnt Ihr zu Euren Verwandten gehen, Herr Fridunant. Wir werden hier irgendwo im Schatten der Kirche unseren Stand aufbauen.« Er deutete auf Matthias. »Er wird Euch begleiten, wenn es Euch recht ist.«

Rona wartete gespannt auf Nonnos Reaktion, und zu ihrer Überraschung nickte er einfach. »Natürlich.« Dann sah er sie an. »Willst du mitkommen?«
Ihr war nicht ganz klar, ob er sie dabeihaben wollte. Sie wusste außerdem noch immer nicht, wie er sich aus dieser Lage befreien wollte, und wenn sie ehrlich war: So genau wollte sie es auch gar nicht wissen. Sie schüttelte also rasch den Kopf.
»Ich würde mich gerne auf dem Markt umsehen.«
Nonno lächelte. »Gut. Wir treffen uns dann beim Stand von Quentin. So gegen Sonnenuntergang. In Ordnung?«
»In Ordnung.« Während Nonno und Matthias in der Menge verschwanden, blieb Rona für einen Augenblick unschlüssig stehen. Das Gewühle um sie herum war so dicht, dass sie nur wenige Schritte weit sehen konnte. Ganz in ihrer Nähe befand sich ein Brunnen, dessen Einfassung aus Steinen gemauert war. Dort hinauf kletterte sie, um sich einen besseren Überblick zu verschaffen.
Direkt vor ihr war ein Durchlass zwischen den Häusern und der Kirche. Dahinter erstreckte sich der Marktplatz, angefüllt mit Ständen und Podesten. Rona hörte das Stimmengewirr der Marktschreier, das Blöken von lebenden Tieren, die hier zum Verkauf angeboten wurden, das Gelächter der Leute.
Sie sprang zu Boden und zwängte sich durch die Menschenmenge. Auf dem Marktplatz angekommen, ließ sie sich einfach treiben.

Sie sah einen Gaukler an einer der Ecken stehen und Späße mit seinem Publikum treiben. Er griff einer jungen, in ihrem dunkelroten Samtkleid sehr hübsch anzusehenden Frau unter die Haube und beförderte dort einen kleinen Blumenstrauß zu Tage.

»Ihr solltet Euch besser die Ohren waschen, meine Liebe!«, hörte Rona ihn mit einer hohen, weiblichen Stimme sagen. »Euch wächst schon Grünzeug daraus hervor!«

Die Leute klatschten.

An einem Stand ganz in der Nähe verkaufte ein junger Mann mit pockennarbigem Gesicht bunte Fläschchen aus Glas, von denen die größte wohl den Inhalt eines ganzen Bierhumpens fassen konnte, die kleinsten jedoch kaum größer als Ronas Fingernagel waren. Fasziniert blieb sie stehen und betrachtete diese Kunstwerke. Der junge Mann bemerkte ihr Interesse und musterte sie rasch. Obwohl ihm allein ihre Kleidung zeigen musste, dass sie als Kundin für ihn nicht infrage kam, sprach er sie freundlich an.

»'s gefällt dir, was?«

Rona wies auf zwei der kleinsten Fläschchen, die bunten Tropfen ähnelten und an ihrem oberen Rand mit zwei Ösen versehen waren. »Sehr. Wozu braucht man die?«

Er lachte. »Das sind Phiolen. Man benutzt sie zum Beispiel, um Medizin in ihnen zu transportieren. Manche von ihnen«, er zwinkerte Rona verschwö-

rerisch zu, »dienten schon dazu, die kleinsten und feinsten der heiligen Reliquien aufzunehmen.« Er war offensichtlich sehr stolz auf seine Waren, denn jetzt nahm er eine dieser Phiolen und hielt sie Rona unter die Nase. »Das Glas stammt aus Torcello.«
»Giselher!« Eine barsche Stimme ließ ihn zusammenfahren, sodass er die Phiole fast fallen gelassen hätte. »Vergeude deine Zeit nicht mit dem Gesindel, sondern halte lieber nach richtiger Kundschaft Ausschau!«
Rasch legte der junge Mann die Phiole zurück an ihren Platz. »Ja, Oheim«, murmelte er, nicht ohne Rona noch einmal freundlich zuzuzwinkern.
Rona schenkte ihm ein Lächeln und ging weiter. Als sie sich noch einmal umdrehte, sah sie, wie Giselher mit einem älteren Mann mit mürrischem Gesicht diskutierte.
Am Nachbarstand verkaufte eine Frau an Stecken gebratenes Fleisch, das so verführerisch duftete, dass Ronas Magen laut anfing zu knurren. Da sie kein Geld hatte, ging sie rasch weiter.
Und kam zu einem Podest, auf dem zwei Dudelsackspieler eine lustige, beschwingte Melodie zum Besten gaben. Beide waren sie in bunte Flickenkleidung gehüllt, die um ihre Körper schlackerte und bei jeder ihrer Bewegungen in wilden Falten aufbauschte. Die Füße der beiden Musikanten waren nackt und unglaublich schmutzig, aber an ihren Knöcheln klingelten ganze Trauben von hell glänzenden Schellen. Einer der Spieler ließ sein Instru-

ment sinken und begann zu singen. Rona lauschte dem Lied einen Augenblick, bis sie begriff, dass es sehr anzüglich war. Rings um sie herum begannen die Leute zu lachen und zu johlen, aber Rona war es lieber, sich aus dem Staub zu machen.
Sie kroch durch eine Lücke zwischen zwei Ständen, an denen man Brot und Met verkaufte, und fand sich vor einem Pferch wieder. Neugierig warf sie einen Blick hinein. Hier drängten sich Mutterschafe dicht an dicht, dort sah sie große, braune Kühe mit ihren Kälbern. Ein beißender Geruch stieg ihr in die Nase, den sie von zu Hause kannte. Ein Schmied beschlug Pferde. Das glühende Eisen, das er gegen den bloßen Huf presste, um seine Passform zu prüfen, schickte zischende Rauchschwaden in die Luft, die in ihrer Kehle kratzten.
Direkt nebenan bot ein zweiter Schmied seine Dienste als Zahnreißer an. Auf einem hölzernen Schild hatte er seine Kunst auf sehr deutliche Weise dargestellt: Eine Zeichnung zeigte das schmerzverzerrte Gesicht eines Mannes, dem gerade ein fauler Zahn mit einer riesigen, gefährlich aussehenden Zange entfernt wurde. Blutstropfen waren in leuchtendem Dunkelrot dargestellt und zierten das gesamte Bild. Der Zahnreißer hatte gerade keine Kundschaft, und Rona fragte sich, ob er das bei der Deutlichkeit, mit der sein Schild die zu erwartenden Qualen zeigte, überhaupt jemals haben würde.
Ihr Vater hatte auch manchmal Zähne gezogen.
Die obszönen Verse des Dudelsackspielers hall-

ten ihr noch in den Ohren, wurden jetzt aber von einer neuen Melodie abgelöst. An der nächsten Hausecke stand eine junge Frau und blies Flöte. Ein kleiner Hund saß zu ihren Füßen und vollführte lustige Kunststücke. Er lief auf den Hinter- und sogar auf den Vorderbeinen, rollte umher wie ein kleines Kind, gab den Umstehenden die Pfote. Nachdem Rona ihn eine Weile beobachtet hatte, bemerkte sie, dass die Frau ihn mit Hilfe ihrer Musik anleitete.
Ein lautstarker Tumult ließ Rona herumfahren, ebenso wie alle anderen Zuschauer.
»Hab ich dich, du Bastard!«, schrie jemand. Rona sah einen gut gekleideten, dicken Mann, der einen zerlumpten kleinen Jungen an den Haaren gepackt hielt. Der Junge zappelte aus Leibeskräften, aber er hatte gegen die Kraft des Mannes keine Chance. In seiner Faust befand sich ein kleiner Beutel aus dunkelrotem Leder: die Geldkatze des Mannes. Der Junge bekam eine kräftige Ohrfeige, die ihn taumeln ließ. Fordernd streckte der Mann seine Hand aus. Der Junge ließ den Geldbeutel hineinfallen – und fand sich im nächsten Moment frei. Ungläubig starrte er den Dicken an und verschwand dann so schnell im Getümmel, dass Rona ihn sofort aus den Augen verlor.
»Ihr hättet ihn der Stadtwache übergeben sollen«, sagte eine Frau zu dem Dicken. »Jetzt bestiehlt er sofort einen anderen ehrlichen Bürger.«
Der Dicke starrte auf die Stelle, an der der Junge

verschwunden war, antwortete jedoch nichts auf den Vorwurf. In seinem Gesicht arbeitete es, und Rona fragte sich, was er wohl denken mochte.
Der nächste Gang des Marktes, in den sie einbog, war der Gang der Kräuterweiber. Hier roch es nach einer Mischung aus den verschiedensten Dingen. Rona machte Bärlauch aus und getrockneten Salbei, Zwiebeln, Minze, Sellerie, Kerbel, Liebstöckel und Fenchel. Darüber hinaus roch es scharf und bitter, herb und süßlich, würzig und streng in dutzendfachen Aromen, die Rona noch nie zuvor wahrgenommen hatte. Die Pulver, die hier angeboten wurden, hatten Farben in den unterschiedlichsten Schattierungen, von leuchtendem Gelb über Ocker bis hin zu Zinnober und sogar Purpur. Rona sah, wie eine Frau einen winzigen Beutel von dem leuchtend gelben Pulver kaufte und dafür mit Silbermünzen bezahlte. Und einem gebeugten, alten Mann wurde eine Salbe eingepackt, mit der er seine schmerzenden Gelenke einreiben sollte. Neidisch sah Rona ihm nach und wünschte sich, sie hätte Geld, um der alten Marianne ein Töpfchen dieser Medizin mitbringen zu können.
Später am Tag beobachtete sie einen Schneider beim Flicken einer zerrissenen Hose, einen Holzschnitzer bei der Herstellung von Löffeln und sogar einen fremdländisch aussehenden Mann, der zwei große, gefährlich aussehende Schlangen in einem Korb hatte und sie zu der Musik einer silbernen Flöte tanzen ließ. Am meisten zogen sie

jedoch die Schmiede in ihren Bann, und sie sah zu, wie ein Brünnenschmied ein Kettenhemd fertigte und wie ein Silberschmied den fein ziselierten Ring einer Dame weitete. Nachdem er damit fertig war, war Ronas Heimweh so stark, dass es ihr die Kehle zusammenpresste.

Sie setzte sich auf den Brunnenrand, ließ ihre Hände durch das kühle Wasser rinnen und sandte ein paar Gebete gen Himmel. Hoffentlich passte Gott auf ihren Vater auf!

Als es begann, dunkel zu werden, machte sie sich auf die Suche nach Quentin und seinem Stand. Sie fand ihn nahe des Seitenschiffs der Kirche, an der sie sich Stunden zuvor getrennt hatten. Er hatte seine Tücher und Lederballen auf einem großen Tisch ausgebreitet, und er verhandelte gerade mit einem spindeldürren, blassen Mann über eine Bahn purpurnen Wollstoff, als Rona kam. Mit einem raschen Seitenblick bedeutete er ihr zu warten. Als er fertig war – der Dürre hatte den Stoff gekauft, und Quentin klimperte zufrieden mit den Münzen –, kam er breit lächelnd zu ihr.

»Dein Freund sitzt dort drüben in der Schänke, zusammen mit Matthias. Sie hatten Hunger. Du auch?«

Rona nickte heftig. Die vielen bekannten und ungewohnten Gerüche hatten ihr den ganzen Tag über den Magen knurren lassen, und darum dachte sie jetzt nicht lange darüber nach, wie Nonno sich einen Besuch in einer richtigen Schänke leisten konnte, sondern lief rasch hinüber zu ihnen und betrat die Gaststube.

Die Luft hier drinnen war dick und schwer von Schweiß und Bierdunst, aber die Stimmung schien fröhlich. Rona hörte jemanden lauthals lachen. Witze flogen von Tisch zu Tisch.

»Rona! Hier sind wir!« Nonno stand auf und winkte. Sie musste sich den Weg durch die Menge bahnen und fing dabei etliche neugierige Blicke auf. Sie war das einzige weibliche Wesen in diesem Haus.

Die Blicke ebbten jedoch sofort ab, als sie an Nonnos Tisch trat und sich setzte. »Du siehst verändert aus!«, sagte sie.

Nonno schob ihr seinen Krug hin. Ihre Kehle war wie ausgedörrt, und so fragte sie nicht, was sich darin befand, sondern nahm einen langen Zug. Es war Bier. Sie schluckte ein paar Mal und gab Nonno den Krug zurück.

»Willst du etwas essen?«, fragte Nonno. Er hatte das schlichte, graue Klostergewand getauscht gegen ein zwar ebenfalls schlichtes, aber dunkelrot gefärbtes Wams. Aus dessen Ärmeln ragte eine helle Tunika, die bequem und weich aussah, und der Gürtel, mit dem er alles zusammenhielt, war aus schwarzem Leder und bronzenen Spangen.

»Ja. Woher hast du die Sachen?«

»Von meinem Onkel. Ich habe dir doch erzählt, dass er hier in der Stadt lebt. Er hat Quentin auch unsere Reise bezahlt. Sobald er meinen Vater trifft, wird er das Geld zurückerbitten.« Nonno beugte

sich zu Rona herüber. »Was erst im Herbst der Fall sein wird«, raunte er ihr zu und grinste breit. »Bis dahin sind wir weit weg.«
Sie sah ihn tadelnd an, denn im Grunde hatte er ja nur den Betrug von einer Person auf eine andere übertragen. Aber da Matthias mit am Tisch saß, hatte sie keine Möglichkeit, Nonno darauf hinzuweisen, und sie musste gestehen, dass ihm die neue Kleidung äußerst gut stand.
»Wie geht Eure Reise nun weiter?«, erkundigte sich Matthias.
»Die Burg meines Vaters liegt eine Tagesreise weiter im Osten. Wir werden sehen. Diese Nacht jedenfalls werden wir erst einmal im Haus meines Onkels verbringen.« Nonno nahm den Krug in beide Hände, schaute hinein und leerte ihn dann mit einem Zug.

12. Kapitel

o machten sie es. Im Haus von Nonnos Onkel wurde ihnen ein Nachtlager zugeteilt. Nonno durfte in der Küche auf einem eigens dafür herangeschafften Strohsack schlafen, während Rona bei den Töchtern des Hausherren, drei Mädchen im Alter von vier, sechs und acht Jahren, übernachten musste.

Die Kinder waren unruhig und bewegten sich viel im Schlaf, sodass sie froh war, als endlich der Morgen anbrach und sie ihre Reise fortsetzen konnten. Sie frühstückten bei Nonnos Familie, verabschiedeten sich dann höflich und machten auf dem Weg aus der Stadt noch einmal bei Quentins Stand halt, um sich auch bei ihm zu bedanken und Lebewohl zu sagen.

Etwa eine halbe Stunde später standen sie außerhalb der Stadtmauern.

»Und wie geht es jetzt weiter?«, stellte Rona die gleiche Frage wie Matthias gestern. Am Abend zuvor hatte Nonnos Onkel versucht, Nonno dazu zu überreden, einen bewaffneten Diener als Begleitung zu akzeptieren. Es war Nonno jedoch gelungen, beleidigt darüber auszusehen, dass er nicht für einen Mann angesehen wurde. Also hatte sein Onkel ihn an diesem Morgen ohne Eskorte ziehen lassen.

Nonno starrte auf den gewundenen Weg, der sich vor ihnen erstreckte, und Rona konnte sehen, wie seine Pupillen hin und her zuckten, als er ihm mit den Augen folgte. »Einen halben Tagesmarsch in diese Richtung kreuzt der Weg von Vaters Burg diese Straße. Wenn Gunther losreitet, muss er dort vorbeikommen.«
Rona sah skeptisch auf die von Wagenrädern ausgefahrene Rinne. »Ich weiß immer noch nicht, wie du es anstellen willst, ihn zu treffen. Immerhin ahnt er nichts davon, dass wir hier sind. Und du hast keine Ahnung, wann er losreitet.« Plötzlich kam ihr ein Gedanke. »Was, wenn er schon längst an der Kreuzung vorbeigekommen ist?«
»Ist er nicht. Eine so lange Reise vorzubereiten braucht Zeit. Mutter wird Gunther zwar sofort den Befehl gegeben haben abzureisen, aber er muss sich mit Vorräten eindecken und seine Waffen schleifen lassen. Ich vermute, er wird sich erst morgen oder übermorgen auf den Weg machen. Ich kenne die Wälder hier von früheren Reisen meines Vaters. Wir haben an der Wegkreuzung immer die erste Nacht verbracht, nachdem wir von zu Hause aufgebrochen waren. Gunther wird es ganz genauso machen. Wir treffen ihn dort, glaub mir!«
Obwohl Rona nach wie vor skeptisch war, folgte sie Nonno fort von der Stadt und über die Straße bis zu der genannten Kreuzung. Sie befand sich mitten im Wald, und ringsherum war nichts zu hören außer dem Gezwitscher der Vögel in den Bäumen

und ab und zu dem Kläffen eines Fuchses. Einmal hämmerte ein Specht sein trommelndes Lied auf einem morschen Baumstamm, und das Geräusch hallte weithin durch den Wald. Rona kam es vor, als seien sie die einzigen Menschen auf der ganzen Welt.
Sie sah auf eine düstere Tannenschonung, die sich dicht neben dem Weg befand. Plötzlich fröstelte sie. »Was glaubst du, wie lange müssen wir allein hier im Wald bleiben?«
»Höchstens eine oder zwei Nächte.« Nonno zuckte die Achseln. »Hier in der Nähe gibt es eine verlassene Köhlerhütte. Da können wir gut bleiben, und man sieht von ihr aus den Weg, sodass wir Gunther auf keinen Fall verpassen können.« Er rückte seinen Gürtel zurecht und machte ein paar Schritte in die Richtung, aus der sie kurz zuvor gekommen waren. Dann blieb er stehen und sah Rona herausfordernd an. »Was ist? Kriegst du etwa Angst?«
Rona schaute auf die Messer an ihren Gürteln, und ihr wurde klar, dass es die einzigen Waffen waren, die sie besaßen. Grimmig schüttelte sie den Kopf. »Da wartest du aber lange drauf!«, knurrte sie.

Die verlassene Hütte war nicht viel mehr als eine Ruine, von der noch zwei Wände standen und ein winziges Stück Dach stützten. Hier fanden sie nur notdürftig Schutz vor dem Wetter.
Rona biss die Zähne zusammen, sagte aber nichts.

Stattdessen sandte sie ein kurzes Dankgebet zum Himmel hinauf, dafür, dass es jetzt sommerlich warm und trocken war.
An diesem Abend saßen sie gemeinsam vor der Hütte, verspeisten ein Stück getrocknete Wurst und einen halben Laib Brot und tranken Wasser aus einem nahe liegenden Bach. Als es dunkel wurde und die Nacht sich mit all ihren sommerlichen Gerüchen über den Wald senkte, kam Rona die Situation beinahe reizvoll vor.
Irgendwann krochen sie in die Hütte, hüllten sich in ihre Umhänge und schliefen ein.
Rona erwachte, weil Nonno sich neben ihr regte. Sie setzte sich auf und sah zu, wie er den Kopf aus ihrem behelfsmäßigen Unterschlupf steckte und lautstark schnüffelte. »Riechst du das?«
Sie krabbelte aus ihrem Umhang hervor. In der Nacht war der Wald plötzlich unheimlich und kein bisschen mehr reizvoll. In den Zweigen der Bäume rauschte der Wind, ab und zu schrie ein Käuzchen.
»Was denn?« Ihre eigene Stimme klang zwischen den Baumstämmen unerträglich laut, und ein Vogel schwang sich mit rauschenden Flügeln in die Luft. Sein Schrei klang unheimlich.
Rona zuckte zusammen.
»Nur eine Eule!«, beruhigte Nonno sie. »Die tut uns nichts.«
»Nicht, solange wir uns nicht in Mäuse verwandeln.« Rona verzog das Gesicht zu einem schiefen Grinsen. Lieber nicht an Hexerei denken!

»Riechst du es jetzt, oder nicht?« Nonno klang ungeduldig.
Sie schnüffelte, und dann roch sie es auch. Rauch. Und den Duft von gebratenem Fleisch.
»Gunther ist da!« Nonno kam auf die Füße. »Komm, wir gehen zu ihm. Ich habe ja gesagt, dass er hier übernachten wird!« Er grinste breit, aber in der herrschenden Finsternis, die nur von einem halben Mond erhellt wurde, sah sein Mund aus wie ein Loch.
»Was ist, wenn er es nicht ist?« Rona flüsterte nur.
»Wir sind vorsichtig. Komm.« Und bevor sie etwas erwidern konnte, war Nonno schon im Unterholz verschwunden. Schnell eilte sie ihm nach.
»Was, wenn das Räuber sind?«, wisperte sie atemlos, als sie ihn wieder eingeholt hatte.
»Vaganten«, flüsterte Nonno zurück. »Man nennt sie Vaganten.« Er zuckte die Schultern. »Wird schon nicht.«
Rona war nicht überzeugt. Sie bog einen Ast zur Seite, und das Holz brach knackend entzwei. Es klang wie ein Peitschenknall. Erschrocken erstarrten beide.
Ronas Herz jagte jetzt so schnell, dass es sich anfühlte, als wollte es ihr im nächsten Moment zum Hals herausspringen. Sie hielt den Atem an, und dadurch wurde es ein bisschen besser.
Nichts geschah. Kein Bewaffneter sprang aus dem Gebüsch, kein Schwert glitzerte unheilbringend in der Düsternis. Ringsherum blieb alles genauso still

wie zuvor. Irgendwo in der Ferne stieß die Eule ihren klagenden Ruf aus, sonst hörte man nichts. Absolut nichts. Nicht einmal den Wind.
»Weiter!« Nonno winkte sie vorwärts.
Sie zwängten sich durch ein Dornengestrüpp, dessen Zweige so biegsam waren, dass sie keine Angst haben mussten, sie abzubrechen. Zweimal blieb Rona in einer der Ranken hängen und konnte sich nur mit Mühe wieder befreien. Ihr Ärmel riss mit einem leisen Knirschen.
»Mist!«, fluchte sie.
»Da vorne!« Nonno war stehen geblieben und schob behutsam ein Bündel Ranken zur Seite. Durch den Spalt konnte Rona das Feuer sehen, das sie vorhin gerochen hatte. Es war nur klein, gesichert durch einen Kreis aus dicken Steinen. An einem Ast briet irgendein kleines Tier mit vier Beinen. Der Hüter des Feuers jedoch war nirgends zu sehen.
»Wo …« Rona wollte gerade nach ihm fragen, als Nonno erschrocken aufschrie.
Von hinten hatten sich zwei große Hände auf ihre Schultern gelegt.

»Was macht Ihr denn hier?«
Die Stimme, die zu den Händen gehörte, schrillte Rona in den Ohren, und vor lauter Angst musste sie plötzlich ganz dringend.
Nonno jedoch fing sich schnell. Er wischte die große, kräftige Hand fort und wirbelte herum.

»Gunther!«, rief er aus. Er klang gleichzeitig wütend und atemlos.

Das Gesicht des Mannes war in der Dunkelheit der Nacht nur schwer auszumachen, aber es wirkte nicht bösartig, so wie Rona sich das eines Vaganten vorstellte. Ihr Herz machte einen Salto und schlug dann langsamer als vorher weiter.

»Junger Herr!« Gunther nahm die Hand von Ronas Schulter, würdigte sie jedoch keines Blickes. Er war ganz auf Nonno konzentriert. »Was macht Ihr hier?«

Nonno hob das Kinn. Er sah trotzig aus.

Gunther sah es, dann nickte er. »Kommt erst mal mit ans Feuer. Habt Ihr Hunger?«

»Nein!« Das Wort war Rona einfach so herausgerutscht. Es schien, als habe Gunther sie erst jetzt bemerkt, jedenfalls richtete er nun den Blick auf sie. Sie kam sich vor, als würden seine Augen sie an einem Baumstamm festnageln.

Ohne ein weiteres Wort drehte er sich um und stapfte durch das Unterholz davon.

Nonno und Rona beeilten sich, ihm zu folgen.

Beim Feuer konnte man besser sehen.

Rona suchte in Gunthers Gesicht nach Zeichen dafür, dass er wütend auf sie war, aber sie fand nichts dergleichen. Seine breiten Züge mit der großen Nase und dem sorgfältig gepflegten Bart sahen freundlich aus. Nur die Waffen, die er trug, ein langes Schwert

am Gürtel und ein kurzer, aber kräftig aussehender Dolch mit einer runden Scheibe am Abschluss des Griffes, zeigten Rona, dass sie einen Ritter vor sich hatte. Während Gunther wartete, dass sie den Grund für ihr Hiersein erklärten, ruhte sein Blick ausdruckslos auf Nonno.
Der hockte sich möglichst dicht an die Flammen und hielt seine Hände darüber, um sie zu wärmen.
»Wir kommen mit Euch«, sagte er endlich.
Gunther nickte.
Rona staunte. Sie hatte erwartet, dass er »Nein« sagen würde.
Nonno hob lediglich eine Augenbraue. »Ich habe keine Lust, in diesem Kloster zu versauern.«
Gunther nahm das Tier vom Feuer, zupfte ein Stück von seinem Fleisch ab und steckte es prüfend in den Mund. Dann zog er seinen Dolch und teilte den Braten in sechs ungefähr gleich große Stücke. Er legte sie auf ein Wachstuch, das er schon vorher zu diesem Zweck ausgebreitet hatte. Dann wies er auf das Essen. »Greift zu.«
Während sie aßen, schwieg er.
So lange, dass Rona ganz mulmig zumute wurde.
»Im Kloster wird man sich um Euch sorgen und Eure Mutter benachrichtigen«, sagte er schließlich.
Mehr nicht.
Nonno schob beim Nachdenken die Unterlippe vor. »Hm.«
»Wir könnten ihr aus einer der nächsten Städte einen Brief schreiben«, schlug Rona vor. »Dann weiß

sie, dass wir bei Euch sind, Gunther. Sie wird sich dann nicht sorgen.«

Gunther musterte sie. In seinen Augen glitzerte es spöttisch. »Du musst mir keinen Honig um den Bart schmieren, junge Dame, nur damit ich euch mitnehme. Meine Herrin war sich ziemlich sicher, dass Nonno versuchen würde, sich mir anzuschließen.« Er lachte leise. »Sie kennt Euch gut, junger Herr, nicht wahr?«

»Und?« Nonno wirkte plötzlich gespannt. »Was hat sie gesagt?«

»Ihr meint, ob sie erlaubt hat, dass Ihr mit mir kommt?«

Nonno nickte nur einmal, sehr kurz, aber dafür sehr heftig.

Wieder lachte Gunther, doch diesmal war es ein fröhliches, lautes Lachen. »Sie ist nicht glücklich darüber, aber es ist ihr klar, dass man Euch festketten müsste, um Euch am Mitreisen zu hindern.«

»Dann hat sie es also erlaubt?«

»Sie bat mich eigentlich, zum Kloster zu reisen, und Euch dort abzuholen.« Gunther fuhr sich mit dem Handrücken über den Mund. »Diesen Weg habt Ihr mir ja nun abgenommen.«

Nonno schlug sich mit der flachen Hand auf den Schenkel, dass es klatschte. Gunthers Pferd, das er ganz in der Nähe an einem Busch angebunden hatte, warf erschrocken den Kopf hoch. »Dann wäre das ja geklärt!«, sagte Nonno.

Gunther wischte seinen Dolch an einer Ecke des

Wachstuches ab und steckte ihn fort. »Ja. Wir sollten versuchen, ein bisschen zu schlafen«, schlug er vor.
Und das taten sie dann auch.

13. Kapitel

Am nächsten Morgen erwachte Rona, weil sie fror.
Es dauerte einen Augenblick, bis sie begriff, wo sie war, doch als Gunthers hochgewachsene Gestalt in ihr Blickfeld trat, kehrte die Erinnerung an die vergangene Nacht rasch zurück.
Sie setzte sich auf.
»Guten Morgen!«, rief der Ritter ihr zu und machte sich am Sattel seines Pferdes zu schaffen.
Sie erwiderte den Gruß. Dann sah sie sich um. »Wo ist Nonno?«
Gunther wies mit dem Kinn über seine rechte Schulter. »Unten am Bach.« Er grinste. »Er musste mal.«
Seine Worte machten Rona klar, dass es ihr nicht anders erging. Sie stand auf und ließ die grob gewebte Decke zu Boden gleiten, die Gunther ihr am Abend zuvor gegeben hatte.
»In der Nacht kühlt es sich ganz schön ab, was?«, meinte Gunther. »In der nächsten Stadt kaufen wir ein paar zusätzliche Decken. Dass ich gleich hier mehr als nur meine eigene brauchen würde, hat mir ja leider niemand gesagt.«
Rona sah ihn an. Er hatte die ganze Nacht ohne einen wärmenden Schutz geschlafen, aber während

sie sich zerschlagen und erfroren fühlte, war ihm nichts dergleichen anzusehen. Sie nickte zaghaft.
»Ich gehe auch mal kurz ...«, murmelte sie und schlug sich in die Büsche.

Als sie zurückkam, war auch Nonno wieder da. Sein Gesicht glühte knallrot, und die Haarsträhnen, die ihm in die Augen hingen, waren feucht. Offenbar hatte er sich im Bach gewaschen.
»He!«, begrüßte er Rona. »Gut geschlafen?«
Na ja, hätte sie fast gesagt. Aber dann besann sie sich gerade noch rechtzeitig darauf, dass sie als Einzige eine Decke gehabt hatte, und rasch nickte sie. »Ja.«
Nonno wandte sich an Gunther. »Wie geht es heute weiter?«, fragte er.
»Da ich ja nun nicht mehr zum Kloster reiten muss: nach Westen, nach Gandersheim«, bekam er zur Antwort. »Wir werden auf dem üblichen Weg nach Italien reisen, und der liegt ein Stück westlich von hier. Im Stift von Gandersheim wird man uns mit Sicherheit Herberge gewähren. Und dann an der Leine weiter nach Göttingen, dann Fulda, Würzburg und so fort.«
Wenn er das so sagte, dachte Rona, klang es ganz einfach, aber ihr war völlig klar, dass jeder der Orte, die er genannt hatte, etliche Tagesreisen von dem vorherigen entfernt lag. Und es würde auch nicht so einfach sein, an dem Fluss mit Namen Leine

entlangzureisen. Sie würden immer wieder auf Zuflüsse treffen, die sie würden überqueren müssen. Mit einem Schaudern dachte Rona an ihren Unfall auf der Innerste.

»Gandersheim?«, fragte Nonno. »Hat Bischof Bernward nicht Streit mit diesem Stift?«

»Nicht direkt mit dem Stift, sondern eher mit Mainz«, erklärte Gunther. Nonno schien zu verstehen, was er meinte, denn er nickte nur. Rona aber hatte keine Ahnung, wovon die Rede war.

»Was ist ein Stift?«, fragte sie.

»So etwas Ähnliches wie ein Kloster. Nur dass die Leute, die in einem Stift leben, auch wieder austreten können. Wenn sie heiraten wollen, zum Beispiel.« Gunther schnallte den Sattelgurt fest und klopfte seinem Pferd dann den Hals.

»Und was ist das für ein Streit?«

»Kompliziertes Zeug. Bischof Bernward und der Erzbischof von Mainz sind sich nicht einig darüber, wem von ihnen das Stift gehört. Es sieht so aus, als müsste der Papst bald eine Entscheidung treffen.«

Rona riss die Augen auf. »Sie gehen deswegen extra zum Papst nach Italien?«

Gunther lachte leise. »Natürlich. Es geht um viel Land. Und wenn ich mich nicht irre, dann gibt es sogar Leute, die wegen eines Buches nach Italien reisen, nicht wahr?«

Er klang so spöttisch, dass Ronas Ohren anfingen zu brennen. Sie nickte hastig, dann senkte sie den Blick. Aber sie konnte es einfach nicht auf sich be-

ruhen lassen. »Aber der Papst ist so ...« Sie fand kein passendes Wort. »... so ...« Hilflos zuckte sie die Achseln.
»So was?«, fragte Gunther. »So hochgestellt?«
»Ja.«
Gunther lachte. »Auch Päpste waren einmal einfache Kirchenmänner, bevor sie Päpste wurden. Und als einfache Kirchenmänner hatten sie Freunde und Feinde, wie alle anderen auch. Ich glaube, dass Bischof Bernward guten Mutes sein kann. Der Papst wird zu seinen Gunsten entscheiden, was mit dem Stift passieren soll.«
Rona seufzte.
Gunther sah sie an. »Was hast du?«
»Päpste! Kaiser! Ich würde gerne einmal in einer Stadt sein, wenn der kaiserliche Hof dort Halt macht.« Obwohl Rona nicht allzu viel Ahnung von den Angelegenheiten der Kaiserfamilie hatte, wusste sie doch, dass es keinen festen Wohnsitz gab, in dem man das ganze Jahr zubrachte. Meistens reiste der Kaiser mitsamt seinem ganzen Hofstaat von Stadt zu Stadt, um Hof zu halten, wichtige Entscheidungen zu treffen oder sich einfach nur der Treue seiner Untertanen zu vergewissern. In Ronas Träumen war der kaiserliche Tross stets unendlich lang, unendlich fein herausgeputzt und unendlich schwer bewaffnet. Sie stellte sich die Prinzessinnen vor, wie sie auf weißen Pferden dahinritten, begleitet von Rittern in schimmernden Rüstungen und umgeben von ganzen Heerscharen

von Dienstmägden. Und sie stellte sich die Zeltlager vor, in denen der Zug die Nächte verbrachte, und stets reichten diese von einem Ende der Erde bis zum anderen.

Gunther schwang sich in seinen Sattel. »Ich glaube, du musst gar nicht mehr so lange davon träumen«, sagte er nur.

Rona hatte keine Ahnung, was er damit meinte.

Sie brauchten einige Tage bis Gandersheim. Rona erkannte, dass eine Reise, wie sie sie vorhatten, kein Zuckerschlecken war. Ihre Füße taten ständig weh vom vielen Laufen, und wenn Gunther einmal Halt machte, damit sie sich ausruhen konnten, dann verdrängte der Hunger das Brennen ihrer Glieder, weil die Vorräte, die Nonno in Goslar gekauft hatte, längst aufgebraucht waren. Rona ertrug alles mit schweigend zusammengebissenen Zähnen, schließlich war es ihre Schuld, dass sie alle drei dies erdulden mussten. Sie würde sich eher die Zunge abbeißen, als sich auch nur mit einer Silbe zu beklagen. Aber ab und zu musste sie trotzdem gegen aufsteigende Tränen ankämpfen, besonders dann, wenn sie durch irgendeine Kleinigkeit an ihren Vater erinnert wurde.

Kurz bevor sie Gandersheim erreichten, hatte Gunther ein Einsehen mit Nonno und Rona. Er stieg ab und hob Rona auf sein Pferd.

»Danke«, sagte Rona erleichtert.

Nonno schwieg, schwang sich aber auf Gunthers Zeichen hin in den Sattel hinter Rona.

»Eigentlich hatte ich mir geschworen, euch den ganzen Weg zu Fuß gehen zu lassen«, brummte Gunther. »Als Strafe dafür, dass ihr Flöhe es gewagt habt, einfach fortzulaufen. Aber ich fürchte, wenn ich das wirklich mache, dann sind wir in zehn Jahren noch nicht in Ravenna.« Er blickte nach vorne und beschattete die Augen gegen die Sonne. Vor ihnen lag eine Siedlung aus locker verstreuten Gehöften. Häuser, die sich um eine Kirche herum zusammendrängten. Dicht bei der Kirche befanden sich Gebäude, die die anderen überragten, und sie waren aus Stein gebaut. Ein wenig fühlte Rona sich an die Domburg von Hildesheim erinnert, und diesmal war sie zu neugierig auf das Kommende, um sich viele Gedanken über ihren Vater zu machen. Aufgeregt reckte sie den Hals, um besser sehen zu können.

»Ich hatte eigentlich vor, auf dem Markt ein paar Pferde für euch zu kaufen, aber vielleicht ist das gar nicht nötig«, beendete Gunther sein Gebrummel.

Nonno sagte noch immer nichts.

»Markt?«, meinte Rona. »Dieser kleine Flecken hat einen Markt?«

»Ja, und zwar hat eine Kaiserin, die vor ungefähr zehn Jahren gestorben ist, Gandersheim die Marktrechte verliehen«, erklärte Gunther.

Rona kannte nur eine einzige Kaiserin beim Namen. »War das Theophanu?«, wollte sie wissen.

Gunther nickte, erstaunt darüber, dass sie mehr zu wissen schien, als er gedacht hatte. »Theophanu, ja.«

Ein einzeln stehendes Haus, umgeben von eingezäunten Weiden, auf denen Schafe, Rinder und ein paar Pferde grasten, tauchte vor ihnen auf. Gunther hielt darauf zu, obwohl es ein wenig abseits des Weges lag, und als sie es erreicht hatten, sprang er aus dem Sattel und klopfte mit kräftigen Schlägen an die Haustür.

Ein kleiner, schmächtiger Mann streckte den Kopf zur Tür heraus. Er musterte Gunther misstrauisch von Kopf bis Fuß, wobei sein Blick besonders lange an dessen Schwert hängen blieb.

»Ich bin im Auftrag von Gräfin Ingerid unterwegs«, stellte Gunther sich vor. Er nahm ein Schreiben aus seiner Tasche, entfaltete es und hielt es dem Mann vor die Nase. Der starrte einen Augenblick darauf. Daran, dass sich seine Augen dabei kein bisschen bewegten, erkannte Rona, dass er nicht las, sondern nur so tat. Wahrscheinlich konnte er nicht lesen, dachte sie.

Gunther war offenbar der gleiche Gedanke gekommen, denn er hielt das Schreiben so, dass der Blick des Mannes auf das kleine, rote Siegel fiel, das unten in einer Ecke der Seite angebracht worden war. »Das hier ist das Siegel der Gräfin, du kennst es doch, oder?«

Der Mann nickte hastig.

»Gut. Um es kurz zu machen, wir brauchen zwei

von deinen Pferden, die dort draußen in dem Pferch stehen.«
Der Mann wollte protestieren, aber Gunther brachte ihn mit einer Handbewegung zum Schweigen. »Warte ab, bevor du dich beschwerst! Die Gräfin ist eine großzügige Frau. Sie weiß, dass du verpflichtet wärest, ihr die beiden Pferde zur Verfügung zu stellen, denn immerhin bewirtschaftest du Land, das dem Grafen gehört, oder etwa nicht? – Wie auch immer, du sollst die Tiere nicht umsonst hergeben.«
Er entnahm seiner Tasche einen kleinen Lederbeutel, zog die Kordel auf, mit der er verschlossen war, und schüttelte einige Münzen in seine offene Linke.
Rona staunte. Es waren Silbermünzen.
In den Augen des Mannes leuchtete es auf.
»Das dürfte reichen, damit ich mir zwei Tiere aussuchen darf, oder?«, fragte Gunther.
»Ja! Ja!« Der Mann grapschte nach dem Geld und ließ es so schnell unter seinem Hemd verschwinden, dass es an Zauberei grenzte.
»Gut.« Gunther wandte sich von dem Mann ab und blickte über die Koppel. Vier Pferde standen dort: ein großer, magerer Klepper, der aussah, als sei er mindestens zwanzig Jahre alt, und dem jede Rippe einzeln aus dem hellgrauen Fell hervorstach, eine offenbar trächtige rotbraune Stute mit hübschem Gesicht und zwei kleine, stämmige Ponys, deren Fell so dicht war, dass ihre Beine wie kleine, fellbewachsene Baumstämme aussahen. Gunther sah Rona an und grinste.

»Na? Welches gefällt dir besser?«

Rona konnte es nicht fassen! Sie durfte sich ein Pony aussuchen! Einfach so!

Sie trat an den Zaun, und die Pferde kamen angetrabt. Die Ponys hatten einen schnellen, zackigen Schritt, der ihre dicken Mähnen lustig hüpfen ließ. Eines von ihnen, ein braunes Tier mit einem kleinen weißen Fleck auf der Stirn, drängte sich sofort an Rona heran und begann, an ihrer Kleidung herumzuknabbern.

Sie lachte. »Das hier.«

Gunther schien zufrieden. »Ein freches Ding«, kommentierte er. »Sehr passend. Dann ist das andere für Euch, junger Herr.«

Nonno starrte auf das kleine, schwarze Tier, und ein missmutiger Ausdruck glitt über sein Gesicht. »Ein Pony? Ich bin doch kein Kind mehr!«

Gunther zuckte die Achseln. »Gut. Dann entscheidet Euch eben für eines der beiden anderen. Bitte sehr.« Er wies auf den Klepper und die Stute, deren Bauch sich wie ein Fass vorwölbte.

Nonno schob die Unterlippe vor. »Schon gut«, knurrte er. »Ich habe ja verstanden.«

Nochmals grinste Gunther. »Ihr solltet Euch angewöhnen, erst nachzudenken und dann zu sprechen, wenn Ihr auch als der Mann angesehen werden wollt, als der Ihr Euch bereits fühlt.«

Nonno wandte sich ab, aber Rona sah noch, wie er verstimmt die Augen verdrehte. Sie unterdrückte ein Schmunzeln. Irgendwie gab sie Nonno Recht.

Er war wirklich schon zu alt dafür, auf einem Pony zu reiten, doch soweit sie das mit dem wenigen Wissen, das sie über diese Tiere hatte, beurteilen konnte, war der kleine Rappe wirklich die beste Wahl.
Abgesehen von ihrer kleinen, braunen Stute.
Glücklich kraulte sie dem Tier die Stirn.
Gunther öffnete die Koppel, fing die beiden Ponys ein und brachte sie herbei. Beide Tiere trugen einfache Halfter, und Gunther erbat von dem Mann, von dem er sie gekauft hatte, noch zwei Stricke. Der Mann brachte das Gewünschte, Gunther knotete die Stricke an den Halftern fest und reichte sie Nonno und Rona.
»Bitte sehr. Wenn Ihr aufsteigen wollt!«
Nonno saß mit einem Satz auf dem Rücken seines Rappen, aber Rona stand etwas ratlos vor ihrem Tier. »Wie soll das gehen?«, fragte sie verzagt.
Statt eine Antwort zu geben, hob Gunther sie kurzerhand hinauf. »Pass auf, dass du nicht gleich wieder runterfällst!«, riet er, ging zu seinem eigenen Pferd zurück und stieg in den Sattel.
Das war einfacher gesagt als getan. Solange das Pony in gemächlichem Schritt ging, hatte Rona keine Probleme, das Gleichgewicht auf seinem glatten Rücken zu halten, aber kaum trieb Gunther sein Pferd in einen leichten Trab, da war es auch schon passiert. Ronas Pony verfiel ebenfalls in eine schnellere Gangart, und es machte kaum zwei Schritte, bevor Rona sich auf dem Boden wiederfand.

»Au!« Sie hatte sich schmerzhaft den Hintern angestoßen.
Gunther sah mit ernster Miene auf sie herab, aber in seinen Augen konnte sie die Belustigung ablesen. Nonnos Blick wich sie lieber aus. Sie rappelte sich auf.
»Warte!« Gunther machte Anstalten, abzusteigen, um sie wieder auf das Pony zu heben, aber diesmal winkte sie ab. Sie führte das Tier zu einem Baumstumpf am Wegrand, kletterte darauf und schwang sich auf den Rücken.
Gunther nickte anerkennend. »Wir werden langsam reiten«, versprach er.
Und das tat er dann auch.
Bis sie Gandersheim erreichten, fiel Rona kein einziges Mal mehr in den Dreck.

Zwischen der Stadt und den Gebäuden, die zum Stift gehörten, spannte sich eine Mauer, deren Tore weit offen standen. Gunther führte Nonno und Rona durch eines von ihnen, und sie fanden sich auf einem weiten Platz wieder. Rona sah sich neugierig um und ignorierte ihre von der Anstrengung des Reitens schmerzenden Beine.
Sie entdeckte Grubenhäuser, ganz ähnlich wie das, in dem sie mit ihrem Vater wohnte, aber auch größere Gebäude. Holzhäuser, deren Zwischenräume mit Lehm und Zweigen ausgefüllt waren, wechselten sich ab mit steinernen Bauten.

Eine Frau kam auf sie zu. Gunther sprang aus dem Sattel und begann sich mit ihr zu unterhalten. »Das ist Sophia«, stellte er die Frau vor. »Die Äbtissin dieses Stiftes. Sie hat uns erlaubt, die Nacht hier zu verbringen.« Er wies auf Nonno. »Das ist Fridunant von Goslar, Mutter. Der Sohn des Grafen.« Bei Rona schließlich verzog er das Gesicht. »Und sie wird Rona genannt. Sie wird Euch gefallen, Mutter. Sie will unbedingt das Lesen lernen.«
Sophia war eine Frau von beeindruckender Größe, fast reichte ihr Scheitel an Gunthers Nasenspitze heran. Und das, obwohl Gunther der größte Mann war, den Rona jemals gesehen hatte – ihren eigenen Vater eingeschlossen.
Sophia lächelte Rona an. »Dann sollten wir sie mit unserer guten Hrotsvita bekannt machen, was meint Ihr?«
Nonno lehnte sich zu Rona hinüber. »Hrotsvita war eine berühmte Schreiberin dieses Stiftes«, flüsterte er ihr zu. »Sie hat eine Menge Bücher geschrieben.«
»*War?*«, flüsterte Rona zurück.
»Sie ist schon lange tot.« Nonno sprang aus dem Sattel.
»Schade.« Auch Rona stieg ab. Obwohl sie nur ganz kurz auf dem Pony gesessen hatte, fühlten sich ihre Oberschenkel an, als seien sie mit Haferbrei gefüllt. Das Gehen fiel ihr schwer.
»Vielleicht darfst du dir wenigstens ihre Bücher ansehen!«, sagte Nonno.

Rona dachte an das verbrannte Buch und verzog das Gesicht. »Ich weiß nicht.«

Sie folgten Sophia, die um eines der größeren Häuser herumging. Die Wege zwischen den Gebäuden waren sorgfältig festgestampft, das Gras rechts und links von ihnen kurz geschnitten. Alles sah sehr ordentlich aus, grün und freundlich.

Dicht bei der Stiftsmauer befand sich ein Stall. Sophia wies auf die halb offen stehende Tür. »Hier könnt Ihr Eure Pferde unterbringen«, sagte sie. »Und wenn Ihr fertig seid, dann wendet Euch einfach an eine der Nonnen. Sie werden Euch das Gästehaus zeigen.«

Gunther bedankte sich.

Rona sah Sophia nach, als sie mit langen, energischen Schritten verschwand.

14. Kapitel

ona beobachtete, wie Gunther sein Pferd absattelte, die Reisebündel auf einen Haufen auf den Boden warf, das Tier mit einem Strohbüschel abwischte und ihm und auch den Ponys dann einen Eimer mit Wasser hinstellte.
Als er fertig war, verließen sie zusammen den Stall. Eine noch sehr junge Nonne – in einem Stift hießen sie Kanonissen, erfuhr Rona – lief ihnen über den Weg.
»Schwester!« Gunther hielt sie an, indem er eine Hand hob.
»Ja?« Sie blieb stehen. Sie trug ein ganz schlichtes, weißes Gewand, und sie konnte kaum ein oder zwei Jahre älter sein als Rona.
»Die Äbtissin sagte mir, Ihr könntet mir das Gästehaus zeigen«, meinte Gunther. Er hielt sein Reisebündel hoch. »Und, wenn es Euch nichts ausmacht, auch gleich noch das Refektorium.«
»Den Speisesaal«, erklärte Nonno, noch bevor Rona eine entsprechende Frage stellen konnte. »Da essen alle zusammen, die Kanonissen und auch die Gäste des Stiftes. Ich fürchte allerdings, wir werden jetzt nichts kriegen.«
»Warum nicht?«
»Weil wir hier im Stift nur einmal am Tag eine

Mahlzeit zu uns nehmen«, erklärte die junge Kanonisse. »Kurz vor Sonnenuntergang. Bis dahin ist es noch lange Zeit. Aber wenn Ihr sehr hungrig seid, dann geht ins Küchenhaus. Ich bin sicher, Schwester Claudia wird wenigstens etwas Brot und Milch für Euch haben.« Sie wies mit ausgestrecktem Arm auf eines der großen, flachen Häuser, die seitlich neben der Kirche standen. »Das Refektorium ist dort drinnen. Die Räume für die Gäste sind im Obergeschoss.«

Gunther dankte der Frau und wollte schon losmarschieren, als Rona einen Entschluss fasste. Sie hielt ihn zurück.

»Macht es Euch etwas aus, mein Bündel mitzunehmen?«, fragte sie vorsichtig.

Er sah auf sie herab. »Nein. Was hast du vor?«

Sie blickte die Kanonisse an. »Ich … wenn Ihr etwas Zeit für mich habt … Ich würde gerne die Schriften der Hrotsvita sehen.« Sie würde der Versuchung sowieso nicht widerstehen können, dachte Rona, also konnte sie es sich gleich sparen, überhaupt zu versuchen, jeden Gedanken an die Bücher aus ihrem Kopf zu verbannen!

Nonno machte ein leises Geräusch hinten in der Kehle. Es klang wie ein spöttisches Brummeln, aber Rona achtete nicht auf ihn.

Die Kanonisse schien zu überlegen. »Eigentlich sollte ich in den Küchengarten zum Unkrautjäten.«

»Oh, im Unkrautjäten bin ich gut!«, versicherte

Rona ihr. »Wenn Ihr mir die Bücher zeigt, helfe ich Euch, ja?«
Offenbar mochte die Kanonisse das Unkrautjäten nicht besonders, denn bei diesem Angebot willigte sie sofort ein. »Also gut«
Rona sah Gunther an. Der zwinkerte ihr zu. »Du musst nicht meine Erlaubnis einholen«, sagte er. »Ich bin schließlich nicht dein Vater.«

Rona folgte der jungen Kanonisse. Gemeinsam gingen sie an der Kirche vorbei zu einem Gebäude, das an die steinerne Mauer angelehnt zu sein schien.
»Wie heißt Ihr?«, fragte Rona.
»Barbara. Aber du kannst ruhig du zu mir sagen. Wir sind wohl ungefähr gleich alt, nicht wahr?«
»Ja. Ich bin Rona.«
Barbara öffnet eine niedrige Tür, die in das Gebäude führte. »Hier ist unser Scriptorium.« Sie wartete, bis Rona eingetreten war, folgte ihr dann und schloss die Tür sorgfältig wieder. In dem Raum dahinter standen fünf Pulte. Auf jedem befand sich eine Kerze und, in einem eisernen Halter an seiner Seite, steckte ein mit dicker, dunkler Tinte gefülltes Tintenhörnchen. Auf einem von ihnen lagen außerdem ein Buch und zwei Stapel Pergamentseiten.
Ronas Herz machte einen Hüpfer.
»Hier hat Hrotsvita geschrieben«, erklärte Barbara. »Natürlich hat das Stift nicht alle ihre Schriften behalten.«

»Warum nicht?«
»Sie hat alles Mögliche geschrieben. Über die Geschichte der Kaiser von Heinrich I. bis Otto II. Über Philosophie und Musik.«
»Auch Bücher über Heilkunde?« Plötzlich war Rona die alte Marianne eingefallen, und ganz kurz fragte sie sich, was die Alte wohl sagen würde, wenn sie sie jetzt hier so sehen könnte.
»Heilkunde? Nein. Aber Verse zur Tischlektüre.« Barbara legte eine Hand auf das Buch. Rona schielte auf die Pergamente, aber zu ihrer Enttäuschung waren sie völlig leer.
»Verse zum Vorlesen beim Essen?«, murmelte sie.
Barbara lachte. »Du hast nicht viel Ahnung vom Stiftsleben, oder?«
»Ich fürchte nicht.«
»Nun. Unser Tagesablauf ist streng geregelt und besteht hauptsächlich aus Arbeiten und Beten. Meine Aufgabe ist der Garten. Der Garten und das Studium. Ich lerne Lateinisch und Griechisch.« Barbara wirkte nicht besonders glücklich über diese Tatsache.
Fast hätte Rona verständnislos den Kopf geschüttelt. Barbara war nicht die Erste, die sie traf, die keine Lust zum Lernen hatte. Wie kam es nur, dass offenbar alle Menschen, die lernen *durften*, es so widerwillig taten, während sie selbst, die nichts lieber getan hätte, als ihre Tage über Bücher und Pergamentrollen gebeugt zu verbringen, wahrscheinlich ihr Leben lang davon würde träumen müssen? Es war einfach ungerecht!

»… und beim Essen muss immer eine von den Kanonissen den anderen etwas vorlesen«, erklärte Barbara. Rona riss sich zusammen und hörte ihr zu. Es nützte schließlich überhaupt nichts, wenn sie sich selbst bemitleidete.
»Meistens aus der Bibel. Aber manchmal eben auch fromme Legenden oder ein Werk von Hrotsvita.«
»Warum sind die Pergamente leer?« Rona wies auf die weißen Seiten.
»Weil die Schreiberin noch nicht fertig ist.« Barbara griff nach dem linken Stapel und schlug das oberste Blatt zurück. Es war voll mit dichten Reihen von schwarzen Buchstaben.
Rona beugte sich darüber. Der Text war so eng geschrieben, dass es ihr schwer fiel, die Abstände zwischen den einzelnen Worten zu erkennen. »Kann jeder in dieses Stift aufgenommen werden?« In ihrer Phantasie sah sie sich hier an diesem Pult stehen und diese winzigen Buchstaben malen. Etwas krabbelte wie mit winzigen Beinen über ihr Rückgrat, und sie merkte, dass es die Erregung war, die sie bei diesem Gedanken erfasst hatte.
»In dieses nicht gerade. Die kaiserliche Familie hat es gegründet, und wir haben fast nur adlige Mitglieder. Aber es gibt natürlich eine Menge andere Stifte, und die stehen auch niederen Leuten offen.« Barbara verzog das Gesicht ein wenig, als wolle sie sich dafür entschuldigen, dass sie Rona als »nieder« bezeichnet hatte.
»Dann bist du auch adlig?«, fragte sie.

Barbara lachte. »Natürlich.«
Rona störte es nicht, von Barbara bei den Leuten des gemeinen Volkes eingeordnet zu werden, immerhin war das ja der Platz, auf den Gott sie gestellt hatte. Plötzlich fiel ihr ein, wie Barbara ihr das Du angeboten hatte, und sie fröstelte ein wenig, weil die junge Frau ihr dadurch noch sympathischer wurde, als sie ohnehin schon war. »Und die Äbtissin?«
»Oh, die ist eine Tochter von Kaiser Otto II.«
Rona erstarrte. »Eine echte Prinzessin?« Sophia hatte überhaupt nicht so ausgesehen, wie sie sich eine Prinzessin vorstellte. Mit einem Mal brannte der Wunsch, hier zu bleiben, zu lernen, zu lesen und zu schreiben, so heiß in ihr, dass es fast wehtat.
»Eine echte Prinzessin, ja.« Barbara legte die beschriebene Pergamentseite wieder an ihren Platz. »Kommt jetzt. Es wird Zeit. Wir müssen Unkraut jäten.«
Rona schüttelte den Kopf. »Aber die Schriften von Hrotsvita ...«, protestierte sie halblaut.
Barbara sah sie erstaunt an. »Aber das hier ist doch eine!« Sie zeigte auf das Buch. Dann verstand sie, was Rona nicht begriffen hatte. »Die Schreiberin soll sie kopieren, damit unsere Äbtissin sie irgendjemandem aus der kaiserlichen Familie zum Geschenk machen kann.« Sie schlug das Buch auf und ließ Rona einen Blick hineinwerfen. Auch hier keine Bilder, sondern nur kleine, geheimnisvolle Zeichen. Buchstaben. Rona seufzte.

Barbara bot ihr an, am nächsten Morgen an der Frühmesse teilzunehmen, damit sie sich ein Bild davon machen konnte, wie es in einem Stift zuging.
Das frühe Aufstehen, weit vor Sonnenaufgang, machte Rona recht wenig aus, aber die endlosen Gesänge der Kanonissen, die so seltsam eintönig und noch dazu in Lateinisch waren, langweilten sie. Als die Messe endlich vorbei war, hatte sie das Gefühl, noch niemals in ihrem Leben etwas Uninteressanteres erlebt zu haben. Sie überlegte gerade, ob sie vielleicht doch nicht für ein Leben im Kloster geeignet war, als Nonno zu ihr kam und ihr einen freundschaftlichen Knuff erteilte.
»Na? Hast du für uns mitgebetet?«
Rona schlug nach ihm, traf ihn jedoch nicht. »Lass das! Ja, hab ich. Aber du könntest dir auch mal wieder eine Kirche von innen ansehen.«
Nonno kicherte. »Ich habe erst mal genug von der Beterei.«
Rona dachte daran, dass er im Kloster jeden Tag mehrere dieser langweiligen Messen hatte aushalten müssen, und langsam kam sie darauf, warum er keine Lust gehabt hatte, dort zu bleiben. Sie stellte sich vor, selbst auf diese Weise zu leben – und Widerwille krampfte ihren Magen zusammen. Nach spätestens zwei Tagen würde sie schreiend aus der Kirche laufen.
»Gunther sucht dich schon«, sagte Nonno. »Er will weiterreiten.«
»Wo ist er?« Rona spähte den Weg zwischen Kirche

und Refektorium entlang. Von dem Pferdestall, in dem ihre Tiere untergebracht waren, war von hier aus nur eine Ecke zu sehen.

»Im Küchenhaus. Er besorgt uns Proviant für die nächsten Tage. Und Sättel für unser Ponys, glaube ich.«

Rona rieb sich über den Bauch. Die Nonne, die für die Küche zuständig war, hatte sie bemuttert wie eine Glucke ihre Küken, und zum ersten Mal seit Rona von zu Hause fortgelaufen war, hatte sie keinen Hunger.

Nonno grinste breit. »Die machen hier einen guten Schinken!«

Bevor Rona etwas erwidern konnte, trat Gunther zu ihnen. »Stimmt!« Er klopfte auf einen prall gefüllten Beutel, der ihm von der Schulter hing. »Und gutes Brot, das sich lange frisch hält. Damit müssten wir fast bis Göttingen kommen.«

»Und der könig…?« Hastig schlug Nonno sich die Hand auf den Mund.

Rona sah ihn neugierig an. »Was?«

Gunther schüttelte warnend den Kopf. »Nichts.«

Aber trotzdem konnte Nonno sich das Grinsen nicht verkneifen. Er sah aus, als habe er heimlich am Honigtopf genascht. Vergnügt kicherte er in sich hinein. »Gunther hat eine Überraschung für dich.«

»So? Was denn für eine?«

»Wenn ich dir das sage, dann ist es ja keine Überraschung mehr!«

Dem hatte Rona nichts entgegenzusetzen, und obwohl die Neugier an ihr zu nagen begann wie eine winzige Maus mit sehr spitzen Zähnen, entschied sie, dass sie zu stolz war, um Nonno weiter zu beknien. Sie blickte in Gunthers Gesicht, aber der schaute so undurchdringlich, dass sie nur die Achseln zuckte.

»Auch gut.«

Nonno machte ein enttäuschtes Gesicht, und das freute Rona fast ein wenig. Gunther lachte auf.

Er machte sich auf den Weg zum Stall, und Nonno und Rona folgten ihm.

»Ihr seid schlimmer als ein frisch verliebtes Pärchen, wisst ihr das?«, foppte Gunther.

»So ein Unsinn!«, brummte Nonno, aber er hatte ganz rote Ohren dabei.

Rona presste die Lippen zusammen, um nicht gemein zu grinsen. Sie sahen zu, wie Gunther erst sein Pferd sattelte und dann die beiden Ponys.

»Woher habt Ihr die Sättel?«, fragte Rona.

»In der Stadt gekauft. Sophia hat mir den hiesigen Sattler wärmstens empfohlen, und ich muss sagen, sie hat nicht übertrieben.« Gunther rieb Ronas Steigbügelriemen zwischen Daumen und Zeigefinger und schien äußerst zufrieden zu sein. »Das ist gutes, festes Leder, und die Nähte sind sorgfältig gearbeitet.«

Rona war es egal, wie gut oder wie fest das Leder ihres Sattels war oder wie sorgfältig man die Nähte gearbeitet hatte. Sie hatte jetzt nicht nur ein Pony, das sie ganz allein reiten durfte, sondern auch noch einen richtigen Sattel! Und Zaumzeug dazu, wie sie gleich darauf bemerkte, als Gunther ihr Tier aufzäumte.

Die Freude über diese neuen Sachen verdrängte für eine Weile ihre Neugierde auf die angekündigte Überraschung. Erst als sie Gandersheim schon längst hinter sich gelassen hatten, fiel sie Rona wieder ein.

Um was es sich dabei wohl handeln mochte?

15. Kapitel

üdlich des Stiftes wand sich der Weg durch einen weiten Mischwald, unter dessen Kronen sie bequem dahinreiten konnten. Vorjahreslaub raschelte unter den Hufen der Pferde und sandte würzigen Waldduft in die Luft.
Rona genoss den Ritt, so gut sie konnte. Mit einem Sattel war das Reiten einfacher, aber trotzdem strengte es sie immer noch an. Es fühlte sich komisch an, wie ihr Körper in alle Richtungen gewiegt wurde. Schließlich begann ihr Rücken wehzutun, aber auch das konnte ihr die gute Laune nicht verderben.
Sie streichelte immer wieder über das dicke, rötliche Fell am Hals des Ponys und ließ die Finger durch die etwas hellere Mähne rinnen.
»Blume!«, sagte sie plötzlich.
Nonno warf ihr einen Blick zu. »Was?«
»Blume!«, wiederholte sie. »Ich nenne das Pony Blume.«
Nonno schnaubte. »Mädchen!«
»Hast du denn keinen Namen für deins?« Rona sah, wie Nonno die Zügel hielt, und machte es ihm nach. Von unten durch die Faust und oben beim Daumen wieder raus, nicht umgekehrt.
»Nein. Wieso auch?«, brummte Nonno.

Rona fühlte, wie sie wütend würde. »Wieso nicht?«, knurrte sie zurück.
»Weil ein Mann sich besser nicht zu sehr an sein Pferd hängt«, erklärte Gunther an Nonnos Stelle. »Zumindest nicht dann, wenn er mit ihm in den Krieg ziehen muss. Pferde sterben häufig auf dem Schlachtfeld.«
Rona pustete gegen ihre Haare. »Ich muss aber nicht aufs Schlachtfeld!« *Und Nonno auch nicht*, dachte sie trotzig, sprach es aber nicht aus. »Und ich *bin* ein Mädchen.«
Gunther lachte leise. »Ja. Du darfst dein Pony Blume nennen.«
»Mache ich auch!« Rona zog den Kopf zwischen die Schultern und schmollte. Schlagartig war ihre ganze gute Laune fort. Sie beschloss, den Rest des Tages kein Wort mehr mit Nonno zu reden.
Sie hielt es durch. Aber ihre Laune besserte sich dadurch nicht ein bisschen. Im Gegenteil, sie wurde sogar noch schlechter, und gegen Mittag verdüsterte sich auch noch der Himmel, und es begann, wieder einmal, wie aus Kübeln zu schütten.

Gunther suchte ihnen einen Platz unter einer Reihe von Tannen. Hier war es einigermaßen trocken, sodass sie sich ein Nachtlager errichten konnten.
Feuer gab es heute nicht, denn alles Holz, das sie finden konnten, war zu feucht, um es anzuzünden. Und auch der Beutel, den sie im Stift erhalten hat-

ten, war durchnässt, sodass das Brot eklig pappig schmeckte.
Rona seufzte in ihre hohle Hand.
Es wurde früh dunkel, und so wickelten sie sich in ihre Decken ein und versuchten zu schlafen. Zuerst gelang es Rona sogar, aber irgendwann im Laufe der Nacht drang der Regen auch durch die Zweige der Tannen. Am Anfang tropfte es nur ein wenig, aber sie wachte davon auf. Sie rückte zur Seite, damit die Tropfen ihr nicht mehr ins Gesicht fielen.
Dann tropfte es immer mehr, und schließlich waren sie alle feucht und klamm und froren erbärmlich.
Rona war froh, als es endlich hell wurde.
Noch immer schweigend und jetzt alle drei schlecht gelaunt, ritten sie weiter.

Es regnete den ganzen langen Tag und hörte erst auf, als es schon wieder dunkel werden wollte.
Die Wege waren so aufgeweicht, dass sie nur noch sehr langsam vorankamen. Die Pferde setzten jeden Huf prüfend auf den feuchten, glitschigen Untergrund, und trotzdem glitten sie oft aus.
Rona war klatschnass und klapperte vor lauter Kälte mit den Zähnen. Obwohl er keinen Ton von sich gab, konnte sie Nonno ansehen, dass es ihm nicht besser erging. Er hockte mit zwischen die Schultern gezogenem Kopf auf dem Rücken seines Ponys und stierte düster vor sich hin. Auf dem Karren der Händler hatten sie immerhin die Plane gehabt, mit

der sie den schlimmsten Regen abwehren konnten. Hier jedoch waren sie der ungemütlichen Witterung schutzlos ausgesetzt.

Kurz bevor es finster war, hielt Gunther an.

Sein Pferd tänzelte unruhig.

Blume warf den Kopf hoch und sog witternd Luft in die Nüstern. Ein Zittern lief über ihren Körper.

Es machte Rona Angst.

»Was ist los?« Unwillkürlich flüsterte sie.

Gunther lauschte in die anbrechende Nacht hinaus.

»Ich weiß nicht«, murmelte er. »Wir sollten sehen, dass wir weiterreiten.«

Von nun an trieb er sein Pferd zu einem hastigen Trab, dem Blume und auch Nonnos Pony nur folgen konnten, indem sie in Galopp fielen. Rona wurde auf Blumes Rücken herumgestoßen, als sei sie ein Sack Mehl. Sie verlor die Zügel, die daraufhin nutzlos von Blumes Kopf herunterbaumelten, und krallte sich stattdessen in die dicke, helle Mähne. Nur mit Mühe hielt sie sich im Sattel.

Nach schier endlosem Ritt hielt Gunther ein zweites Mal an. Sein Pferd war schweißnass, und als die Wolkendecke für einen kurzen Moment aufriss und der Mond sein Licht auf sie niedersandte, konnte Rona erkennen, dass es angstvoll die Augen verdreht hatte.

Blume tanzte unruhig hin und her, und auch Nonno konnte sein Pony nicht zum Stillstehen bringen.

Rona wollte gerade erneut fragen, was los sei, da schoben sich die Wolken wieder vor den Mond.

Es wurde stockfinster.
Und dann hörte Rona es.
Wolfsgeheul. Und es klang ziemlich nah.

Von nun an galoppierten sie, so schnell die Pferde es in der herrschenden Dunkelheit konnten.
Es nützte nichts. Das Geheul der Wölfe schien zwar zunächst leiser zu werden, aber dann auf einmal veränderte es seine Tonlage. Es klang jetzt höher, aufgeregter. Irgendwie heiser.
»Sie haben unsere Spur aufgenommen!«, rief Gunther.
Rona blieb fast das Herz stehen.
»Was jetzt?«, schrie sie.
»Weiter!« Gunther trieb sein Pferd noch einmal an, aber es wäre nicht nötig gewesen. Das große Tier sprang wie von Geistern gehetzt in das nächste Unterholz.
Zweige peitschten Rona ins Gesicht. Nur knapp duckte sie sich unter einem tief hängenden Ast hindurch. Dann verlor sie beinahe das Gleichgewicht, als Blume um einen im Weg stehenden Baumstamm herumgaloppierte. Wie ein Äffchen hing sie am Hals des Ponys. Ächzend arbeitete sie sich zurück in den Sattel.
Das Wolfsgeheul kam immer näher.
»Achtung!« Gunthers Warnung hallte zwischen den Bäumen hindurch, sodass es klang, als käme seine Stimme aus allen Richtungen gleichzeitig.

Rona wollte sich aufrichten, wollte sehen, was er meinte, aber da war es schon zu spät. Mit einem riesigen Satz folgte Blume Gunthers Pferd über einen umgestürzten Baumstamm hinweg. Ihre Vorderhufe krachten auf der Erde nieder. Sie strauchelte kurz, galoppierte dann weiter. Aber Rona hatte den Halt verloren.

In hohem Bogen und mit einem spitzen Schrei des Entsetzens flog sie durch die Luft. Sie prallte in ein Gebüsch, rauschte durch die dichten Zweige. Dann krachte sie auf die Erde und blieb halb betäubt liegen.

Aber nur wenige Augenblicke.

Dann durchdrang ein einziger Gedanke sie wie ein Messerstich.

Die Wölfe!

Sie durfte auf keinen Fall allein zurückbleiben.

Hastig rappelte sie sich auf. Ihre Arme und Beine schmerzten von dem harten Sturz. Voller Panik drehte sie sich um ihre eigene Achse.

»Gunther!«, schrie sie.

»Schon gut. Ich bin hier.« Wie ein Ungetüm brach sein Pferd genau neben ihr durch das Gebüsch. Er zügelte es und brauchte seine ganze Kraft dazu, denn jetzt war das Tier so panisch, dass es kaum noch zu halten war. Gunther beugte sich im Sattel nach unten. »Komm!«, rief er. »Rauf, wir müssen hier ...«

Er kam nicht mehr dazu, zu Ende zu sprechen, denn in diesem Moment sprang ein Rudel Wölfe auf die kleine Lichtung vor den Büschen.

16. Kapitel

ona kreischte.

Etwas prallte gegen sie, ein grauer Schatten, der sie nach hinten taumeln ließ, bis sie das Gleichgewicht verlor und auf den Rücken fiel. Etwas war über ihr. Sie hörte ein heiseres Knurren, dann ein Jaulen. Der Schatten war fort und mit ihm das Gewicht, das sie auf den Boden genagelt hatte.

»Aufstehen!«, brüllte Gunther ihr zu.

Sie sah, wie sich zwei der Schatten auf ihn stürzten. Diesmal hatte sie keine Luft mehr zum Schreien. Sie beobachtete, wie er vom Pferd gerissen wurde und auf der Erde aufprallte. Das Pferd raste in wilder Panik davon, dorthin, wohin wahrscheinlich auch Blume verschwunden war. Die beiden Wölfe zögerten kurz, blickten dem Pferd nach, als überlegten sie, ob sie es verfolgen sollten. Dann entschlossen sie sich, sich mit der einfacheren Beute zu begnügen. Sie wandten die Köpfe Gunther zu.

Der hatte sein Schwert gezogen und hielt die Raubtiere damit auf Abstand.

»Los«, keuchte er. »Auf den Baum dort!« Er zeigte Rona mit dem Kinn, welchen Baum er meinte. Nonno saß bereits darauf.

Rona rannte los. Sie glaubte, einen weiteren Schatten neben sich zu sehen. Ein Wimmern kam aus ihrer Kehle, sie verdoppelte die Anstrengung. Sie hechtete nach dem untersten Ast. Bekam ihn zu fassen und zog sich hoch. Nonno griff nach ihrer Hand und half ihr.

Keuchend blieb sie neben ihm auf einem dicken, waagerechten Ast sitzen und starrte hinunter.

Gunther kam langsam rückwärts auf ihren Baum zu, die Wölfe folgten ihm knapp außerhalb der Reichweite seiner Klinge.

»Vorsicht!«, rief Nonno. »Im Gebüsch sind noch ...« In diesem Moment hatte Gunther jedoch schon den Baum erreicht. Er kletterte bis zu den beiden in die Höhe, und noch bevor er bei ihnen war, hatte er sein Schwert fortgesteckt.

Schweratmend ließ er sich zwischen Nonno und Rona auf den Ast sinken.

»Wie lange bleiben die?« Rona beugte sich vorsichtig vor, um zwischen den Blättern des Baumes hindurch einen Blick in die Tiefe zu werfen.

Die Wölfe strichen unruhig um den Baumstamm und warfen immer wieder Blicke nach oben. In Ronas Augen sahen sie schlecht gelaunt aus, und wahrscheinlich waren sie das auch. Immerhin war ihnen ihre sicher geglaubte Beute entkommen.

Wenigstens vorerst.

»Keine Ahnung«, gestand Gunther. »Eigentlich sollten sie uns gar nicht angegriffen haben. Üblicherweise tun Wölfe das nämlich nicht. Sie halten sich lieber an die Schafe und Ziegen der Waldbauern.«

»Sieht so aus, als wüssten die da unten das nicht.« Nonno kaute rastlos auf seiner Unterlippe herum. Der Himmel hatte sich inzwischen ein wenig aufgeklart, aber der Mond war untergegangen, sodass auf sie nur sehr spärliches Sternenlicht fiel. Trotzdem konnte Rona es in Gunthers Miene arbeiten sehen.

»Vielleicht bewachen die Leute hier in der Gegend ihre Tiere zu gut. Die Viecher da unten sind völlig ausgehungert. Wir schienen ihnen eine leichtere Beute zu sein«, sagte der Ritter. »Darum haben sie auch die Pferde entkommen lassen.«

Rona fühlte, wie ein völlig unpassendes Kichern in ihr nach oben drängte. »Da haben sie sich aber getäuscht, nicht wahr?«

»Kommt drauf an«, meinte Nonno.

Sie sah ihn erschrocken an. »Worauf?«

»Darauf, wie viel Ausdauer die haben. Wir können hier nicht ewig sitzen bleiben. Wenn wir einschlafen, fallen wir runter.«

Als wollte Gunther Rona zeigen, was Nonno meinte, schwankte er ein wenig vor und zurück.

»Lasst das!«, schalt sie ihn.

Er reagierte nicht darauf. Und jetzt erst sah sie, dass Gunthers Brust blutverschmiert war.

Der Wolf, der ihn angefallen hatte, hatte ihn in die Schulter gebissen.

Es kam Rona vor, als säße sie seit einer Ewigkeit auf dem Baum. Noch immer strichen die Wölfe unten herum, und Gunther wurde von Augenblick zu Augenblick schwächer.

Sein Kopf war nach vorne auf die Brust gesunken und er kämpfte jetzt deutlich sichtbar um sein Gleichgewicht. Rona biss die Zähne zusammen. Sie hatte die Wunde an seiner Schulter mit einem Streifen von ihrem Obergewand so gut wie es eben ging verbunden, aber die Blutung ließ sich dadurch nicht stillen. Der notdürftige Verband war bereits dunkelrot gefärbt.

»Ihr dürft nicht schlapp machen!«, bat Nonno. Rona sah das Weiße in seinen Augen, so sehr hatte er die Lider aufgerissen vor Angst. Er begegnete ihrem Blick, und offenbar schien er in ihrem Gesicht die gleiche Panik zu sehen, die er selbst verspürte, denn er nickte ihr mit zusammengebissenen Zähnen zu.

»Vielleicht sind die Viecher mit einem Kadaver zufrieden«, murmelte Gunther mit schwerer Zunge.

Rona glaubte sich verhört zu haben. Eine eisige Hand griff in ihren Nacken und jagte ihr einen Schauer bis hinunter zum Steißbein. »Ihr seid ja nicht ganz bei …« Sie verstummte, weil Nonno sie warnend ansah.

»Rona hat Recht, Gunther«, sagte er an ihrer Stelle. »Ihr müsst durchhalten. Ohne Euch kommen wir nie nach Ravenna.«

»So wie es im Moment aussieht«, meinte Gunther, »gehen wir drei überhaupt nirgends mehr hin.« Er kippte nach vorne, und Nonno griff hastig zu.
»He!«, rief er aus. Gemeinsam mit Ronas Hilfe gelang es ihm, Gunther zurück in eine einigermaßen stabile Position zu ziehen. »Klettere über ihn drüber«, befahl er ihr.
Rona wusste zwar nicht, was er vorhatte, aber sie gehorchte einfach. In diesem Augenblick war sie froh, dass er zu wissen schien, was zu tun war. Sie erhob sich vorsichtig und stellte sich hin. Obwohl sie Gott bis eben noch dafür gedankt hatte, dass der Ast recht dick war, kam er ihr auf einmal so dünn vor wie ein Grashalm. Tastend suchte sie Halt an dem Stamm des Baumes. Dann sah sie nach oben. Über ihrem Kopf verlief ein zweiter Ast, fast ebenso dick wie der, auf dem sie stand, und genau in ihrer Reichweite. Sie löste die Hände vorsichtig vom Stamm und klammerte sie um diesen Ast. Dann machte sie den ersten Schritt und stand direkt neben Gunther. Über seinen schwankenden Oberkörper hinweg zu steigen, war nicht ganz einfach, aber sie schaffte es. Erleichtert ließ sie sich auf Nonnos Seite wieder in eine sitzende Position sinken.
»Pass auf.« Im Gegensatz zu ihr stand Nonno ganz leichtfüßig auf. Er stieg über Rona hinweg, und als er das getan hatte, begann er, seinen Gürtel aus der Hose zu ziehen. »Gib mir deinen auch!«
Endlich begriff sie, was er vorhatte. Rasch löste sie die Schnalle ihres Gürtels und gab ihn Nonno. Der

verband beide miteinander, schlang den so entstandenen Riemen um den Baumstamm und legte ihn um Gunthers Brust.
»Au!«, beschwerte sich der Mann. Seine Stimme war allerdings nur noch ein tonloses Flüstern.
Rona warf einen Blick auf die Wölfe zu Füßen des Baumes. Bis eben hatten sie ruhig in dem dichten, feuchten Moos gelegen und abgewartet, aber als sie bemerkt hatten, dass sich über ihnen etwas bewegte, waren sie aufmerksam geworden. Jetzt saßen sie mit gespitzten Ohren da und starrten in den Baum hinauf.
»So.« Nonno setzte sich wieder hin. »Jetzt kann er ruhig ohnmächtig werden. Runterfallen kann er nicht mehr.« Er zog seine Hose hoch und hielt sie vor dem Bauch fest.
Rona sog Luft in ihre Lungen. Ihr Vater fiel ihr ein, der zu Hause auf ihre Rückkehr wartete. Ob sie ihn jemals wiedersehen würde?

Im Osten begann sich der Himmel schon hell zu färben, als plötzlich ein Ruf durch den Wald schallte.
»He!«
Fernes Klappern riss Rona aus einer Art Halbdämmer. Gleichzeitig mit ihr ruckten auch Nonnos und Gunthers Köpfe hoch.
»Heda! Verschwindet, Teufelspack!« Das Klappern wurde lauter. Die Wölfe schauten sich irritiert um

und duckten sich. Jetzt sah Rona, dass sich zwischen den Büschen Fackeln näherten.
Einer der Wölfe stieß ein dumpfes Knurren aus, aber schließlich wichen sie allesamt zum Rand der Lichtung zurück.
Ein schriller Pfiff ertönte, dann tiefes Hundegebell.
Die Wölfe machten kehrt und verschwanden zwischen den Bäumen.
Eine Hand voll Männer trat aus dem Unterholz, jeder von ihnen hatte zwei große, bellende Hunde an der Leine und schlug einen Holzscheit gegen Baumstämme und tief hängende Äste.
»Sie sind fort!«, rief einer von ihnen. »Ihr könnt runterkommen.«
Rona war die Erste, die seiner Aufforderung folgte. Rasch stemmte sie die Füße gegen den Stamm und sprang auf die Erde.
»Danke!«, sagte sie.
Und noch bevor der Mann etwas erwidern konnte, landete Nonno neben ihr auf dem Boden. »Ihr müsst unserem Begleiter helfen. Er ist verletzt.«
Von diesem Moment an ging alles sehr schnell. Zwei Männer kletterten in die Höhe, machten Gunter los und halfen ihm beim Herabklettern. Kaum dass er festen Boden unter den Füßen hatte, verlor er das Bewusstsein.
»Hoppla.« Einer der Männer fing ihn auf. »Da waren wir wohl gerade noch rechtzeitig, was? Dort hinten liegt unser Dorf. Kommt mit.«

Während die Männer Nonno und Rona in ihr Dorf führten, wechselten sie sich mit dem Tragen Gunthers ab.

17. Kapitel

bwohl der Himmel jetzt rasch hell wurde, bekam Rona nicht viel mit von dem Weg, den die Männer einschlugen. Sie war völlig erschöpft, jeder Knochen im Leib tat ihr weh, vom Sturz von Blumes Rücken und auch von der langen, angstvollen Nacht im Baum. Die Gespräche der Fremden drangen wie durch einen dicken Nebel zu ihr durch. Ohne darüber nachzudenken, setzte sie einfach nur noch Fuß vor Fuß, und als Nonno stehen blieb, machte sie noch zwei Schritte, bevor sie bemerkte, dass sie ihr Ziel erreicht hatten.

Sie befanden sich in einem winzigen Dorf. Kaum mehr als eine Hand voll Grubenhäuser lagen in einem lockeren Kreis um eine Lichtung, auf der kniehohes Gras wuchs. Im frühen Morgenlicht waren die Hütten fast nicht zu erkennen. Ihre flachen Dächer waren mit Gras gedeckt, sodass sie sich wie Hügel gegen den Boden abhoben.

»Gerde!« Der Mann, der Gunther trug, hatte eine helle, weithin hörbare Stimme. Sein Ruf war allerdings nicht nötig gewesen, denn das Gebell der Hunde, die die Männer von den Leinen gelassen hatten und die ihnen vorausgelaufen waren, hatte bereits das ganze Dorf geweckt.

Jetzt trat eine kleine, sehr magere Frau aus einer der Hütten. Sie blieb kurz stehen, erfasste die Situation mit einem Blick und trat dann zu dem Mann, der sie gerufen hatte.

»Wölfe«, erklärte er knapp. Er wies auf Gunther, und Gerde rief ein paar weitere Frauen herbei. Sie gab eine ganze Reihe hastiger Kommandos, die Männer trugen Gunther in eine der Hütten, auf deren Tür seltsam fremde Zeichen eingeritzt waren.

Nonno und Rona blieben unschlüssig mitten auf der Lichtung stehen.

Ein kleiner Junge steckte den Kopf aus einer der Hütten.

»He!« Nonno winkte ihm zu. Der Junge schien einen Moment zu überlegen, dann entschied er sich und kam vorsichtig näher.

»Herr?« Der Junge sah verlegen zu Boden. Er trug eine Art Hose, die aussah, als sei sie aus grauer Wolle gemacht. Darüber hatte er ein Fell, das ihm über Schulter, Brust und Rücken lag und in der Mitte von einem Gürtel gehalten wurde. Er roch nicht besonders angenehm, nach einer Mischung aus Schafdung und menschlichem Schweiß. Und seine Füße waren nackt und schmutzig.

»Wir brauchen einen Ort, wo wir uns einen Augenblick lang ausruhen können.«

»Wenn Ihr wollt, Herr, könnt Ihr in unsere Hütte kommen, solange Gerde sich um Euren Begleiter kümmert.« Eine Frau trat neben den Jungen und

legte ihm eine Hand auf den Kopf. Sie war vielleicht zwanzig Jahre alt, und auf ihrem Arm saß ein kleines Kind.
Nonno nickte leicht. »Gerne. Wie ist dein Name?«
»Richild, Herr.« Die junge Frau streckte einen Arm aus und wies auf eines der Häuser.
Nonno ging vor.
Er war noch lange nicht so groß wie Gunther, aber trotzdem musste er sich unter der Tür hindurchducken, so niedrig war sie. Rona folgte ihm. Im Inneren der Hütte war es düster und ziemlich muffig. Ihre Augen brauchten eine Weile, um sich an die Finsternis zu gewöhnen, aber schließlich sah sie genug, um einen Eindruck von der Einrichtung zu bekommen.
Genau in der Mitte des Hauses befand sich ein Herd. Eigentlich war es nur eine gemauerte Feuerstelle. Als Rauchabzug diente ein einfaches Loch in der Decke. An der rechten Wand lagen mit Stroh gefüllte Säcke. Links lehnte eine Holzplatte aufrecht gegen das Geflecht aus Zweigen und Lehm, aus dem die Wände bestanden. Richild setzte ihr Kind auf den Boden und machte sich daran, zwei Holzböcke aus dem hinteren Teil der Hütte zu holen und aufzubauen. Sie mühte sich mit der sperrigen Platte, sodass Rona rasch hinzusprang, und ihr half.
»Danke, Herrin, aber Ihr solltet ...«
Rona schnitt Richild das Wort ab. »Ich bin keine Herrin«, sagte sie. »Mein Vater ist Schmied.«

Richild sah zu Nonno hinüber, der mitten in der Hütte stand und sich umsah. Dann nickte sie langsam. Auf ihrem Gesicht lag ein Ausdruck, den Rona nicht zu deuten wusste.
Sie zeigte auf das Kind. »Ist das deines?«
Richild nickte erneut. Sie ging zum Herd und begann, mit den Töpfen herumzuhantieren.
»Bitte setzt Euch«, sagte sie. »Es wird ein bisschen dauern, aber ich werde Euch etwas zu essen machen.«
Rona sah sich um. Als Sitzgelegenheiten gab es nur ein paar Holzklötze. Sie zog sich einen an die zum Tisch aufgebaute Holzplatte und setzte sich darauf. Nonno saß bereits.
»Haben wir was, um sie für das Essen zu bezahlen?«, flüsterte Rona ihm zu.
»Das müssen wir nicht«, flüsterte er zurück. »Dieses Dorf gehört einem Vasallen meines Vaters. Die Leute hier sind uns zur Gastung verpflichtet.«
»Und was heißt das?«, fragte Rona. Sie hatte das Wort noch nie gehört.
»Sie müssen uns bewirten, wenn wir vorbeikommen. Das ist ihre Pflicht.«
»Aber sie haben doch kaum etwas!« Empörung flammte in Rona auf. »Und du und dein Vater, ihr seid so reich!«
Nonno sah sie an. Er sagte eine lange Zeit gar nichts. Dann nickte er nur. »Du hast Recht«, meinte er.
Richild brauchte eine ganze Weile, dann war sie fertig mit dem Kochen. Sie stellte einen Teller auf

den Tisch. Rona starrte darauf. Beinahe hätte sie ein Stöhnen von sich gegeben, aber sie beherrschte sich gerade noch. Auf dem Teller lag Fleisch, aber es sah grau aus und unappetitlich.
»Iss es!«, raunte Nonno ihr zu. »Es ist das Beste, was sie haben. Sie essen üblicherweise nur ein einziges Mal im Jahr Fleisch.«
Rona nahm ein Stück von dem farblosen Zeug und führte es zum Mund. Es schmeckte genauso, wie es aussah. Fade und ekelig. Sie musste sich anstrengen, es klein zu kauen und anschließend auch hinunterzuschlucken. Ein Würgereiz drängte in ihrer Kehle nach oben.
Sie unterdrückte ihn.

Diese Nacht verbrachten sie in Richilds Hütte. Sie schliefen auf den strohgefüllten Säcken, die Rona bereits beim Eintreten entdeckt hatte. Obwohl das Lager bequem war, verbrachte sie trotzdem eine unruhige Nacht. Niemand hatte ihnen gesagt, wie es um Gunther stand. Nur das Gesicht von Richild schwebte immerzu vor ihr. Sie hatte sehr ernst ausgesehen, als Rona sie nach seinem Befinden gefragt hatte.
»Was machen wir, wenn er stirbt?«, flüsterte sie Nonno zu. Sie wusste, dass er auch nicht schlafen konnte, denn er drehte sich immer wieder von einer Seite auf die andere und seufzte dazu.
»Er stirbt nicht!«, behauptete Nonno.

»Und wenn?« Rona stützte sich auf den Ellenbogen ab. Der Strohsack wackelte.
»Er stirbt nicht«, wiederholte Nonno.
Ronas Gedanken wanderten zu Blume. »Was wohl mit den Pferden passiert ist?«
»Keine Ahnung.«
»Vielleicht haben die Wölfe sie doch noch erwischt.«
»Vielleicht.«
Nonnos Einsilbigkeit machte Rona wütend. Am liebsten wäre sie aufgesprungen und hätte ihn geschüttelt, aber dann sagte sie sich, dass er wahrscheinlich nur versuchte, sich gegen die eigene Angst zu wehren. Bestimmt war sie bei ihm, genau wie bei ihr selbst, bei Nacht weitaus größer als bei Tag.
Die wildesten Gedanken schossen ihr durch den Kopf. Gunther hatte Geld dabei, um das Buch zu bezahlen. Was, wenn die Leute hier im Dorf Räuber waren? Wenn er bestohlen wurde, wo er so hilflos in einem der anderen Häuser lag?
»Nonno?«, flüsterte Rona erneut.
»Was denn?« Jetzt klang er unwirsch.
»Was, wenn sie Gunther das Geld stehlen?«
»Warum sollten sie? Mein Vater würde sie streng bestrafen lassen.«
Rona konnte Nonnos Gutgläubigkeit nicht teilen. Sicher, Richild war nett zu ihnen gewesen, und sie hatte sie mit dem Besten versorgt, was sie besaß. Aber die Menschen hier waren arm. Der Anblick

eines gefüllten Geldbeutels musste für sie eine große Versuchung sein, oder nicht?
Rona setzte sich hin.
»Was nun?«, stöhnte Nonno.
»Ich gehe ihn suchen«, sagte sie entschlossen. Sie stand auf. In der Hütte war es dunkel, aber sie konnte trotzdem die Umrisse der Tür erkennen. Mondlicht fiel durch die Ritzen und zeichnete scharfe Linien auf den Fußboden aus gestampftem Lehm.
»Du bist ja verrückt!« Jetzt setzte sich auch Nonno hin. Rona war froh, dass Richild es vorgezogen hatte, bei einer Nachbarin zu schlafen. *Vielleicht hatte sie genauso viel Angst vor uns wie wir vor ihnen*, fiel Rona ein. Beinahe hätte sie gelacht, so komisch kam ihr das eigene Verhalten plötzlich vor. *Und trotzdem …*
Leise schlich sie aus der Hütte.
Vor der Tür blieb sie stehen, um zu lauschen. Halb auf Nonno, weil sie wissen wollte, ob er ihr folgte, und halb auf die Bewohner des Dorfes. Aber niemand kam aus den anderen Hütten. Und auch Nonno blieb, wo er war.
»Feigling!«, zischte Rona, aber so leise, dass er es nicht hören konnte.
Sie sah sich auf der mondbeschienenen Lichtung um. Die Gipfel der Bäume rauschten leise im Nachtwind, und ein frischer, erdiger Geruch stieg ihr in die Nase. Nachdenklich betrachtete sie die Hütten und versuchte sich zu erinnern, in welche

man Gunther gebracht hatte. Dann fiel ihr wieder ein, dass sie auf der Tür diese seltsamen Zeichen gesehen hatte.

Sie machte ein paar Schritte hin zu der Hütte, die der von Richild am nächsten lag. Erst jetzt bemerkte sie, dass sie vergessen hatte, ihre Schuhe anzuziehen. Ihre Füße waren nackt, und das Gras, in das sie trat, hatte einen feuchten Schimmer. Sofort kam ihr die Kälte unangenehm vor. Sie hatte allerdings keine Lust, sich noch einmal Nonnos Spott auszusetzen, also entschied sie, dass sie die wenigen Schritte genauso gut barfuß machen konnte.

Die Tür der Nachbarhütte hatte keine Zeichen, und auch nicht die nächste und die übernächste. Aber bei der vierten wurde Rona schließlich fündig. Im silbrigen Halbdunkel wirkten die Zeichen noch ein wenig unheimlicher. Rona streckte die Hand nach der Tür aus, aber dann zögerte sie.

Was, wenn jemand dort drinnen bei Gunther Wache hielt?

Sie würde erst herausfinden, ob es so war, wenn sie hineinging. Hier stehen zu bleiben war dumm, dann konnte sie genauso gut wieder zu Nonno gehen. Sie schluckte, und dann drückte sie die Tür vorsichtig auf. Ein ganz leises Knarren ließ sie innehalten.

Schwere, tiefe Atemzüge kamen aus dem Inneren der Hütte. Ganz vorsichtig streckte sie den Kopf zur Tür hinein. Das Licht des Mondes fiel auf ein Strohlager. Gunther lag darauf. Er schlief tief und

fest, und sein Atem ging gleichmäßig. Es war nicht zu erkennen, ob er besonders blass war, denn im Mondlicht sah alles farblos und bleich aus.
Rona huschte ins Innere der Hütte.
Richild lag weiter hinten auf dem Boden. Auch sie schlief. Gerde und der Mann, der Gunther getragen hatte, ebenfalls. Im Herd glomm der letzte Rest eines Feuers. Es roch nach Rauch und nach etwas anderem, strengem. Irgendeiner Salbe.
Leise trat Rona an Gunthers Lager.
Sie beugte sich über ihn.
Man hatte ihm sein Obergewand ausgezogen und ihn mit einer Decke zugedeckt. Sie reichte bis zu seiner Brust, aber unter ihr zeichnete sich Gunthers Gürtel ab. Rona erinnerte sich, dass Gunther den Beutel mit dem Geld direkt neben seinem Schwert getragen hatte. Rasch sah sie sich um. Die Waffe stand in einer Ecke an die Wand gelehnt da. Von dem Geldbeutel war keine Spur zu sehen.
Ob er noch am Gürtel hing?
Es gab nur eine Möglichkeit, das herauszufinden. Sachte ließ Rona ihre Hand unter die Decke gleiten. Ihre Finger berührten Gunthers nackte Haut irgendwo auf Höhe der Rippen. Rona zuckte zurück. Gunther murmelte etwas Unverständliches, erwachte aber nicht. Langsam tastete sie sich vor. Da war etwas unter ihren Fingern, es fühlte sich an wie Leder.
Der Beutel!
Rona lächelte still.

Und in diesem Moment fuhr Gunther auf. Seine große Pranke schloss sich um Ronas Handgelenk wie ein Schraubstock.

»Hab ich dich, du kleine Ratte!«, stieß er hervor.

18. Kapitel

»Was ist passiert?«
»Geht es Euch gut?«
»Was wollte das Mädchen von Euch?« Die erschrockenen Fragen von Richild, Gerde und dem Mann kamen alle gleichzeitig, sodass Rona Mühe hatte, ihren Sinn zu verstehen.
Sie stand wie eine ertappte Sünderin da. Gunthers Hand lag noch immer um ihren Arm. Finster starrte er sie an.
»Sie wollte Euch das Geld stehlen!« Richilds Stimme klang ungläubig. »Seht, sie ist eigens dafür barfuß hier hereingeschlichen. Und ich dachte, sie ist Eure Schutzbefohlene!«
»Das ist sie eigentlich auch!«, knurrte Gunther.
Unter seinem Blick schrumpfte Rona zusammen. Sie wollte sich verteidigen, wollte ihm erklären, warum sie nach dem Geld gesucht hatte. Aber jedes Wort blieb ihr in der Kehle stecken. So entrüstet starrten Richild und die anderen auf sie nieder, dass sie es nicht übers Herz brachte, zu erklären, dass sie *sie* für Diebe gehalten hatte. Würde Gunther es nicht sowieso wie eine Ausrede vorkommen? Rona schluckte, als ihr Tränen in die Augen traten.
»Was ist mit dem Buch?«, fragte Gunther mit leiser Stimme. »Dein Vater?«

Rona sah ihn nur an. Noch immer fiel ihr nichts ein, was sie hätte sagen können.
»Das Beste wird sein«, fuhr Gunther fort, »wenn du wieder schlafen gehst.« Er ließ sie los und sank auf sein Lager zurück. Er war blass, stellte sie fest.
Sie senkte den Kopf und schlich wie ein geprügelter Hund zurück zu Nonno in die andere Hütte.

Die Scham über das Geschehene war so groß, dass Rona am nächsten Morgen nicht einmal Freude darüber empfinden konnte, dass die Männer des Dorfes Blume und die beiden anderen Pferde wiedergefunden hatten.
Aus der Ferne sah sie zu, wie die Tiere in einen kleinen Pferch gebracht wurden, der eigentlich als Schweinestall diente. Und sie wartete, bis jemand ihnen Sättel und Zaumzeug abgenommen und sie mit etwas zu fressen versorgt hatte. Erst, als die Tiere allein waren, ging sie zu Blume hinüber.
Das Pony blickte ihr entgegen, und als sie nahe genug war, senkte es den Kopf und knabberte an ihrem Gewand herum. Endlich konnte Rona die Tränen nicht mehr zurückhalten. Eine nach der anderen liefen sie ihr über die Wangen und den Hals hinunter, wo sie unangenehm kalt in ihrem Kragen verschwanden.
Blume schien das nicht zu stören. Sie nestelte weiter an Rona herum, entschied dann, dass sie nichts Fressbares finden würde und wandte sich ab. Rona

lehnte sich gegen einen Zaunpfahl und schließlich, als ihr Kummer zu groß wurde, rutschte sie daran nach unten, bis sie auf der Erde saß. Dass ihre Kleidung von der aufgewühlten Erde ganz schmutzig wurde, war ihr egal.
In ihrem Inneren stritten sich mehrere Gefühle darum, welches von ihnen das Schmerzhafteste war. Eines war Scham. Scham darüber, für eine Diebin gehalten zu werden. Hatte sie Gunther jemals irgendeinen Grund gegeben, eine solch schlechte Meinung von ihr zu haben? Warum nur vertraute er ihr nicht? Warum wies er nicht jeden Verdacht, sie könne es auf das Geld abgesehen haben, als unsinnig weit von sich? Die Enttäuschung über diese Erfahrung war beinahe noch schlimmer als die Scham. Aber das Allerschlimmste war das Gefühl, versagt zu haben. Sie hatte sich in der letzten Zeit als kluge, redegewandte junge Frau gesehen. Nur zu oft hatten ihr Vater und auch Marianne über ihre geschliffene Zunge und ihre schlagfertigen Antworten gestöhnt. Jetzt jedoch kam sie sich klein und dumm vor, wie ein Kind, das man mit der Hand im Honigtopf erwischt hatte, und das nichts anderes zu behaupten wusste als: »Das war ich aber nicht!« Eine lahme Verteidigung, zu mehr war sie nicht fähig gewesen!
Sie legte den Kopf gegen den Zaunpfahl und versuchte, die Tränen fortzublinzeln.
»He!« Nonnos Stimme ließ sie auffahren. »Weinst du etwa?«

Hastig wischte sie sich über das Gesicht. »Nein!«
Nonno kletterte über den Zaun und baute sich vor ihr auf. Er warf einen prüfenden Blick auf sie nieder und dann hockte er sich vor ihr hin. »Klar weinst du! Warum denn?«
»Ach!« Rona schlug mit der flachen Hand nach ihm. Nicht einmal jetzt fielen ihr die passenden Worte ein!
»Weil du glaubst, dass Gunther dich für eine Diebin hält?«, fragte Nonno.
Rona sah auf.
»Ich habe mit Gunther gesprochen«, erklärte er. »Er weiß, dass du keine Diebin bist. Dafür ist dir dein Vater viel zu wichtig. Aber er hat sich gewundert, was du vorhattest. Ich habe es ihm erklärt.«
Rona schniefte. Wieder einmal wusste sie nicht, was sie sagen sollte, aber diesmal nicht vor Schreck, sondern vor Dankbarkeit. Dann war es ihr doch gelungen, Gunthers Vertrauen zu erwerben! Ein Lachen drängte sich in ihrer Kehle nach oben, das vor lauter Heulen eher wie ein Schniefen klang.
Nonno lachte ebenfalls. »Könntest dich wenigstens bedanken!«
Rona wischte sich mit dem Handrücken über die Nase. »Danke!«, sagte sie.

Richild war die Erste, die nach dem Vorfall wieder mit Rona sprach.
»Ihr habt uns einen ganz schönen Schrecken einge-

jagt«, meinte sie am nächsten Tag. Sie war dabei, das Essen zuzubereiten. Sie hatte Haferkörner auf einer Reibe aus zwei dicken, rauen Steinen zu Mus zerquetscht und warf sie jetzt in den Topf. Dann gab sie Wasser dazu und eine Hand voll Kräuter, die sie kurz vorher aus dem kleinen Garten hinter der Hütte geholt hatte. Haferbrei kannte Rona von zu Hause. Es war die Hauptspeise vieler Menschen, egal, ob sie in der Nähe einer der größeren Städte lebten oder in den Wäldern, so wie diese Leute hier. Fleisch war etwas, das selbst die Reichen nicht an jedem Tag auf den Tisch bekamen. Bei diesem Gedanken fühlte Rona sich schlecht, weil sie das graue Fleisch vom ersten Tag so verabscheut hatte. Wann hatte es zu Hause das letzte Mal Fleisch gegeben?
»Tut mir Leid«, antwortete sie auf Richilds Worte. Sie saß neben Nonno auf einem der Holzklötze, und während er sich ganz wohl dabei zu fühlen schien, Richild beim Arbeiten zuzusehen, wünschte Rona sich, irgendwas zu tun zu haben. Sie kam sich nutzlos vor, so wie sie hier von der jungen Frau bedient wurde.
Richild sah sie an. In ihren Augen las Rona, dass sie noch immer verletzt darüber war, dass sie und ihre Sippe für Diebe gehalten worden waren. Aber sie sprach mit keinem Wort darüber, und Rona war ihr dankbar dafür. Die vielen schmerzhaften Gefühle verblassten langsam und hinterließen in Rona nur ein vages Unbehagen. Marianne hatte Rona einmal von den Schmerzen erzählt, unter denen manche

Erfahrungen erworben werden mussten. War es das, was sie nun empfand?

Eine Weile schwiegen sie und Rona war unbehaglich zumute.

»Wovon lebt ihr hier im Wald?«, fragte sie, als sie die Stille nicht mehr länger aushielt.

»Von unseren Schweinen«, erklärte Richild. »Sie gedeihen gut hier unter den vielen Eichen. Wir können in jedem Jahr ein paar auf dem Markt verkaufen. Und Matthes, der Mann, der Gunther hergetragen hat, arbeitet als Köhler.«

Plötzlich meldete sich Nonno zu Wort. »Er schlägt Holz im Wald«, erklärte er Rona, »und dann tut er es in eine Art Ofen, in dem er Kohle daraus macht. Die kann er gut verkaufen.«

Rona hob eine Hand, als wolle sie nach ihm schlagen. »Dummkopf! Meinst du, ich weiß nicht, was ein Köhler ist?« Sie ärgerte sich über seine Überheblichkeit, aber dann fielen ihr die unzähligen Gelegenheiten ein, in denen er ihr Dinge hatte erklären müssen, die sie tatsächlich nicht gewusst hatte. Sie beruhigte sich wieder. »Immerhin ist mein Vater Schmied!«, fügte sie freundlicher hinzu.

»Entschuldigung!«, murmelte Nonno, aber er sah nicht betroffen aus.

Da erst fiel Rona ein, dass sie heute noch gar nicht nach Gunthers Verletzung gefragt hatte. Rasch holte sie es nach.

Richild lachte. »Er sah gestern Nacht schon wieder ziemlich munter aus, nicht wahr? Nun, er ist ein kräftiger Mann, und er wird schnell wieder auf die Beine kommen.«

Sie hatte Recht. Gunther brauchte nur wenige Tage, bis er wieder zu Kräften kam. Die Zeit verbrachte Rona damit, sich von Richild das Dorf zeigen zu lassen. Matthes' Holzkohlemeiler sahen aus wie große, regelmäßige Erdhügel, genau wie jene, die Rona von zu Hause kannte. Und die Schweine des Dorfes waren riesige Viecher mit borstigem, schwarzem Fell. Sie wirkten auf Rona seltsam tückisch. Die Tatsache, dass die kleinen Kinder des Dorfes dafür zuständig waren, sie zu hüten, kam ihr gefährlich vor.
Als Gunther so weit wiederhergestellt war, dass sie weiterreisen konnten, fiel Rona der Abschied von Richild und allen anderen richtig schwer.

19. Kapitel

m Vergleich zu der Aufregung um die Wölfe vergingen die nächsten zwei Wochen der Reise ereignislos. Sie kamen durch so unterschiedliche Orte wie Göttingen und Fulda; das eine kaum mehr als ein Dorf rings um eine gerade erst gegründete Kirche, das andere ein Zentrum des Wissens und der Gelehrsamkeit. Sie rasteten in Klöstern, bei Waldbauern oder im Freien.
Das Einzige, was die Eintönigkeit der Reise unterbrach, war ein Missgeschick Nonnos. Er ritt sich wund. Mehrere Tage lang saß er mit verzerrtem Gesicht und vor Schmerzen blass um die Nase im Sattel.
»Wohin reiten wir eigentlich?«, fragte Rona Gunther, nachdem sie die letzte große Stadt schon ein paar Tage hinter sich gelassen hatten.
Gunther antwortete nur mit einem nichtssagenden Brummen. Rona sparte sich den Atem, denn inzwischen hatte sie gelernt, dass sie kein Wort aus ihm herausbekam, wenn er das nicht wollte. Wahrscheinlich würden sie ohnehin nur durch die nächste langweilige Stadt reisen, dachte sie.
Aber sie täuschte sich.
Am Tag des heiligen Eustachius von Rom tauchte am Horizont eine weitere Stadt auf.

»Seid Ihr sicher, dass wir noch rechtzeitig ankommen?«, fragte Nonno Gunther, und im Gegensatz zu Rona gab er ihm bereitwillig Auskunft.
»Sophia hat es mir versichert, ja.«
»Wir haben ziemlich lange gebraucht bis hierher, oder?«, fragte Nonno weiter.
»Nicht besonders. Denkt daran, dass sie mit einem großen Zug reisen.« Gunther sah in Ronas Richtung.
»Wer?«, wollte sie wissen.
Gunther ignorierte sie, und Nonno lächelte wissend und geheimnisvoll. Aber auch von ihm bekam sie keine Antwort. Sie begann sich zu ärgern, bis ihr diese geheimnisvolle Überraschung einfiel, von der Nonno gesprochen hatte. Da schlug ihr Ärger in Vorfreude um, und die wuchs umso mehr, als jetzt die Stadt vor ihren Augen in die Höhe ragte.
Sie war von Menschen überfüllt. Dichtes Gedränge schob sich durch die Straßen und Gassen. Überall flatterten bunte Banner; Gelächter, aber auch Geschrei erfüllte die Luft und vermischte sich mit den Rufen der Marktleute, den scharf gebellten Befehlen von Gardisten und dem Kreischen herumflitzender Kinder, die so gut wie niemand zur Ordnung rief.
Gunther nickte Nonno zu. »Sie bereiten sich auf den Zug vor, seht Ihr?«
Nonno schien der gleichen Meinung zu sein, denn jetzt sah er zufrieden aus. Wen auch immer sie hier zu treffen hofften, erkannte Rona, sie hatten ihn offensichtlich nicht verpasst.

Sie mussten sich durch das Gedränge quetschen. Gunther machte sich auf die Suche nach einer Herberge, die noch ein Nachtlager für sie frei hatte, und er ließ Nonno und Rona dazu auf einem der belebten Plätze zurück.
»Wartet hier am Brunnen auf mich«, bat er. »Ich hole Euch wieder ab. Aber wundert Euch nicht, es kann ziemlich lange dauern.«
Und da hatte er völlig Recht. Er kam erst kurz vor Einbruch der Dunkelheit wieder.
»Es ist fast unmöglich, ein Quartier zu bekommen«, sagte er. »Die Leute warten alle auf den Umzug. Jedes Eckchen ist besetzt. Aber ich konnte einen Schmied dazu überreden, uns seinen Ziegenstall zur Verfügung zu stellen. Kommt mit.«
Der Stall des Schmiedes war nicht mehr als ein schiefer Bretterverschlag hinter dem Haus des Mannes.
»Ihr müsst verzeihen«, sagte der Schmied, und er hatte den Kopf dabei so traurig gesenkt, als verkünde er einen tragischen Todesfall. »Ich würde Euch gerne mein Ehebett überlassen, aber dort schlafen bereits Herrschaften aus dem Süden.«
»Die wahrscheinlich nicht weniger hochgestellt sind als wir«, flüsterte Nonno Rona ins Ohr. Sie unterdrückte ein Lächeln, weil er sie in das »wir« mit einbezogen hatte und weil Nonno das Entsetzen über die karge Unterkunft deutlich ins Gesicht geschrieben stand.
»Wir haben schon schlechter übernachtet«, erinnerte sie ihn.

Er brummte. »Ja. Aber da waren wir nicht in der Nähe des K...« Rasch unterbrach er sich. Sein Blick zuckte zu Gunther, der jedoch von dem Gespräch nichts mitbekommen hatte.

»Nun, die Heilige Familie hat in Bethlehem auch mit einem Stall vorlieb nehmen müssen«, sagte er.

Sie verbrachten eine ruhige Nacht, in der Rona allerdings wieder einmal von ihrem Vater und Zuhause träumte. Einmal wachte sie sogar in tiefster Dunkelheit auf, weil draußen ein paar Leute vorbeigingen und sich dabei laut unterhielten. Es dauerte lange, bis sie wieder einschlafen konnte, und in der sie umgebenden Finsternis atmete sie den Geruch der an den Stall angrenzenden Schmiede ein und weilte in Gedanken bei ihrem Vater.

Am nächsten Morgen wurden sie schon früh geweckt: Jemand rannte durch die Gassen und läutete dabei eine Glocke. Das metallische Scheppern drang bis in die hintersten Winkel der Häuser und ebenso der Ruf des Mannes: »Aufstehen! Leute, aufstehen. Der König kommt heute in die Stadt!«

Gunther setzte sich auf und gähnte lautstark. Sein Kiefer knackte dabei so sehr, dass Rona schmerzlich das Gesicht verzog. »Dann waren sie gestern näher, als ich gedacht habe«, murmelte er.

»Habt Ihr sie gesehen?«, fragte Nonno. »Ich nicht.«

»Vielleicht sind sie aus der anderen Richtung gekommen.« Gunther erhob sich und tastete im Halbdunkel des Stalls nach seiner Hose.

»Der König?« Ganz langsam ergab für Rona alles einen Sinn. Sie blinzelte ein paar Mal, und rieb sich dann den Schlaf aus den Augenwinkeln, der morgens manchmal ihre Lider verklebte. »Der König kommt hier in die Stadt?« Ihr fiel ein, dass sie Gunther noch gar nicht nach dem Namen der Stadt gefragt hatte. Sie waren durch so viele verschiedene gekommen, dass es Rona irgendwann einfach nicht mehr interessiert hatte, wie sie alle hießen. Wenn natürlich der König hier herkam, dann war das etwas ganz anderes! Rasch holte sie das Versäumte nach.
»Augsburg«, antwortete Gunther. Er war gerade dabei, seinen Gürtel und das Schwert umzuschnallen.
Rona wusste, dass Könige, ebenso wie der Kaiser, in ihrem Reich herumreisten, einmal die eine Stadt, dann wieder die andere ihrer so genannten Pfalzen, ihrer Regierungsburgen, besuchten. Und sie wusste auch, dass die Ankunft des königlichen Zuges für jede Stadt ein großes Ereignis war, das mit Aufregung erwartet und mit Freuden gefeiert wurde. Trotzdem kam ihr das Gedränge ein wenig zu dicht und zu laut vor. »Warum ist die Stadt so voll?«, fragte sie. »Ich meine, ich weiß, dass die Menschen die Ankunft des Zuges feiern, aber hier sind doch wohl Menschen aus dem ganzen Land zusammengekommen!«
»Weil es ein besonderer Zug ist«, erklärte Gunther. »Der König ist gerade gekrönt worden, und darum

zeigt er sich seinem ganzen Volk. Warte es ab, du wirst sehen, es wird ein Riesenspektakel, wenn er in die Stadt einzieht.«

Es wurde wirklich ein Riesenspektakel.
Dank Gunthers breiten Schultern und dem großen Schwert an seiner Seite gelang es ihm, sich, Nonno und Rona einen guten Platz an der größten Straße der Stadt zu ergattern. Von hier aus würden sie den ganzen Zug betrachten können, wenn er vom Stadttor aus zum bischöflichen Palast ziehen würde.
Man hatte die Straße mit hölzernen Sperren abgesichert. Die Menschen drängten sich dahinter zusammen und warteten gespannt auf das Kommende.
Da sie derartig früh geweckt worden waren, war es noch dämmerig in der Stadt. Erst nachdem die meisten Menschen schon lange ihren Posten bezogen hatten, stieg die Sonne über die Dächer und tauchte alles in goldenes Licht. Die Fenster der Häuser, die die Straße säumten, waren weit geöffnet, und aus vielen hingen bunte Fahnen heraus. Man hatte junge Birken geschlagen und an den Barrieren aufgestellt. Auch in ihren Zweigen flatterten Bänder. Ein fröhliches Klingen drang aus allen Ecken, denn auf jedem freien Plätzchen hatten sich Musikanten niedergelassen und unterhielten die Wartenden mit ihrer Kunst.
Endlich tat sich etwas. Rona beugte sich neugierig vor, aber sie konnte nichts sehen. Die Straße in

Richtung Stadttor war nach wie vor leer, und trotzdem ging ein Raunen durch die Menge. Rona war irritiert.

»Da!« Gunther wies in die entgegengesetzte Richtung. »Da musst du hinsehen. Der Bischof zieht vor die Stadt, um den König willkommen zu heißen.«

Und tatsächlich: Von der anderen Seite näherte sich ein Zug. Allen voran ritten vier bewaffnete Männer auf großen, schwarzen Pferden. Ihre Schwerter und Schilde glänzten in der gerade aufgehenden Sonne, und in ihren blankpolierten Helmen spiegelte sich das Licht.

Nach ihnen folgte ein einzelner Mann auf einem etwas kleineren, aber dafür schneeweißen Pferd. Er war in ein buntes Gewand gekleidet, das ihm bis über die Oberschenkel reichte. Sein Haar war braun und kurz geschnitten. Auf dem Kopf hatte er eine kreisrunde kahle Stelle, eine Tonsur. Ein grün und golden bestickter Umhang reichte dem Mann von den Schultern bis hinab über den Rücken des Pferdes. Es sah aus, als fließe der Stoff, so sehr schillerte er in der Sonne.

»Das ist der Bischof, oder?«, flüsterte Rona.

»Ja.« Nonno hatte sich neben sie gestellt und gemeinsam sahen sie zu, wie der Mann auf dem weißen Pferd vorbeiritt. Stille senkte sich über die Menschenmenge. Die Musikanten hatten aufgehört zu spielen, und überall, wo der Bischof vorbeikam, verstummten auch die letzten Gespräche zu andächtigem Schweigen.

Hinter ihm kamen andere, ähnlich gekleidete Männer auf verschiedenen Pferden, danach weitere, die zu Fuß gingen. Einige von ihnen trugen kostbare Gefäße, große und in prächtig bemalte Umschläge gebundene Bücher. Rona konnte von ihnen den Blick noch weniger lassen als von dem Bischof selbst.
Dann war der Zug vorbei und um eine Ecke verschwunden.
Es dauerte eine Weile, bis die Menschen aus ihrer Starre erwachten und erneut zu schwatzen begannen.

Gunther erklärte Nonno und Rona, wie es nun weiterging. Der Bischof würde vor die Stadt reiten, wo der königliche Zug auf ihn wartete. Dann würde er dem König die Hände reichen. Der würde sie mit seinen Händen umschließen und dadurch die Stadt symbolisch in seinen Besitz nehmen. Ihm würden kostbare Geschenke überreicht werden – die Bücher und Kelche, vermutete Rona –, und gemeinsam würden der bischöfliche und der königliche Zug zurück in die Stadt kommen.
»Sei nicht zu ungeduldig!«, warnte Gunther, »bis sie hier wieder vorbeikommen, das kann dauern!«
Und wieder behielt er Recht.
Es wurde Mittag. Es wurde heiß. Kein Zug ließ sich blicken. Händler begannen, durch die Menge zu gehen und den Leuten Erfrischungen zu ver-

kaufen. Niemand wollte es riskieren, seinen Platz zu verlieren, nur weil er sich etwas zu essen oder zu trinken von zu Hause holte. Rona fragte sich, wie viele der Leute rings um sie herum dringend mussten. Sie selbst zum Glück nicht, und sie hoffte, das würde noch eine Weile so bleiben. Aus diesem Grund lehnte sie auch ab, als Gunther vorschlug, ihnen etwas zu trinken zu besorgen.

Und dann, endlich, kam der Zug zurück. Diesmal ritten Musikanten voran, die die Ankunft des Königs mit Glockenspiel und Fanfaren ankündigten. Dann kamen ganze Heerscharen von Berittenen, allesamt mit schillernden Rüstungen und wehenden Bannern in Rot und Gold. Danach die vier Reiter des Bischofs auf ihren Rappen und schließlich der Bischof und der König. Heinrichs Pferd war ein edles, rotbraunes Tier, dessen Mähne in seidigen Locken herabfiel und dessen Leib mit golddurchwirkten Decken geschmückt war. Ebenso wie der Bischof trug auch Heinrich schimmernde, bunte Gewänder, aber im Gegensatz zu dem Kirchenmann hatte er Schwert und Schild umgegürtet. Er sah so prachtvoll und edel aus, dass Rona die Luft wegblieb.

Hinter ihm ritt eine Frau. Sie hatte das Kinn hoch erhoben und schaute über die Menschenmenge hinweg. Ihr Haar war dunkel und lag in glatt gebürsteten Wellen über ihrem Rücken. Ein halbdurchsichtiger Schleier, zart wie ein Nebelstreif, bedeckte ihre Frisur. Sie lenkte ihr Pferd nur mit einer Hand, die andere hatte sie auf dem Oberschenkel abgelegt.

Ein leichter Hauch streifte Rona, wie Rosen und Veilchen, und die Königin war schon außer Sicht, als sie begriff, dass sie es gewesen war, die so wunderbar gerochen hatte.
Danach folgten weitere Reiter, Musikanten, wieder Berittene, die Priester des Bischofs, wieder Musikanten und so weiter und so fort. Vor Ronas Augen verschwammen alle Eindrücke zu einem einzigen, lauten, bunten Wirbel. Fast war sie froh, als es endlich vorbei war.
Nur der wunderbare Duft der Königin ging ihr nicht mehr aus dem Kopf.

Am nächsten Tag saßen Nonno und Rona im Ziegenstall des Schmiedes und ruhten sich von den Strapazen des Umzugs aus.
»Interessiert es dich eigentlich gar nicht, was Gunther für eine Überraschung für dich hat?«, fragte Nonno verschmitzt.
Rona riss die Augen auf. »Wie?«, rief sie aus. »Noch eine? Ich dachte, das gestern war seine Überraschung!« Immerhin hätte sie zu Hause niemals damit rechnen dürfen, auch nur in die Nähe des königlichen Zuges zu kommen. Und selbst wenn der Hof zu Bischof Bernward gekommen wäre: Rona hätte im Leben nicht einen so guten Platz ergattert, um den Einzug in die Stadt mitzuerleben.
Nonno lachte. »Das? Nein. Das war nur der Anfang. Er hat noch eine viel bessere.«

Er wartete, bis Rona vor Neugier die Hände miteinander verknotete. Noch viel besser? Sie konnte sich beim besten Willen nicht vorstellen, was noch besser sein konnte, als den Zug zu beobachten. Noch immer hatte sie den Duft der Königin in der Nase, und in dieser Nacht hatte sie Schwierigkeiten gehabt einzuschlafen, diesmal allerdings nicht, weil sie an ihren Vater denken musste. Der Anblick und vor allem der Geruch der Königin gingen ihr nicht mehr aus dem Kopf.

»Sophia hat ihm ein Empfehlungsschreiben gegeben«, sagte Nonno und sah Rona triumphierend an.

Sie schaute fragend. Sie hatte keine Ahnung, was er ihr damit sagen wollte, und sie sah genau, dass sie Nonno damit die Freude an seiner Eröffnung verdarb. Entschuldigend zuckte sie mit den Achseln.

Nonno seufzte. »Du bist eben doch nur die Tochter eines Schmiedes!«, murmelte er.

Eigentlich hätte Rona gekränkt sein sollen, aber sie war jetzt so neugierig auf Gunthers Überraschung, dass sie über Nonnos Beleidigung hinwegsah. »Was heißt das?«, fragte sie ungeduldig. Und sie knuffte Nonno in die Seite.

»He! Lass das. Sonst erzähle ich dir gar nichts!«, maulte er.

»Komm schon!« Versöhnend lehnte Rona sich gegen ihn und lächelte ihn an.

Es wirkte. Nonno begann zu grinsen. »Das Emp-

fehlungsschreiben«, erklärte er, »dient dazu, dass wir zum König vorgelassen werden.«
Rona begriff noch immer nicht.
Nonno verdrehte die Augen. »Wir bekommen eine Audienz!«, stöhnte er. »Bist du aber auch ...« Er kam nicht dazu, zu Ende zu sprechen, denn jetzt sprang Rona auf die Füße.
»Wir?«, japste sie. »Das heißt, ich auch? Zum König? Einfach so?«
Es klang wohl so komisch, dass Nonno laut auflachte. »Ja. Zum König. Einfach so.«
Rona ließ sich wieder ins Stroh fallen. »Du sagst das, als findest du das ganz alltäglich!«
»Für mich *ist* das alltäglich!«, sagte er ruhig. »Immerhin ist mein Vater einer der Fürsten, die Heinrich zum König gewählt haben.«
»Warum brauchen wir dann ein Empfehlungsschreiben von Sophia?«
»Weil nicht einfach jeder daherlaufen und behaupten kann, ein Gefolgsmann meines Vaters zu sein. Wir brauchen eine Legitimation. Und da mein Vater sie uns nicht geben konnte, weil wir ja heimlich abgehauen sind, hat Gunther eben Sophia gebeten, uns eine auszustellen.«
»Weil sie ...« Rona schwirrte der Kopf.
»Weil sie eine Tochter von Kaiser Otto ist, ja. Ihr Großvater und der Großvater von König Heinrich waren Brüder.«
Ganz langsam nahm die Vorstellung von dem in Ronas Kopf Gestalt an, was Nonno ihr soeben ver-

raten hatte. Sie würde zum König gehen! Vielleicht würde sie auch die Königin sehen. Der Duft, den sie wieder zu riechen glaubte, machte sie beinahe schwindelig.
»Wann?«, fragte sie atemlos.
»Oh, das kann dauern. Wir müssen wohl Geduld haben, denn der König hat hier eine ganze Menge zu tun.«

20. Kapitel

bwohl die Empfehlung Gunthers von einer kaiserlichen Prinzessin stammte, dauerte es tatsächlich mehr als zwei Wochen, bis sie zur Audienz vorgelassen wurden.
Halb war Rona von brennender Ungeduld erfüllt, aber halb hoffte sie auch, dass es noch eine Weile dauern möge. Denn um sich die Zeit zu vertreiben, hatte Nonno angefangen, ihr das Lesen beizubringen.
Die beiden hockten von morgens bis abends in dem winzigen Garten, den die Frau des Schmiedes bewirtschaftete, und übten das Schreiben der Buchstaben. Am Anfang fiel es Rona unglaublich schwer, aber nach wenigen Tagen wurde sie sicherer und hatte Nonnos Vorsprung rasch aufgeholt. Fasziniert sah er zu, wie sie es lernte, die Zeichen zu Lauten zusammenzubuchstabieren. Sie las Namen und Worte, die er ihr in die dunkle Erde kratzte, und schrieb selbst rasch ganze Sätze.
»Das ist gar nicht so schwer«, sagte sie nach zwei Wochen. Sie hatte gerade den von Nonno aufgezeichneten Satz herausbekommen und wischte ihn jetzt mit dem Fuß fort, um ihn aus dem Gedächtnis neu aufzuschreiben.
»Ja, weil wir in unserer eigenen Sprache schreiben.«

Nonno gab ihr den Stock, den sie als Schreibgerät nutzten. »Aber das tut natürlich sonst niemand.«
»Die Bücher sind alle in Lateinisch geschrieben, ich weiß.« Rona schrieb das erste Wort, sah es sich an und wischte es wieder aus, weil sie einen Fehler gemacht hatte. Ein wenig wollte ihr das Herz sinken. Wie sollte sie es jemals in ihrem Leben schaffen, Lateinisch zu lernen?
»Das kann ich dir leider nicht beibringen«, sagte Nonno. Offenbar hatte er ihre düsteren Gedanken erraten. »Ich habe ja selbst noch keinen Krümel davon kapiert.«
»Ich weiß.« Rona schrieb den Satz zu Ende.
Nonno kontrollierte. »Gut. Kein Fehler. Noch einen?«
»Hm.« Rona fühlte sich erschöpft, aber sie war froh, dass Nonno so viel guten Willen besaß, hier stundenlang mit ihr zu hocken. Und das, obwohl er eigentlich nur wenig Lust zum Lesen und Schreiben hatte. »Gut.«
Nonno nahm den Stock wieder an sich. Er beugte sich nach vorne und fing an zu schreiben. Aber Rona wurde abgelenkt, denn in diesem Augenblick betrat Gunther den Garten.
In den Händen hielt er einen flachen Gegenstand, ungefähr doppelt so groß wie seine beiden Handflächen. »Ich habe etwas für dich«, sagte er und blieb stehen.
Er gab Rona den Gegenstand. Es waren zwei dünne Bretter, die an der einen Seite Löcher hatten. Jemand

hatte Lederriemen durch diese Löcher gezogen und sie dadurch wie ein kleines Buch zusammengebunden. Rona schlug das Büchlein auf. Die Innenseiten der Bretter waren bis auf einen schmalen Rand vertieft, und in die Vertiefung war Wachs gestrichen worden. Ein kleiner, metallischer Stift, ein Griffel, steckte in einer eigens dafür angebrachten Halterung.
»Damit müsst Ihr nicht mehr auf der Erde schreiben«, erklärte Gunther Nonno und wies auf das Wachsbuch. »In den Klosterschulen lernen die Kinder darauf das Schreiben und man spart sich kostbares Pergament.«
Ronas Begeisterung kehrte zurück. Sie lächelte Gunther an. »Danke!«
Er lächelte zurück, und in diesem Moment sah sie in seinen Augen, dass er noch etwas ganz anderes mitbrachte. Sie sprang auf die Füße.
»Wir dürfen zum König?«, keuchte sie.
Gunther lachte. »Genau. Woran hast du das gemerkt?«
»Man sieht es Euch an.« Rona stieß Nonno in die Seite, sodass er beim letzten Wort abrutsche und einen langen Schlenker in die Erde kratzte.
»He!«, rief er empört. »Lass das!«
»Wir müssen zum König!«, rief Rona. »Komm endlich!«
Er richtete sich auf. Wie immer, wenn er konzentriert geschrieben hatte, waren seine Ohren ganz rot. »Zum ... ja, gut.« Er ließ den Stock fallen und stand auf.

»Los«, meinte Gunther. »Wir müssen uns beeilen, sonst kommen wir zu spät.«
Er ging voraus und Nonno folgte ihm, nicht ohne vorher seinen Satz mit dem Fuß auszulöschen. Es gelang ihm nicht ganz. In der tiefen, feuchten Erde waren seine Worte noch deutlich zu erkennen.
Rona warf einen letzten Blick darauf, bevor sie den beiden folgte, und plötzlich wusste sie, warum Nonno so geduldig mit ihr hier hockte und lernte.
In der dunklen Erde stand: *Nonno mag Rona.*

Auf dem Weg zum bischöflichen Palast, in dem sich die königliche Familie aufhielt, war Rona so aufgeregt, dass sie kaum bemerkte, was um sie herum vorging.
Ich bin auf dem Weg zum König! So intensiv dachte sie dies, als wolle sie eine unhörbare Botschaft nach Hause senden. *Vater! Marianne, stellt euch vor, ich bin auf dem Weg zum König!* Und mit einem schlechten Gewissen, weil sie erst jetzt daran dachte, sandte sie ein kurzes Dankgebet gen Himmel hinterher.
Erst als der Palast vor ihnen auftragte, konnte sie ihre Aufregung ein wenig unter Kontrolle bringen. Die Mauern des Palastes waren höher als alles, was Rona jemals zuvor zu Gesicht bekommen hatte, und unzählige Fenster blickten auf einen Platz hinaus, der vollständig mit Steinen gepflastert war und dadurch wie ein kleines, erstarrtes Meer wirkte. Aus

vielen der Fenster wehten Vorhänge nach draußen, denn es ging ein leichter, kühler Wind. Dutzende von Menschen eilten über den Platz, kamen aus dem Palast gerannt oder verschwanden darin. Alle sahen sie sehr beschäftigt aus, und viele von ihnen trugen eine rote Livree, eine Art Uniform.
Rona hörte, wie Gunther mit einem dieser Uniformierten sprach. Der Mann warf einen Blick auf Sophias Empfehlungsschreiben. Während er las, blinzelte er so unglaublich schnell hintereinander, dass er aussah wie ein nervöser, kahlköpfiger Vogel. Dann fuhr er sich mit der Hand über die Stirn. »Ja«, nuschelte er. »Gut. Schön. Geht durch dieses Tor dort.« Er deutete auf eine doppelflüglige Tür aus pechschwarzem Holz, die weit offen stand und durch die die meisten Menschen liefen.
Der Gang, der sich dahinter erstreckte, war so breit wie das Mittelschiff des Domes in Hildesheim. Auch hier standen Menschen herum, redeten miteinander, stritten sich gar. Gunther bat einen von ihnen, sie zum König zu bringen, und der nickte geflissentlich und ging voraus. Rona sah ähnliche Wandteppiche wie im Palast von Bischof Bernward. Einige Statuen standen herum, in denen sie die Muttergottes erkannte, und Kreuze in allen Größen und Materialien hingen über jeder der vielen Türen, durch die sie jetzt gehen mussten. Schließlich kamen sie in einen Teil des Palastes, in dem die Gänge mit Teppichen ausgelegt waren.
Rona staunte. Es waren nicht etwa schlichte, ein-

farbige Teppiche, sondern auf ihnen prangten ähnliche Bilder und Muster wie auf denen, die an den Wänden hingen. Niemand hier dachte darüber nach, diese Bilder mit den Füßen zu treten, und das war für Rona das Unglaublichste, was sie je gesehen hatte.

»Bitte, wartet hier!« Ihr Führer verschwand durch eine Tür, dann dauerte es einige Augenblicke, bis er wieder herauskam.

»Ihr könnt jetzt hineingehen«, sagte er. »Der König und seine Frau Kunigunde erwarten Euch.«

Gunther trat als Erster durch die Tür, gefolgt von Nonno. Rona zögerte, überschritt dann jedoch die Schwelle so hastig, als fürchte sie, die Tür könne ihr vor der Nase zugeschlagen werden.

Das Erste, was sie in dem Raum dahinter wahrnahm, war der Geruch der Königin.

Rosen und Veilchen.

Sie hätte beinahe tief Luft durch die Nase gesogen. Gerade noch rechtzeitig fiel ihr ein, dass das sehr ungezogen geklungen hätte.

Gunther fiel vor dem König auf ein Knie. Nonno machte es ihm nach. Rona stand verdattert herum.

Der Blick der Königin legte sich auf sie wie ein schweres Gewicht. Während Gunther und Nonno sich mit Heinrich zu unterhalten begannen, kam die Königin zu ihr herüber.

»Du bist also die junge Dame, die für ihren Vater nach Ravenna reist, um ein Buch zu kaufen«, sagte die Königin. Sie hatte eine sehr leise, traurig klin-

gende Stimme. Trotzdem schwang in ihr etwas mit, das Rona nicht zu deuten wusste. Etwas wie Kraft oder sogar Härte. Rona hatte noch immer den Kopf gesenkt, aber jetzt schielte sie unter ihren Haaren hervor in Kunigundes Gesicht. Ein trauriger Zug lag um deren Mund, und dunkle Schatten ließen ihre Augen größer wirken, als sie waren.
Woher kannte Kunigunde ihre Geschichte? Gerade noch rechtzeitig fiel Rona ein, dass sie auf die gestellte Frage antworten musste. »Ja, Herrin«, murmelte sie schnell.
»Du scheinst ein wenig schüchtern zu sein«, stellte Kunigunde fest. Schlagartig war der harte Unterton in ihrer Stimme verschwunden.
Rona spitzte erneut unter ihren Haaren hervor und sah, dass die Königin jetzt lächelte. Das gab ihr Mut, ehrlich zu antworten. »Nun, eigentlich nicht so richtig«, gestand sie. »Ich habe nur keine Ahnung, wie ich mich in Eurer Gegenwart verhalten muss.«
Ein leises Lachen perlte aus Kunigundes Mund. »So? Nein. In der Tat. Komm, wir setzen uns.« Sie führte Rona zu einer Gruppe Lehnstühle. Rona wartete höflich, bis die Königin sich hingesetzt hatte, bevor sie selbst Platz nahm.
»Möchtest du etwas zu trinken haben?«, fragte Kunigunde.
Rona schüttelte den Kopf. Sie war noch immer viel zu aufgeregt. Sie hätte keinen einzigen Tropfen hinuntergebracht, ohne sich zu verschlucken.
»Dann erzähl mir doch ein wenig über eure Reise.«

Kunigunde schlug die Beine unter den Sessel und beugte sich erwartungsvoll vor.

Rona musste kurz überlegen, aber dann sprudelten die Worte nur so aus ihr heraus. Sie erzählte von ihrer Neugier auf das Buch im Kloster, von dem Missgeschick, das ihnen passiert war, von Bischof Bernward, der von ihrem Vater verlangt hatte, für den Schaden aufzukommen.

»Das ist eine harte Strafe«, warf Kunigunde ein. »Aber ihr habt auch wirklich großen Schaden angerichtet.«

»Ich weiß. Zum Glück hat Nonnos Mutter uns geholfen.«

»Wer ist Nonno?«, erkundigte sich die Königin.

Rona sah zu Nonno hinüber. »Fridunant«, erklärte sie. »Ich nenne ihn Nonno.«

»Aha.« Kunigunde klatschte in die Hände. Ein Diener erschien von irgendwo jenseits eines Torbogens und blieb mit geneigtem Kopf stehen.

»Bring uns Saft«, befahl sie ihm. »Und genug Becher für alle.«

Der Diener verbeugte sich, verschwand wieder und kehrte dann mit einem Tablett zurück, auf dem sich ein Krug und mehrere Becher befanden. Sie waren aus Glas, stellte Rona fest. Zwar nicht so dünn und durchsichtig wie die Phiolen des Händlers, den sie in Goslar getroffen hatte, dafür aber mit goldenen Ornamenten verziert.

Der Diener goss eine dicke, rote Flüssigkeit aus dem Krug in zwei der Becher.

Rona spürte Enttäuschung. »Wein«, rutschte es ihr heraus. Wieder lachte Kunigunde leise.
»Kein Wein«, sagte sie. »Probier, dann wirst du es schmecken.«
Vorsichtig nippte Rona an dem Becher, den der Diener ihr hinhielt. Vor lauter Überraschung hätte sie ihn beinahe fallen lassen. Das Getränk war süß!
Sie hatte noch nie etwas so Leckeres getrunken. Rasch nahm sie noch einen großen Schluck, bevor sie merkte, dass sie sich ungehörig benahm. Sie setzte den Becher ab und leckte sich über die Lippen.
»Gut, nicht wahr?«, fragte Kunigunde. Sie trank jetzt selbst einen Schluck.
Rona schielte zu Gunther und Nonno hinüber. Die beiden waren in ein Gespräch mit König Heinrich vertieft und schienen sie vergessen zu haben. Kunigunde bat weiterzuerzählen, und das tat Rona dann auch.

Auf dem Heimweg fühlte sie sich vor lauter Glückseligkeit schwindelig, und von dem vielen süßen Saft, den sie getrunken hatte, war ihr ein wenig schlecht. Sie plauderte aufgeregt vor sich hin, bis sie bemerkte, dass Gunther und Nonno ihr gar nicht richtig zuhörten.
»Was habt ihr mit dem König besprochen?«, fragte sie.
Gunther zuckte die Achseln. »Regierungsgeschäfte.

Langweiliges Zeug. Aber eines wird dich interessieren, schätze ich.«
Nonno grinste breit. »Glaube ich auch.«
»Der König hat uns erlaubt, ein Quartier im Palast zu beziehen«, erzählte Gunther. »Die Zeit im Ziegenstall ist vorbei.«
Rona staunte. Wie einfach solche Dinge für Männer wie Gunther waren! Er hatte die ganze Zeit mit Heinrich geredet, als sei er ihm gleichgestellt. Aber wenn Rona jetzt darüber nachdachte, besann sie sich, dann hatte sie selbst das mit der Königin auch, oder?
Sie war müde und völlig erschlagen, aber sie wusste, dass sie in dieser Nacht vor lauter Aufregung nicht würde schlafen können.
Kunigunde hatte sie gefragt, was sie sich am allermeisten wünschte.
»Dass mein Vater nicht Bischof Bernwards Sklave werden muss«, hatte sie geantwortet und sich angesichts des Wortes »Sklave« erschrocken auf den Mund geschlagen. Kunigunde jedoch schien sich daran nicht zu stören.
»Und außerdem?«, hatte sie hinzugefügt.
Und da hatte Rona nicht lange überlegen müssen.
»Lateinisch zu lernen.«

21. Kapitel

n den nächsten Tagen zogen sie von ihrem Ziegenstall um in eine kleine, aber gemütlich eingerichtete Zimmerflucht im bischöflichen Palast. Hier gab es zwar keine Teppiche auf dem Fußboden, aber alles andere war so wertvoll und wunderbar, dass Rona sich vorkam, als sei sie mitten in einem Traum. Nachdem der Diener, der sie hergeführt hatte, verschwunden war, stand Rona mitten in dem Raum und konnte es nicht fassen. Sie hatte ein eigenes Zimmer. Ganz für sich! Der Gedanke, allein zu schlafen, war ihr so fremd, dass sie sich fast ein wenig davor fürchtete. Zum Glück wurde die Angst abgemildert von der Tatsache, dass es kein einfaches Lager war, das auf sie wartete, sondern ein richtiges Bett. Es stand auf hölzernen Beinen, und Rona kniete sich hin, um einen Blick darunter zu werfen. Es war auch kein Strohsack, auf dem sie liegen würde, sondern eine weiche, mit Daunenfedern gefüllte Matratze. Auf dieser Matratze lagen mehr Decken und Kissen, als alle Bewohner ihres Dorfes zusammen ihr eigen nannten.

Beim Anblick des Bettes starrte Rona erschrocken an sich hinunter. Sie war schmutzig und abgerissen. So, das entschied sie spontan, würde sie auf keinen Fall zwischen die weißen Laken kriechen!

»Herrin?«, erklang eine leise, schüchterne Stimme hinter ihr und ließ sie erschrocken herumfahren.
»Bei allen Heiligen, hast du mich erschreckt!«
Vor Rona stand ein Mädchen. Ungefähr so alt wie sie selbst war es, aber weitaus weniger zierlich. Es überragte Rona um fast einen ganzen Kopf, und seine Hände und Schultern sahen aus, als seien sie schwere körperliche Arbeit gewöhnt. Das Mädchen trug ein schlichtes dunkles Gewand, dessen einziger Schmuck ein schmaler, silberfarbener Gürtel war, an dem einige Gegenstände baumelten. Rona kannte diesen Aufzug bereits – alle Zofen und Dienerinnen der Königin waren auf diese Weise gekleidet.
Bei Ronas hastigem Herumfahren war das Mädchen schuldbewusst ein Stück zurückgewichen. Jetzt senkte es scheu den Blick und murmelte: »Verzeiht, Herrin! Ich wollte Euch nicht ängstigen.«
Rona stutzte bei der Anrede, aber dann fiel ihr ein, dass sie ein Gast der Königin war. Sie mochte noch so schmutzig und abgerissen aussehen: Keiner der Diener würde es wagen, sie mit Du anzureden. Rona wusste nicht, ob ihr das gefiel. Auf jeden Fall war es ungewohnt, und noch ungewohnter war es, zu erkennen, dass das Mädchen offenbar Angst vor ihr hatte. Versöhnlich lächelte sie es an.
»Hast du ja nicht. Entschuldige, dass ich so unwirsch war.«
Im Gesicht des Mädchens erschien Überraschung, und sie nickte kurz, wie um Ronas Entschuldigung anzunehmen, aber dann besann sie sich eines Bes-

seren, presste die Lippen zusammen und richtete den Blick wieder auf ihre eigenen Füße. Unbehagliche Stille füllte den Raum.
»Wer bist du?«, fragte Rona schließlich. »Und was willst du hier?«
Wieder zuckte der Blick des Mädchens hoch, wieder nur ganz kurz. Es war ein seltsames Gefühl, sich mit jemandem zu unterhalten, der ihr kaum in die Augen sah. »Mein Name ist Elisabeth, Herrin. Die Königin hat mir befohlen, mich um Euer Wohl zu kümmern.«
»Ich bin keine Herrin!«, rutschte es Rona heraus. »Und ...«
»Königin Kunigunde hat gesagt ...«
»Wirst du wohl deinen schwatzhaften Mund halten, du dumme Gans!« Eine ebenfalls in Dienerinnenkleidung gewandete ältere Frau kam in den Raum marschiert und fuhr Elisabeth rüde über den Mund.
Das Mädchen errötete und schien ein ganzes Stück kleiner zu werden.
»Wenn ich dich noch einmal dabei erwische, wie du jemandem aus der Herrschaft ins Wort fällst, bekommst du eine Tracht Prügel, hast du mich verstanden?« Die Ältere stemmte beide Hände in die Hüften.
Elisabeth nickte. Ihr kurzer Blick, den Rona am Rücken der Älteren vorbei auffangen konnte, schwamm in Tränen. Rona versuchte, dem Mädchen aufmunternd zuzunicken, aber sie erstarrte mitten

in der Bewegung, denn jetzt drehte sich die ältere Dienerin zu Rona um.

»Ihr müsst verzeihen, junge Herrin«, sagte sie mit einer Stimme, die gleichzeitig höflich, aber auch unglaublich kühl klang. »Elisabeth ist erst seit wenigen Tagen in königlichen Diensten und mit den Gepflogenheiten des Hofes noch nicht sehr vertraut. Sie wird Euch nicht wieder zu nahe treten.«

»Sie ist mir nicht zu …«

Ohne auf Ronas Worte einzugehen, wandte die Dienerin sich ab und begann damit, die Kissen ihres Bettes aufzuschütteln. »Ich werde dafür sorgen, dass Euch ein heißes Bad gerichtet wird, damit Ihr Euch den Schmutz vom Leib waschen könnt.« Abschätzig ließ die Dienerin ihren Blick über die Schulter wandern. »Und die Königin lässt fragen, welche Farbe Ihr für Eure neuen Kleider wünscht.«

Neue Kleider? Wieder sah Rona an sich herab, an den selbst gefärbten, braunen und grauen Stoffen, aus denen sie sich ihr Unter- und Übergewand genäht hatte. Bunte Kleider? Noch nie hatte sie auch nur einen Gedanken an die Frage verschwendet, welche Farbe ihr wohl stehen würde. Durfte sie wirklich …?

»Rot«, hörte sie sich sagen.

Die Dienerin nickte bestätigend. Der spöttische Blick jedoch wich nicht aus ihrer Miene.

Zorn stieg in Rona auf. Wofür schämte sie sich eigentlich? Sie war weit gereist – ohne Gefolge, das ihr an jedem Abend Wasser zum Waschen anwärmte! Und diese unfreundliche alte Vettel hatte mit Sicherheit keine Ahnung davon, wie man einen Webstuhl bedienen musste und welche Pflanzen nötig waren, um die Wolle zu färben! Rona zwang sich, nicht mit den Zähnen zu knirschen.

»Ihr könnt jetzt gehen«, sagte sie, und mühte sich um einen ähnlich eisigen Ton, wie ihn die Ältere an den Tag legte. »Alle beide.«

Die ältere Dienerin hob erstaunt die Augenbrauen. Dann biss sie die Zähne zusammen, deutete ein höfliches Nicken an und wollte der Aufforderung schon nachkommen, als Rona sie mit einem Ruf zurückhielt: »Äh, du ...«

»Ja, Herrin?« Es war der Frau anzusehen, dass ihr diesmal die Anrede nur schwerlich über die Lippen kam.

»Wie heißt du eigentlich?« Tief in ihrem Innersten bereitete es Rona ein diebisches Vergnügen, die Ältere zurechtzuweisen – und sie mit einem einfachen Du anzusprechen.

Die Dienerin zwang sich, Ronas herausforderndem Blick standzuhalten. »Magda, Herrin.«

Rona hob eine Hand. Magda aus dem Raum zu winken wagte sie allerdings nicht, und so wartete sie einfach, bis die Tür sich hinter den beiden Zofen geschlossen hatte.

Als sie allein war, trat sie ans Fenster. Ihre Gedanken waren bei dem soeben Erlebten. Diese Magda mochte Rona nicht, das war sehr deutlich gewesen. Die Frage war nur: Warum?

Kurze Zeit später betrat Nonno das Zimmer, nicht ohne vorher leise an die Tür geklopft zu haben.
Rona starrte noch immer auf ihrer Lippe kauend aus dem Fenster. Sie drehte sich erst um, als Nonno bei ihr war.
Stirnrunzelnd musterte er sie. »Was hast du?«
Sie musste lachen. »Manchmal habe ich das Gefühl, meine Gedanken stehen mir auf die Stirn gemalt!«
Nonno sah sich im Raum um. Sein Blick hing an einem Wandteppich, auf dem ein riesiger, weißer Hirsch abgebildet war. »Sind sie auch. Ich glaube, ich habe noch nie jemanden getroffen, dem man so deutlich am Gesicht ablesen kann, was er denkt.«
Ob sie auch für Magda oder Elisabeth so ein offenes Buch darstellte?, schoss es Rona durch den Kopf. Sie verspürte ein leichtes Unbehagen bei diesem Gedanken.
»Rede schon!«, forderte Nonno sie auf. »Was ist los?«
»Eigentlich nichts«, sagte sie langsam. »Nur eine Dienerin, die eben hier war.«
»Eine Dienerin.« Nonno trat vor den Teppich und fuhr mit der flachen Hand über das weiße Fell des Hirschen. Die Farbe veränderte sich ganz leicht, wurde ein wenig dunkler, als sich die Teppichfasern in eine andere Richtung legten.
»Sie hat sich komisch benommen«, erklärte Rona.
»Komisch.« Nonno kämmte das Fell wieder zurück, dann drehte er sich um und sah Rona an. »Wie, komisch?«

»Ich hatte das Gefühl, sie mag mich nicht. Aber sie kennt mich kaum.«

War das wirklich der Grund für ihr Unbehagen? Rona lauschte in sich hinein. Früher, als sie noch klein gewesen war, da hatte sie es nicht aushalten können, wenn jemand böse mit ihr gewesen war. Damals hatte sie alles daran gesetzt, dass alle Menschen ringsherum sie mochten. Inzwischen jedoch hatte sie begriffen, dass das unmöglich war. Sie besaß einen Kopf, der viel zu oft seine eigenen Gedanken hegte, und vor allem besaß sie eine Zunge, die diese Gedanken dann auch aussprach. Und da sie nicht vorhatte, das jemals zu ändern, hatte sie irgendwann vor einem oder zwei Jahren beschlossen, dass sie lieber damit leben wollte, nicht von jedermann geliebt zu werden.

»Wie äußert sich das, dass sie dich nicht mag?«, fragte Nonno.

»Sie ist ganz komisch zu mir gewesen. Irgendwie höhnisch.« Rona zuckte die Achseln. »Herablassend.« *Das* war das richtige Wort!

»Was erwartest du?«, meinte Nonno. »Du bist die Tochter eines einfachen Schmiedes. Die Dienerin stammt wahrscheinlich aus hohem Haus – sonst dürfte sie nicht für Kunigunde arbeiten.«

»Sie fühlt sich mir überlegen. Und trotzdem muss sie mich bedienen.« In diesem Licht besehen konnte Rona Magdas Verhalten sogar verstehen. Sie straffte sich. »Sie soll mich nicht bedienen. Ich werde der Königin sagen, dass ich für mich allein ...«

»Lass das lieber bleiben!«, warnte Nonno. »Wenn Kunigunde es für richtig hält, dir eine Dienerin zu geben, dann würde ich den Mund halten und mich darüber freuen.«

»Warum?«

Nonno seufzte. »Du bist hier bei Hofe. Hier gelten andere Regeln als zu Hause in deinem Dorf.«

»Was für Regeln?« Irgendwie war es einleuchtend, dachte Rona. Zwischen ihrem eigenen Leben – dem Leben einer Schmiedestochter – und dem, was sie hier erlebte, lagen Welten! Wie konnte sie annehmen, sie würde sich auf Anhieb zurechtfinden? Sie war schon immer jemand gewesen, der freundlich und vertrauensvoll auf fremde Menschen zuging. Könnte es sein, dass das hier vielleicht kein so guter Gedanke war?

»Die wichtigste«, beantwortete Nonno ihre Frage, »lautet: Wenn die Königin dich unter ihren Schutz stellt, dann freu dich darüber. Versuch nicht, das abzuwehren.«

Rona presste die Lippen zusammen. »Gut«, sagte sie, auch wenn sie diese merkwürdige Regel nicht so ganz verstanden hatte.

Den Rest des Tages verspürte Rona die widersprüchlichsten Gefühle. Aufregung – und sogar wilde Freude empfand sie, als Magda mit einem kleingewachsenen, buckeligen Mann zu ihr kam und ihn als den königlichen Schneider vorstellte. Der Mann maß Ronas Größe, die Länge ihrer Arme, ihrer Beine, ihrer Hände, den Umfang ihrer Taille und ihres Brustkorbs, sogar den Umfang ihres Kopfes. Und jedes Maß diktierte er einem Jungen, der mit blassem Gesicht schweigsam dicht bei der Tür stehen geblieben war und alles geflissentlich aufschrieb.

Es dauerte zwei Tage, dann kam der Schneider wieder; diesmal mit zwei Gehilfen, und sie brachten Rona mehr Kleider, als sie jemals auf einem Haufen gesehen hatte. Roter Stoff, der eigenartig weich und fließend aussah und sich unter ihren Fingern wie lebendig anfühlte. »Seide«, erklärte der Schneider ihr auf eine entsprechende Frage, und auch er klang ein wenig herablassend dabei. Rona erinnerte sich daran, was Quentin, der Händler, der sie nach Goslar mitgenommen hatte, zu Nonno gesagt hatte: Nonnos Mutter hatte bei ihm ebenfalls einmal Seide gekauft. Jetzt, da Rona diesen edlen, kühlen Stoff spüren konnte, wurde ihr erst bewusst, wie reich Nonnos Familie war.

Außer drei verschiedenen Kleidern, die neben der Seide auch aus einem schweren, weichen Stoff namens Samt gefertigt waren, brachte der Schneider noch zwei schneeweiße Untergewänder, einen ebenfalls aus Samt gefertigten Umhang, zwei fellbesetzte Mützen, ein Paar lederne Handschuhe sowie einen ganzen Arm voll Tücher und Schals in den unterschiedlichsten Farben.

»Wer soll das denn alles anziehen?«, stöhnte Rona, als er die Sachen vor ihr ausgebreitet hatte.

»Ihr, junge Herrin!«, sagte der Schneider mit düsterer Miene. »Die Königin will es so.«
Dieser Satz, dachte Rona, schien sich am Hof zu einem geflügelten Wort zu entwickeln. Magda hatte sich angewöhnt, jede Bitte, die Rona an sie richtete, mit ähnlichen Worten zu bestätigen: »Wenn die Königin es so will!« Einmal hatte Rona sogar Elisabeth dabei ertappt, wie sie genau das gemurmelt hatte, und das, obwohl die junge Zofe die Einzige zu sein schien, die Rona nicht mit Herablassung und Verachtung begegnete.
Der Schneider hielt Rona alle drei Kleider über den Arm gelegt entgegen und schien auf irgendetwas zu warten. Fragend sah Rona ihn an, aber er seufzte nur.
Wütend über sich selbst, weil sein Verhalten ihr die Freude an den neuen Sachen verleidete, erkannte Rona schließlich, dass sie sich für eines der Kleider entscheiden musste.
Sie deutete auf das rote, seidene.
»Gut.« Der Schneider ging zum Bett, legte das Ausgewählte darauf und faltete die anderen beiden sorgfältig zusammen, um sie anschließend in einer Truhe zu verstauen. »Ich werde Eurer Zofe Bescheid sagen, damit sie Euch beim Ankleiden hilft.« Mit diesen Worten scheuchte der Schneider seine beiden Gehilfen aus dem Raum und ging dann ebenfalls.
Rona bekam keine Gelegenheit mehr, ihm hinterherzurufen, dass sie sich sehr wohl alleine anziehen könne.

Statt dem Schneider sagte sie es Elisabeth.
»Natürlich!«, erwiderte die. Noch immer hielt sie den Blick beim Sprechen schüchtern gesenkt. »Aber die Königin wünscht …«
Rona winkte ab. Diesen Satz hatte sie inzwischen wahrhaftig oft genug gehört.
Ein ganz leises Geräusch ertönte, und Rona brauchte einen Augenblick, bis sie begriff, dass Elisabeth lachte.
»Was lachst du?«, fragte sie.
Das Mädchen zuckte erschrocken zusammen. »Nichts, Herrin!«, beeilte sie sich zu versichern. »Nichts!«
Rona trat zu ihr und griff nach ihren Händen, die gerade damit beschäftigt waren, die Falten des Kleides zu ordnen, damit Rona bequem hineinschlüpfen konnte. »Du musst keine Angst vor mir haben, Elisabeth«, sagte sie.
Elisabeth erstarrte unter ihrer Berührung.
Rona ließ sie los. »Alle behandeln mich, als hätte ich plötzlich zwei Köpfe auf!«, schnaubte sie.
Elisabeth prustete leise, und zum ersten Mal, seit sie sich getroffen hatten, sah sie Rona direkt in die Augen.
Rona spürte, wie ein Lachen in ihrer Kehle nach oben stieg. Sie ließ es heraus, und sie war so froh wie seit langem nicht, als Elisabeth einstimmte.
Die Zofe war jedoch die Erste, die wieder verstummte. »Ihr müsst Euch anziehen!«, mahnte sie vorsichtig. »Die Königin …«

»… will es so«, ergänzte Rona und verdrehte die Augen.
»Das auch, aber ich wollte eigentlich etwas anderes sagen. Die Königin hat nach Euch rufen lassen, und bevor Ihr zu ihr geht, sollten wir Euch noch die Haare kämmen.«

Über Kunigundes Gesicht glitt ein zufriedenes Lächeln, als sie Rona in ihren neuen Kleidern und mit glänzenden, durch bunte Bänder geschmückten Haaren sah. An diesem Tag bat sie Rona, sich zu ihr zu setzen und ein wenig mit ihr zu plaudern, und im Laufe der kommenden Tage wurden diese Gespräche nicht nur immer länger, sondern auch immer vertrauter. Als Rona feststellte, dass die Königin auch nur eine Frau mit Sorgen und Nöten war, verlor sie ihre Scheu, und gemeinsam scherzten und lachten die beiden manchen Nachmittag lang.
Als seien sie Mutter und Tochter.
Und wie eine Mutter ihrer Tochter beibrachte, was sie selbst wusste, begann Kunigunde tatsächlich damit, Rona Lateinstunden zu geben! Rona war im siebten Himmel. Sie lernte schnell und war so begierig auf jede neue Lektion, dass die Königin sie manchmal mit ihrem Eifer aufzog.
»Bei allen Heiligen«, sagte sie an einem Nachmittag, einige Tage nachdem sie ihre Stunden aufgenommen hatten. »Ich hätte niemals gedacht, dass

ein einzelner Mensch so zielstrebig sein kann! Du saugst meinen Kopf aus, meine Liebe!«
»Es ist eben mein Traum, lesen zu können«, antwortete Rona schlicht. »Habt Ihr keinen Traum, den Ihr verwirklichen wollt?«
Das Lächeln fiel von Kunigundes Gesicht, und schlagartig stand eine Traurigkeit im Raum, die Rona die Haare zu Berge stehen ließ.
Die Königin seufzte leise.
Rona zögerte, doch dann fasste sie sich ein Herz.
»Was bedrückt Euch?«, flüsterte sie.
Und hielt den Atem an.
Eine solche intime Frage zu stellen kam ihr plötzlich allzu kühn vor. Schließlich hatte sie mit der Königin bisher nur oberflächliche Gespräche geführt. Und doch schien es ihr richtig, diesen Schritt zu gehen. Angstvoll betrachtete sie das Gesicht Kunigundes, auf dem sich nun der Reihe nach die verschiedensten Gefühle abzeichneten. Traurigkeit war das vorherrschende.
Kunigunde nahm Rona den Griffel aus der Hand, mit dem sie eben noch einen kurzen Satz ins Lateinische übersetzt hatte. Sie las Ronas Worte, strich eines aus und gab Rona die Wachstafel zurück. »Versuch das noch mal. Das hast du falsch gebeugt.« Sie verstummte, als müsse sie überlegen, ob sie Ronas Frage überhaupt beantworten sollte, aber dann schüttelte sie den Kopf. »Das ist ganz komplizierter Kram«, wich sie aus.
Rona blickte auf die leere Stelle auf der Wachstafel.

Sie hatte keine Ahnung, wie das Wort auszusehen hatte, das dort hingehörte, also ließ sie den Griffel sinken und sah Kunigunde an. »Versucht, es mir zu erklären«, bat sie. Ihre Hände hatten vor Aufregung angefangen zu kribbeln.

»Nun, mein Gatte plant, ein neues Bistum einzurichten. Das kann er nur, wenn ich auf meine Morgengabe verzichte. Darüber herrscht ziemlich böser Streit zwischen mir und meinen Brüdern.«

»Was ist eine Morgengabe?«, fragte Rona. Und tief in ihrem Innersten jubelte sie. Die Königin vertraute sich ihr an! Ihr, der Tochter eines einfachen Schmiedes!

»Kurz gesagt, ist es ein Geschenk, das ein frisch verheirateter Mann am Morgen nach der Hochzeit seiner Frau macht«, erklärte Kunigunde. »Meine Morgengabe bestand aus einem ziemlich großen Stück Land. Und genau das braucht Heinrich zurück, wenn er dieses neue Bistum schaffen will.«

»Und habt Ihr vor, darauf zu verzichten?«

»Ich denke schon. Heinrichs Stellung würde dadurch wesentlich gestärkt, was ja auch für mich gut wäre.« Kunigunde deutete mit dem Kinn auf den Griffel. Rona nahm ihn wieder in die Hand, schrieb jedoch nicht.

»Warum gefällt es Euren Brüdern nicht, dass Ihr verzichten wollt?«, fragte sie.

»Weil sie sich Hoffnung machen, die Ländereien einmal zu erben.« Kunigunde verzog das Gesicht zu einer Grimasse von solcher Bitterkeit, dass Rona erschrak. »Sollte ich jemals früh im Kindbett sterben.«

Hastig überlegte Rona, was sie darauf antworten sollte, aber bevor sie eine Entscheidung getroffen hatte, lächelte Kunigunde sie an und legte ihr eine Hand auf den Scheitel.

»Aber das soll nicht deine Sorge sein«, meinte sie leichthin. Der Klang ihrer Stimme wurde allerdings durch den Kummer Lügen gestraft, den Rona in ihren Augen erblickte. Sie tippte auf die leere Stelle im Wachs. »Hast du herausgefunden, wie es heißen muss?«

Später am Tag traf Rona Nonno in seinem Gemach.

»Sag mal«, hielt sie ihm vor, »weißt du eigentlich, warum Kunigunde so traurig ist?«

Nonno war gerade dabei, seine Stiefel mit Schafsfett einzureiben, und Rona wunderte sich, dass er das nicht seinen Diener machen ließ. Seit ihrer letzten Stunde im Garten des Schmiedes überlegte sie, wie sie es schaffen sollte, Nonno auf seinen in die Erde geritzten Satz anzusprechen. Ihr war noch keine kluge Idee gekommen.

Nonno sah auf und runzelte die Stirn. »Warum interessiert dich das?«

»Sie kommt mir immer so komisch vor.« Rona ließ sich auf sein Bett fallen, das, genauso wie ihres, vor bunten Decken und Fellen kaum zu sehen war. Tief sank sie ein und fühlte sich wie auf einer Wolke.

»Sie hat es wahrscheinlich nicht ganz leicht. Sie kann keine Kinder bekommen.« Nonno besah sich den Stiefel und rieb dann weiter daran herum.

»Sag jetzt aber nicht, dass du sie danach gefragt hast!«

»Doch, warum nicht?«

Nonnos Augenbrauen zogen sich zusammen.

»Rona, Rona!«, murmelte er.

»Was denn?«

»Es ist gefährlich, sich zu eng an die königliche Familie zu binden, begreifst du das denn nicht? Überhaupt für ein einfaches Mädchen, wie du eines bist.«

»Nein!«, brummte Rona. »Ich begreife es nicht! Warum soll es gefährlich sein …«

»Magda und Elisabeth – sie sind nur ganz kleine Lichter, Rona! Wenn die Königin dir zu viel von ihrer Gunst schenkt, werden noch ganz andere Leute eifersüchtig reagieren.«

Eifersüchtig? Der Gedanke war gänzlich neu für Rona. Warum sollte jemand ausgerechnet auf sie eifersüchtig sein? Sie schüttelte den Kopf und brachte das Gespräch lieber auf ein anderes Thema.

»Woher weißt du, dass die Königin keine Kinder bekommen kann?«

Nonno schnaubte spöttisch, aber der Ausdruck in seinen Augen passte nicht zu dem Geräusch. Er sah Rona besorgt an, aber dann schien er sich entschie-

den zu haben, ihren Themenwechsel mitzumachen.
»Der ganze Hof tratscht darüber.«
»Aha!« Jetzt begriff Rona, warum Kunigunde so bitter ausgesehen hatte, als sie davon sprach, im Kindbett zu sterben.
Nonno zuckte die Achseln. »Ich würde das an ihrer Stelle nicht so schwer nehmen«, meinte er. »Immerhin hat sie so viel größere Aussicht darauf, alt zu werden.«
Viele Frauen starben bei der Geburt ihrer Kinder, das wusste Rona nur zu gut. Trotzdem konnte sie verstehen, warum die Aussicht, niemals eigene Kinder zu haben, Kunigunde traurig machte. Sie dachte an zu Hause, an die Kinder der Bauern, die manchmal zu ihr kamen und sich ein zerschlagenes Knie verbinden oder einfach einen süßen Apfel geben ließen. Und sie dachte an das Lächeln, das sie danach stets in ihrem Gesicht sehen konnte. Nein, sie konnte sich ein Leben, ohne Kinder zu haben, beim besten Willen nicht vorstellen!

22. Kapitel

onnos Warnungen hatten Rona nachdenklich gemacht. Was meinte er nur damit, dass hochgestellte Leute eifersüchtig auf sie reagieren würden? Und warum beunruhigte ihn das so? Sie dachte die halbe Nacht darüber nach, aber sie kam zu keinem Ergebnis. Schließlich fiel sie in einen unruhigen Schlaf.

Sie schreckte daraus hervor, weil sie schlecht geträumt hatte. Mit einem Ruck fuhr sie in die Höhe und lauschte auf ihr eigenes, klopfendes Herz. Die Erinnerung an den Traum war nur vage, aber sie wusste noch, dass ihr Vater darin vorgekommen war.

Ihr Vater!

Mit weit aufgerissenen Augen starrte Rona in die sie umgebende Finsternis. Wie lange hatte sie nicht an ihn gedacht?

Wie lange hatte sie auch nicht mehr an das Buch gedacht, das sie nach Hause bringen sollten? Mehr als eine Woche waren sie jetzt im Palast, und Rona hatte kein Wort darüber verloren, wann Gunther weiterzureisen gedachte.

Der Gedanke, Kunigunde wieder verlassen zu müssen, schmerzte sie so sehr, dass sie kurz daran dachte, ihre Reise einfach hier und jetzt zu beenden.

Aber dann ließ Scham ihre Wangen glühen und ihr Herz stolpern. Mit den Handrücken strich sich über das Gesicht. Dann sank sie in die Kissen zurück.
Was war sie nur für eine egoistische, dumme Ziege!
Gleich morgen früh würde sie fragen, wann die Reise weitergehen würde.

Sie erwachte mit dem festen Vorsatz, gleich nach dem Frühstück zu Gunther zu gehen, aber es kam etwas dazwischen.
Elisabeth schien an diesem Morgen seltsam traurig, und der Grund dafür war leicht zu erkennen. Um ihr linkes Auge und die halbe Wange hinunter zog sich ein großer blauer Fleck.
Sie war geschlagen worden.
»Wer war das?«, knurrte Rona wütend, als sie es sah.
Elisabeth, die sich im Laufe der letzten Zeit zu einer engen Vertrauten entwickelt hatte, fiel augenblicklich in ihre Rolle als Dienerin zurück. Sie senkte den Blick. »Magda, Herrin.«
»Warum sagst du plötzlich wieder Herrin zu mir?« Rona ließ den Pfirsich sinken, den sie erst halb aufgegessen hatte.
»Magda hat herausgefunden, dass Ihr und ich … befreundet …« Hilflos hob Elisabeth die Schultern und verstummte. In ihren Augen glänzte es jetzt verdächtig hell.

»Magda geht es gar nichts an, was wir beide tun!«
»Doch, Herrin! Sie ist für mich verantwortlich. Und sie behauptet, Ihr hättet einen schlechten Einfluss auf mein Benehmen.«
Rona lachte. Der Pfirsich kullerte über das Tischtuch, als sie ihn wütend fortwarf. »Und warum sagt Magda mir das nicht selbst? Ich habe nicht den Eindruck, sie hätte Angst vor mir.«
»Nein, aber die Königin ...«
Seufzend winkte Rona ab. Es war ja vorauszusehen gewesen. Ein wenig von ihrer Selbstsicherheit und ihrem Zorn verrauchten, als sie an Nonnos Besorgnis dachte. Vielleicht war es besser, sich am Riemen zu reißen. »Trotzdem!«, murmelte sie zu sich selbst. »Ich möchte nicht, dass du geschlagen wirst. Ich werde Kunigunde ...«
»Nein, Herrin!« Elisabeth blickte Rona flehentlich an. »Bitte macht es nicht noch schlimmer, als es ohnehin schon ist!« Sie weinte jetzt wirklich.
Rona war erschrocken. »Was ist denn?« *Was* war schlimm? Was begriff sie einfach nicht?
»Nichts. Ich habe darum gebeten, in Zukunft für jemand anderes arbeiten zu dürfen.«
»Warum, Elisabeth?«
»Es ist besser so. Glaubt mir.« Elisabeth wies auf das halb aufgegessene Frühstück, auf den angenagten Pfirsich, auf die Milch in einem silbernen Becher und den süßen, mit Honig und Mandeln verfeinerten Haferbrei. »Seid Ihr satt? Soll ich abräumen?«

Ohne darüber nachzudenken, nickte Rona. Ihre Gedanken kreisten um Elisabeths seltsames Verhalten. Warum wollte sie ihr plötzlich aus dem Weg gehen?
Sie sah zu, wie das Mädchen den Tisch abräumte, alles auf ein Tablett aus dunklem Holz stellte und dann hinaus auf den Gang verschwand. Mit einem leisen Klicken fiel die Tür hinter ihr ins Schloss, und Rona starrte eine ganze Weile grübelnd dagegen.

Sie traf Gunther und Nonno zusammen auf dem Gang vor ihren Gemächern, und sie nahm sich nicht einmal die Zeit, die beiden zu begrüßen.
»Was ist mit Elisabeth los?«, sprudelte es aus ihr hervor, und dann erzählte sie alles über das seltsame Verhalten des jungen Mädchens.
Gunther hörte ihr schweigend zu, nickte dann ernst. »Sie hat sich zu eng an dich gebunden. Das hat einigen Leuten nicht gefallen.«
»Aber die Königin hat sie mir zugeteilt. Es ist doch egal, was einige Leute denken!« Rona war empört, vor lauter Wut tat ihr der Magen weh.
Langsam schüttelte Gunther den Kopf und sah Rona dann sehr eindringlich an. »Nonno hat mir schon gesagt, dass du keine Ahnung hast, wie es an einem königlichen Hof zugeht. Offenbar hat er Recht. Du bist innerhalb von kürzester Zeit zur engsten Vertrauten der Königin geworden, Rona. Das ist sehr gefährlich, denn es gibt genug mächtige

Menschen hier am Hof, die in dir eine Gefahr sehen könnten. Und wenn die falschen Leute meinen, dass die Königin ...« Er verstummte, weil Nonno ihm eine Hand auf den Arm legte und leicht den Kopf schüttelte.
Rona sah, wie er missbilligend die Augenbrauen zusammenzog. Er gehorchte seinem jungen Herrn jedoch und schwieg.
Rona fragte sich, was er hatte sagen wollen.
»Vielleicht«, meinte Nonno, und auch er klang ernst, »sollten wir sehen, dass wir unseren Weg allein fortsetzen.«
»Das geht nicht so einfach«, erinnerte Gunther ihn, und er biss sich auf die Lippe.
»Wahrscheinlich habt Ihr Recht.« Gunther sah nicht sehr begeistert aus bei diesen Worten.

»Nächste Woche werden wir weiterreisen«, eröffnete Kunigunde Rona an diesem Nachmittag, während sie dabei war, ihr die Haare zu kämmen und zu flechten. Vorgestern hatte sie beinahe schüchtern über Ronas Kopf gestrichen und geseufzt, wie gerne sie eine Tochter hätte, der sie die Haare kämmen könnte. Ohne lange zu überlegen, hatte Rona sich einverstanden erklärt, als Ersatz zu fungieren, und seitdem kämmte und bürstete Kunigunde sie, als sei sie eine kostbare Puppe. Rona mochte es, wenn Kunigundes Finger über ihre Kopfhaut krabbelten. Es jagte ihr einen wohligen Schauer nach dem anderen den Rücken hinunter, und allein die Tatsache, dass sie, die Tochter eines Schmiedes, von einer Königin gekämmt wurde, war so aufregend, dass Rona immer wieder hastig schlucken musste.

Jetzt erschrak sie. Dann stand also der Moment des Abschieds kurz bevor? Halb machte es sie traurig, aber die andere Hälfte von ihr, jene, die mehr mit dem Kopf als mit dem Herzen dachte, war auch froh darüber, dass ihr die Entscheidung abgenommen wurde. Irgendwie war sie den ganzen Tag über noch nicht dazu gekommen, Gunther zu fragen, wann sie nun endlich ihre Reise nach Ravenna fortsetzen würden.

»Wie schade!«, rutschte es ihr heraus, und dann, als Kunigunde darauf nicht antwortete, fasste sie sich ein Herz. »Warum seid Ihr so freundlich zu mir? Ich meine, ich bin nur ein einfaches Mädchen, und Ihr seid so unendlich viel höher gestellt!«

Kunigunde hielt inne. »Du bist alles andere als ein einfaches Mädchen, Rona«, murmelte sie. »Es stimmt zwar, dein Stand entspricht nicht dem meinen, aber spürst du nicht, was ich auch spüre? Dass wir zwei seelenverwandt sind?« So hoffnungsvoll sagte die Königin diese Worte, dass Rona verwirrt nickte.

Natürlich hatte sie das bereits selbst wahrgenommen. Die Art, wie sie mit Kunigunde lachen und scherzen konnte, war eindeutig. Und doch erschreckte es sie ein wenig, erfahren zu müssen, dass die Königen den Standesunterschied, der zwischen

ihnen lag, nicht so stark empfand wie sie selbst.
»Ich …« Sie wusste nicht, was sie sagen sollte.
Kunigunde lächelte traurig. »Ich bin bekannt dafür, dass ich nicht das tue, was die Regeln oder die Menschen um mich herum von mir verlangen. Belassen wir es dabei, ja?«
Rona hatte das Gefühl, dass sie noch etwas hinzufügen wollte, aber sie schwieg. Sie trat hinter Ronas Rücken hervor, sah sie lange an, dann schüttelte sie den Kopf: ein klein wenig nur, wie für sich selbst. Über ihr Gesicht glitt wieder dieser Ausdruck von Traurigkeit.

Als Rona an diesem Abend in ihr eigenes Gemach kam, hatte Kunigunde sie mit ihrer Traurigkeit angesteckt. Vor ihrem Bett blieb sie stehen und strich mit der flachen Hand über die oberste Decke. Die feingesponnene Wolle kitzelte auf der Haut und erinnerte sie schmerzhaft an zu Hause. An Mutters selbstgemachte Flickendecke, an Vater.
Sie stellte sich vor, wie es sein würde, wieder draußen im Wald zu schlafen, oftmals zu frieren – sie schüttelte sich.
Aber das war es gar nicht, was sie wirklich traurig machte. Am meisten fürchtete sie den Abschied von Kunigunde. Sie hatte die Königin sehr ins Herz geschlossen, und sie wusste, dass es Kunigunde genauso ging.
Sie kniete vor ihrem Bett nieder und betete, aber

die vertrauten Worte wollten ihr heute keinen Trost spenden. Sie kämpfte mit ein paar Tränen, als die Tür aufflog und Nonno hereingestürzt kam.
»Rona, wir müssen ...« Er blieb mitten im Satz stecken, starrte Rona ins Gesicht und begann zu stottern, weil er den Faden verloren hatte. »Ich ... was ... äh, warum weinst du?«
Rona schniefte, erhob sich aus ihrer knienden Position und ließ sich auf das Bett fallen. »Nur so.« Ganz anders als das erste Mal, als er ihr diese Frage gestellt hatte, hatte sie plötzlich das Gefühl, sich Nonno anvertrauen zu können. »Nein«, fügte sie aus diesem Grund hinzu. »Stimmt nicht. Weil ich traurig bin.«
Nonno ließ die Türklinke los und kam einen Schritt näher. Er sah auf Rona herab, dann setzte er sich neben sie und legte ihr den Arm um die Schultern. Rona fühlte, wie ihr ein Schauer den Rücken hinunterlief, aber sie rutschte nicht zur Seite, wie sie es sonst getan hätte. Einen Moment blieb sie neben Nonno sitzen, dann legte sie zögernd den Kopf gegen seine Schulter. Halb erwartete sie, dass er sich zurückziehen würde, aber das tat er nicht.
»Ich bin traurig«, erklärte sie.
»Weil der Hof nächste Woche weiterzieht.« Er sagte das ganz emotionslos, und dennoch kam Rona sich angegriffen vor. Sie wollte aufbegehren, wollte sich verteidigen und ihm erklären, dass es viel komplizierter war. Zum Teil war sie auch traurig, weil sie sich über sich selbst schämte, darüber, dass sie

überhaupt mit dem Gedanken gespielt hatte, ihren Vater im Stich zu lassen.
Aber sie brachte kein Wort über die Lippen.
Nonno lächelte sie an. Es war ein sehr schmales Lächeln. »Na, dann habe ich ja gute Neuigkeiten für dich.«
Rona schielte unter ihren Haaren hervor nach oben, aber alles, was sie von seinem Gesicht sah, war die Nasenspitze.
Sie richtete sich auf, und bedauerte es sofort. Die Situation veränderte sich schlagartig. Übergangslos wich die Fürsorge aus Nonnos Verhalten und machte dem altbekannten Spott Platz. Diesmal wirkte er sogar noch viel distanzierter als sonst.
»Was meinst du?«, fragte sie.
»Der Hof zieht von hier aus weiter nach Süden. Nach Sankt Gallen, genauer. Und Heinrich hat uns erlaubt, uns dem Zug anzuschließen.«
Freude durchzuckte Rona und vertrieb alle Traurigkeit. Sie würde in Kunigundes Nähe bleiben dürfen – noch für eine ziemlich lange Zeit!
Ein Strahlen bahnte sich seinen Weg auf ihre Miene.
Nonno sah sie an, und seine Augen wurden schmal dabei. Rona kam es vor, als unterdrücke er ein Lächeln. »Wusste ich doch, dass dir das gefällt!«, sagte er.
Aber er sah nicht wirklich zufrieden aus dabei.

23. Kapitel

ie Reise mit dem gesamten Hofstaat war ganz anders als ihre zu dritt. Nonno und Rona waren von nun an ständig von den verschiedensten Leuten umgeben. Mal ritten sie direkt hinter einer Gruppe von Banner tragenden Rittern, mal stiegen sie ab und führten ihre Pferde ein Stück. Meist schlossen sich Nonno dann irgendwelche Knappen an und schwatzten eine ganze Weile fröhlich, bis einer von ihnen von seinem Herrn zurück an die Arbeit gerufen wurde.
Rona fiel auf, dass sich zu ihr niemand gesellte, und Nonno schien das auch wahrzunehmen. Er gab sich alle Mühe, sie mit in seine eigenen Gespräche einzubeziehen.
Der königliche Zug war wie eine wandernde Stadt. In Ronas Vorstellung hatte Kunigunde die Reise in einem bequemen Wagen gemacht, aber da hatte sie sich getäuscht. Die Königin ritt auf einem Pferd, wie alle anderen Adligen auch. Und sie zeigte keine Müdigkeit, wenn sich die Reise bis in die späten Abendstunden hineinzog. Wenn ein passender Lagerplatz gefunden war, begannen die Diener damit, Zelte aufzubauen, natürlich das des Königspaares zuerst. Es war faszinierend mit anzusehen, wie schnell das ging, und die Zeit, die die Leute brauch-

ten, um den Rest des Lagers zu errichten, nutzte Kunigunde, um Rona eine abendliche Unterrichtsstunde zu geben.

Tage vergingen, dann Wochen. Der Zug erreichte die ersten Ausläufer der Berge, die zwischen ihnen und dem Land lagen, zu dem Ravenna gehörte. Noch waren die Gipfel nicht besonders ehrfurchtgebietend, aber in der Ferne konnte man schon ihre schroffen, schneebedeckten Höhen erahnen.

An einem Abend lagerte der Zug ganz in der Nähe einer kleinen Stadt, in deren winzigem Kloster niemals der gesamte Hofstaat Platz gefunden hätte. Also entschied Heinrich, dass es besser wäre, wenn sie ihre Zelte auf einer der Wiesen an einem nahen Fluss aufschlugen. Während die Menschen sich an die Arbeit machten, ließ Kunigunde Rona zu sich rufen.

Eigentlich empfing die Königin sie immer in ihrem Wohnzelt, aber heute schien alles anders zu sein als sonst. Als Rona sich unter dem Vorhang hindurchbückte, der die Tür ersetzte, kam Kunigunde ihr entgegen.

»Lass uns einen kleinen Spaziergang machen«, schlug sie vor. Sie legte Rona beim Hinausgehen eine Hand auf die Schulter.

Zwei Leibwächter traten hinzu, die sich bisher unauffällig im Hintergrund gehalten hatten. Kunigunde teilte ihnen mit, was sie vorhatte, und die beiden Männer schlossen sich ihnen an, um sie zu beschützen.

Jenseits der Wiese, auf der sie lagerten, befand sich ein lichter Wald, und auch hier wuselten eine Menge Leute durcheinander. Es dauerte eine ganze Weile, bis Kunigunde und Rona einen Teil erreichten, in dem es ruhiger wurde. Ein kleiner Bach floss zum Fluss hinunter und sprang dabei mit hellem Plätschern über große, moosbewachsene Steine. Die Bäume ringsherum standen dicht, und ihre hellgrauen, grade aufstrebenden Stämme sahen aus wie steinerne Säulen. Ein herber Duft umfing Rona, wie von verrottendem Pappellaub. Auf einem der Steine blieb Kunigunde stehen und drehte sich zu Rona um.
»Komm«, bat sie und reichte ihr die Hand. »Wir setzen uns hier hin. Ich muss etwas Wichtiges mit dir besprechen.«
Sie balancierte über die Steine zum anderen Ufer. Dort lag ein umgestürzter Baum. Auf seinem Stamm ließ sich Kunigunde nieder und wartete, bis Rona neben ihr saß.
Die Leibwache blieb in respektvollem Abstand, sodass sie ihr Gespräch nicht belauschen konnte. Rona sah, wie die Männer die Hände an den Schwertknauf legten und die Umgebung aufmerksam beobachteten.
Sie wartete, bis Kunigunde von sich aus anfing zu sprechen. Es dauerte eine Weile.
»Ich habe die ganze Zeit überlegt, wie ich anfangen soll«, sagte Kunigunde schließlich. »Und jetzt weiß ich es immer noch nicht.«

Rona war überrascht über diese Einleitung. Sie forschte in Kunigundes Gesicht und fand dort nichts außer nervöser Unsicherheit. Ein Kribbeln breitete sich auf ihrem ganzen Körper aus: Was mochte es sein, das die Königin ihr mitzuteilen hatte? Und warum machte es ihr solch eine Angst?
»Wir haben in den letzten Tagen und Wochen viel Zeit miteinander verbracht«, machte Kunigunde einen weiteren Anlauf. »Du hast bestimmt gemerkt, dass ich dich sehr … nun, ins Herz geschlossen habe. Und du hast mit Sicherheit die Gerüchte über mich gehört, oder?«
Rona blinzelte. »Welche Gerüchte?«
»Die, dass ich keine Kinder bekommen kann.«
»Ja.« Sie spürte, wie ihr das Blut in die Wangen schoss.
Kunigunde legte ihr eine Hand auf den Arm. »Sie sind wahr«, erklärte sie. »Du dagegen hast keine Mutter, oder?«
Schlagartig wurde Rona klar, in welche Richtung dieses Gespräch steuerte. Es war, als wiche alles Blut wieder aus ihrem Gesicht.
Und dann sprach Kunigunde es aus. »Ich hätte dich gerne zu meiner Gefährtin, Rona«, sagte sie leise.

Rona brauchte eine Weile, bis sie ihre Verblüffung soweit verdaut hatte, dass sie wieder sprechen konnte. »Das geht nicht!«, krächzte sie.
»Warum nicht? Den Leuten erzählen wir, dass

du meine neue Vertraute bist, aber wir beide, wir könnten sein wie Mutter und Tochter.«
»Ich bin nur die Tochter eines einfachen Schmiedes!«
»Du bist klüger als die meisten Adelstöchter, die ich in meinem ganzen Leben getroffen habe. Und nebenbei bemerkt: Hübscher bist du auch.«
»Nur wegen Eurer Kleider.« Rona spürte, wie sich die Welt um sie zu drehen begann, und es kam ihr vor, als folge alles ringsherum dem Wirbel ihrer eigenen Gedanken. Sie krallte die Hände in ihr Gewand.
»Nun, du musst dich nicht sofort entscheiden.« Die Königin erhob sich, und Rona tat es ihr gleich. Schweigend gingen sie nebeneinander zum Lager zurück, und dort verabschiedete sich Kunigunde freundlich von Rona.
»Schlaf gut«, sagte sie, »und überleg es dir. Wenn du es möchtest, kannst du schon bald Prinzessin sein.«
Voller Verwirrung, erfüllt von Freude und Angst gleichzeitig, ging Rona zu ihrem eigenen Zelt zurück. *Prinzessin!*, schoss es ihr durch den Kopf. Und in bunten Farben malte sie sich aus, was das zu bedeuten hatte. Kostbare Kleider, immer das beste Essen, das man sich nur vorstellen konnte. Eine Zofe, die ihr, so oft sie wollte, die Haare kämmen würde. Und Unterricht, so viel sie wollte! Bücher ...
Ihr Herz machte einen Stolperer.

Bücher! Sie würde nicht mehr auf das Geld von Nonnos Mutter angewiesen sein. Sie würde ihren Vater freikaufen können.
»He!« Nonnos Ruf drang wie ein Schnitt durch ihre Benommenheit. »Was ist denn mit dir los?«
»Nichts!« Sie winkte ab. Sie war im Moment einfach nicht in der Lage, mit irgendjemandem zu sprechen.
»Dann ist ja gut. Aber du siehst aus, als hättest du ein Gespenst gesehen!«
Rona ließ sich vor dem Zelteingang auf einen Hocker fallen und pustete sich gegen die Haare. Mit einem Mal fühlte sie sich völlig erschöpft und ausgelaugt.
Nonno blieb noch einen Augenblick lang stehen und schien auf eine Reaktion zu warten. Als sie nicht kam, zuckte er die Achseln und verschwand.
Rona sah ihm nach, aber ihre Augen erfassten kaum, was sie sah. Ihre Gedanken kreisten noch immer.

Den ganzen Rest des Tages und auch den darauffolgenden Vormittag sprach Rona mit niemandem über Kunigundes Angebot. Gegen Mittag jedoch hielt sie es nicht mehr aus. Sie war noch immer zu keinem Entschluss gekommen, und auf einmal hatte sie das Gefühl, unbedingt mit jemandem sprechen zu müssen.
Mit jemandem, dem sie vertraute.

Sie machte sich auf die Suche nach Nonno.
Sie fand ihn auf einem von dicken rot-weißen Kordeln abgesperrten Platz, auf dem die Ritter des Hofes Schwert- und Reitübungen durchführten. Dort kämpfte er mit einem der Knappen.
Rona blieb an der Absperrung stehen und sah den beiden zu. Sie hatten ihre Obergewänder ausgezogen und standen in ihren schlichten, weißen Tuniken einander gegenüber. Beide hatten sie Übungsschwerter in den Händen – Waffen, die zwar aus schwerem, massiven Metall bestanden, aber die keine scharfen Schneiden hatten.
Rona sah, wie sich die Muskeln hinten an Nonnos Nacken spannten und wieder lockerten, sobald er die Klinge anhob, um einen Streich des Knappen zu parieren.
Er verlor diesen Gang, und schwer atmend ließen beide Kontrahenten ihre Schwerter sinken.
»Das gibt eine brutale Revanche!«, rief Nonno aus, lachte dabei jedoch fröhlich.
Der Knappe deutete eine leichte Verbeugung an. »Wann immer Ihr es wünscht. Aber jetzt ist Eure Gegenwart anderweitig vonnöten.« Der junge Mann wies mit dem Kinn auf Rona.
Nonno drehte sich um, und als er sie sah, lächelte er. »Ich komme gleich!«, rief er quer über den Platz.
Er lief zu einem hölzernen Gestell an der kurzen Seite der Absperrung. Dort standen Dutzende von Schwertern und Lanzen aufrecht gegen einen Balken gelehnt. Nonno stellte seine eigene Waffe dazu.

Dann griff er sich sein Obergewand, das er an einer der Lanzenspitzen aufgehängt hatte, warf es sich über und kam zu Rona. »Was ist?«

»Ich muss mit dir sprechen«, begann Rona. »Hast du einen Augenblick Zeit?«

»Klar.« Nonno wischte sich mit dem Unterarm Schweiß von Stirn und Oberlippe. »Was gibt es?«

Rona sah sich um. Der Knappe war verschwunden, aber dennoch kam ihr der Ort ungeeignet vor für das, was sie Nonno erzählen wollte. Sie dachte daran, dass die Königin sich für eine abgelegene Stelle im Wald entschieden hatte, und das kam ihr passender vor.

»Machen wir einen kleinen Spaziergang?«

Nonno sah erstaunt aus, aber dann nickte er. Gemeinsam verließen sie das Lager und wanderten bald im Schatten der Bäume dahin.

Der Bach floss mit genau dem gleichen, munteren Plätschern über die moosbedeckten Steine wie am Vortag. »Die Königin hat mir gestern einen komischen Vorschlag gemacht«, begann Rona. Sie musste sich regelrecht ein Herz fassen, um es auszusprechen.

Nonno, der vor ihr über ein paar rutschige Baumwurzeln balancierte, hielt inne, drehte sich aber nicht zu Rona um. »Sie will, dass du bei ihr bleibst.«

Rona starrte gegen seinen Rücken. Der Schweiß hatte nicht nur seine Tunika, sondern auch sein Obergewand durchtränkt und zeichnete einen verzerrten Umriss zwischen Nonnos Schulterblätter.

Irgendwie, dachte Rona, sah er aus wie ein Vogel mit ausgebreiteten Flügeln. »Woher weißt du das?«
»Es gibt Gerüchte.« Behände sprang Nonno von der Wurzel zu Boden und wandte Rona den Kopf zu.
»So. Was für Gerüchte?«
»Dass du zur neuen Kammerzofe ernannt werden sollst.«
Rona schürzte die Lippen. »Keine Kammerzofe.«
»Nicht?« Nonno legte die rechte Hand gegen einen Baumstamm und stützte sich daran ab. »Sondern? Sag nicht, sie will dich als Gespielin?«
Gespielin! Wie das klang.
Rona schüttelte den Kopf. »Nein.«
Nonnos Augen weiteten sich. »Sag, dass das nicht stimmt!«
»Doch.« Ganz leise sprach Rona jetzt. Es fiel ihr schwer, die Stimme zu erheben. »Sie will, dass ich … wie ihre Tochter …«
Eine Weile war es ganz still zwischen ihnen. Es kam Rona so vor, als sei sogar das Murmeln des Baches verstummt, auch wenn das natürlich Unsinn war. Aber irgendwie war die Welt um sie herum plötzlich in unendliche Ferne gerückt. Alles, was sie noch wahrnahm, war Nonnos Gesicht. Der ungläubige Ausdruck in seinen Augen, und die steile Falte, die sich jetzt zwischen seinen Brauen bildete.
»Du billigst es nicht«, flüsterte Rona.
»Ist es dir denn wichtig, was ich billige?« Auch er

sprach jetzt sehr leise. »Du hast dich doch schon längst entschieden, oder etwa nicht?«
Rona wollte seinen Verdacht weit von sich weisen. Aber sie konnte es nicht. Stimmte es? Hatte sie sich wirklich schon entschieden? War dieses Treffen hier nur dazu da, dass sie sich besser fühlte? Wollte sie Nonnos Segen? Sie schluckte. Mit einem Mal kam ihr ihr ganzes Leben um so vieles komplizierter vor, als sie es jemals empfunden hatte. Nicht einmal die Entscheidung, von zu Hause fortzugehen, hatte sie so viel Nachdenken gekostet wie die Situation gerade jetzt in diesem Moment.
Rona hob den Blick in die Baumwipfel, weil sie spürte, wie ihre Augen feucht wurden.
»Du hast dich entschieden, Rona«, wiederholte Nonno. Er klang traurig.
»Und?«
»Du meinst, ob ich damit einverstanden bin? Wer bin ich, dir Vorschriften machen zu wollen? Du bist die Tochter eines Schmiedes, und du hast jetzt die Gelegenheit, viele Stufen zu erklimmen in der Gesellschaft.«
»Warum freust du dich dann nicht mit mir?« Warum freute sie sich selbst nicht?
»Vielleicht, weil es mich traurig macht, dass du erst jetzt zu mir gekommen bist. Nachdem du dich längst entschieden hast.« Ihm schien etwas einzufallen. »Was ist mit deinem Vater, Rona?« Der Themenwechsel kam so abrupt, dass Rona Mühe hatte, ihm sofort zu folgen.

»Was meinst du?«

»Wer soll das Buch besorgen, wenn du andere Verpflichtungen annimmst?«

Rona holte tief Luft. Mit einem Mal waren ihre Augen wieder trocken. »Wir brauchen das Buch nicht mehr zu holen, verstehst du das denn nicht? Wenn ich Kunigundes Angebot annehme, dann können wir meinen Vater ...« Sie verstummte, weil er nicht zu begreifen schien. »Oder etwa nicht?«, murmelte sie.

Nonno zuckte die Achseln. »Ich muss gerade an etwas denken, was du mir gesagt hast, bevor wir gemeinsam weggelaufen sind. Erinnerst du dich daran? Du wolltest für deinen Fehler selbst geradestehen.« Mit einem Ruck wandte Nonno sich ab und wollte schon zurück zum Lager gehen.

Rona hielt ihn auf, indem sie nach seinem Oberarm griff.

Er blieb stehen und sah auf ihre Hand. Rasch ließ sie los.

Und sah zu, wie er zwischen den Bäumen verschwand.

In der folgenden Nacht lag Rona grübelnd auf ihrem Lager. Immer und immer wieder sah sie Nonnos traurige Augen vor sich, den stummen Vorwurf in seinem Gesicht, der noch dadurch verschlimmert wurde, dass ganz hinten in seinem Blick auch Verständnis zu sehen war.

Verständnis dafür, dass sie ein Angebot wie das von Kunigunde unmöglich ausschlagen konnte.

Rona setzte sich auf und knuffte eine Kuhle in das Kissen, in die sie ihren Kopf fallen ließ. Der Geruch nach Lavendel und Rosenwasser stieg ihr in die Nase und ließ sie fluchen.

Nonno hatte Recht! Sie war undankbar und selbstsüchtig. Gott hatte sie als Tochter eines Schmiedes auf die Welt kommen lassen und nicht als Prinzessin. Wer war sie, dass sie überhaupt mit dem Gedanken spielte, dieses nur allzu verlockende Angebot anzunehmen?

Morgen früh als Allererstes würde sie zu Nonno gehen, und ihm sagen, dass sie sich entschieden hatte, Kunigunde eine Absage zu erteilen!

Dieser Entschluss erfüllte Rona mit so viel Erleichterung, dass sie schließlich doch noch in einen leichten Schlummer glitt.

Sie erwachte, weil jemand in ihrem Zelt war. Mit einem Ruck fuhr sie auf.

Es war Elisabeth.

»Guten Morgen!« Rona schwang die Beine aus dem Bett und stellte sie auf den mit Teppichen bedeckten Boden. Trotzdem fühlte sie die morgendliche Kälte, die ihr wie mit kleinen Fingern an den Waden hochkrabbelte. Eine Gänsehaut rann ihr über den gesamten Körper. »Ich dachte, du würdest nicht mehr für mich sorgen wollen.«

Elisabeth lächelte, aber es sah düster aus. Sie zuckte die Achseln und gab keine Antwort. Stattdessen begann sie damit, Ronas Frühstück herzurichten. Der Geruch von warmer Milch, frischem Brot und Brombeeren stieg Rona in die Nase.
Sie stand auf und kam an den Tisch. »Hm, das riecht gut.« Sie beugte sich über das Brot und schnupperte daran.
Elisabeth wich ihrem Blick aus. Mit schmalen Lippen legte sie ein silbernes Messer neben Ronas Teller und goss dann etwas von der Milch in einen Becher. »Magda hat sie mit Honig süßen lassen. Genau, wie Ihr es mögt.«
Rona betrachtete Elisabeth. Täuschte sie sich, oder war die junge Dienerin blasser als sonst? »Geht es dir nicht gut?« Sie griff nach Elisabeths Hand, aber die entzog sich ihr rasch. Nicht rasch genug jedoch. Rona hatte deutlich gespürt, wie kalt Elisabeths Haut war. »Was hast du?«, drängte sie zu erfahren.
Die junge Dienerin schüttelte nur den Kopf. »Nichts.« Hastig wich sie rückwärts, und im nächsten Moment war sie so schnell verschwunden, dass Rona vor Verblüffung blinzelte.
Dann stieß sie einen Seufzer aus und griff nach dem Becher.

Die Milch schmeckte sehr süß, fast klebte sie an Ronas Gaumen. Rona verzog das Gesicht. Sie konnte sich nicht daran erinnern, Magda jemals gesagt zu haben, dass sie ihre Milch so intensiv mit Honig gewürzt haben wollte.

Die Flüssigkeit kratzte ein wenig hinten in ihrem Hals.

Nachdenklich blickte Rona auf die weiße Oberfläche der Milch.

»Rona?« Die Zeltbahn wurde zur Seite geschleudert, und Nonno kam herein. Rona zwinkerte. Vor ihren Augen lag mit einem Mal ein nebliger Schleier. Sie senkte den Kopf, um ihn zu vertreiben. Der Becher rutschte aus ihrer Hand und landete mit einem Poltern auf dem Boden.

»Rona! Hast du von der Milch getrunken?« Übergroß schwebte Nonnos Gesicht vor ihr. Sie fühlte, wie ihr Oberkörper zu schwanken begann.

Jemand griff nach ihr. Große, warme Hände legten sich auf ihre Schultern.

»Rona!« Jetzt schrie Nonno.

Es war das Letzte, was Rona wahrnahm, bevor dicke, tintenschwarze Dunkelheit sie einhüllte.

24. Kapitel

ls sie wieder erwachte, stand ihr Kopf in hellen Flammen und ebenso ihr Magen.
»Was ...« Sie konnte nicht sprechen. Etwas saß wie ein kleines, pelziges Tier in ihrer Kehle und ließ die Frage, die ihr auf der Seele brannte, in einem tonlosen Krächzen verstummen.
Was war passiert?
Jemand war bei ihr. Sie fühlte, dass ihre Hand gehalten wurde.
»Nonno?« Wieder nur ein Krächzen.
»Ich bin hier.« Er bewegte sich. Rona konnte das Geräusch hören, das seine Gewänder dabei machten.
»Was ist geschehen?«
»Man hat versucht, dich zu vergiften.«
Was? Rona wollte sich aufsetzen, aber ihr wurde so schlecht von der ruckartigen Bewegung, dass sie stöhnend zurücksank. Etwas Kühles fuhr ihr über die Stirn. Sie fühlte, wie ein einzelner Wassertropfen an ihrer Schläfe hinunterlief und dicht bei ihrem Ohr in das Kissen sickerte.
»Wer ...?«
»Magda«, sagte eine andere Stimme. Gunther. »Sie hat dir Eisenhut in die Milch getan. Du kannst dich bei Fridunant bedanken, dass er so aufmerksam

war und ein Gespräch der alten Vettel mit Elisabeth belauschen konnte.«

Langsam klärten sich Ronas Gedanken. Zwar war ihr noch immer schlecht, und in ihren Ohren summte es, als habe jemand einen ganzen Bienenschwarm in ihrem Kopf eingesperrt, aber immerhin konnte sie langsam wieder klar denken. »Elisabeth steckt mit ihr unter einer Decke?« Sie fühlte, wie ihr die Erkenntnis einen schmerzhaften Dorn mitten ins Herz trieb. Sie hatte Elisabeth für eine Freundin gehalten. Hatte das Mädchen tatsächlich seine Hand im Spiel gehabt dabei, sie, Rona, zu vergiften?

»Es sieht so aus.« Gunther sah grimmig aus.

»Was passiert jetzt?«

»Das wird die Königin zu entscheiden haben. Sie hat mich beauftragt, ihr sofort Bescheid zu geben, wenn es dir besser geht.« Fragend legte Gunther den Kopf schief.

Rona lauschte in sich hinein. »Ja«, murmelte sie. »Es geht wohl wieder besser. Ihr solltet sie nicht zu lange im Ungewissen lassen.«

Mit einem knappen Nicken verabschiedete Gunther sich und verschwand.

Nonno blieb allein an Ronas Bett zurück.

Sie richtete den Blick auf ihn. Er sah blass aus, müde und abgekämpft, aber jetzt lächelte er. »Da bin ich wohl gerade noch rechtzeitig gekommen, was?«

Rona nickte nachdenklich. Es fiel ihr schwer, sich auszumalen, was geschehen wäre, wenn Nonno

nicht gekommen wäre. »Sieht so aus.« Sie umfasste Nonnos Finger fester, die noch immer in ihrer Hand lagen. »Danke.«
Er grinste. »Gern geschehen!«
Danach schlief Rona eine Weile. Als sie erneut erwachte, hatte Nonno sich nicht vom Fleck gerührt. Die Übelkeit war nun nur noch eine ferne Erinnerung, und Rona spürte, wie es in ihrem Magen rumpelte.
Sie holte tief Luft. »Darf ich dir etwas sagen?«
»Natürlich.«
»Als ich dir gestern im Wald von dem Angebot der Königin erzählt habe … ich hatte mich noch nicht entschieden. Ich wollte deine Meinung hören, nicht deinen Segen haben.«
Nonno schwieg. Er kaute auf der Unterlippe herum. »Ich weiß.«
»Woher?«
»Von Kunigunde. Sie hat uns offenbar im Wald verschwinden sehen, und als wir nicht zusammen wieder aufgetaucht sind, hat sie sich ihre Gedanken gemacht. Sie hat mich zur Rede gestellt, und da habe ich ihr erzählt, dass du mich eingeweiht hast.« Er richtete den Blick über Ronas Bett hinweg gegen die Zeltwand. »Sie bat mich, dir klar zu machen, welche Vorteile ein Ja für dich haben würde.« Er schnaubte. »Als wenn du zu dämlich wärst, das selbst zu verstehen. Jedenfalls begriff ich da, dass du ihr noch gar keine Antwort gegeben hattest.«

»Nein.«
Nonno rieb sich die Nase. »Du warst dir nicht sicher.«
»Nein. Warst du böse, dass ich so lange nicht danach gefragt habe, wann wir weiterreisen?«
»Nicht böse. Nur enttäuscht. – Irgendwie.«
»Ich wollte es tun, das musst du mir glauben, aber es kam immer etwas dazwischen.« Rona stemmte den Kopf in das Kissen. »Na ja«, fügte sie schließlich hinzu, »aber ich wollte natürlich auch nicht, dass das hier alles zu Ende geht.«
Nonno nickte. »Verständlich.«
»Aber jetzt ist alles anders.« Rona schloss die Augen. Sie dachte an Elisabeth und das Vertrauen, das sie in die junge Dienerin gehabt hatte. Wem konnte sie jetzt überhaupt noch trauen – abgesehen von Nonno und Gunther natürlich? Der Verrat Elisabeths hatte in Ronas Augen sämtlichen Glanz von der Gesellschaft des königlichen Hofes abblättern lassen. Mit einem Mal kam ihr der Gedanke, den Rest ihres Lebens hier bleiben zu müssen, immer der Gefahr für Leib und Leben ausgesetzt zu sein, unerträglich vor.
Was wäre es anderes als ein Käfig, in den sie sich sperren ließ? Ein goldener Käfig zwar, aber nichts anderes als ein Käfig.
Sie öffnete die Augen wieder und sah Nonno an.
»Ich weiß«, sagte er.

Bevor Rona sich von der Giftattacke erholen konnte, hatte der königliche Zug Sankt Gallen erreicht. Während all der vielen Tage bekam sie Kunigunde nicht ein einziges Mal zu Gesicht, und das schmerzte sie so sehr, dass sie ganz schwankend wurde. Mal ergab sie sich ihrer Enttäuschung darüber und redete sich ein, dass sie den königlichen Hof nur noch verlassen wollte. Dann wieder glaubte sie, vor Sehnsucht nach der Königin fast zu zerspringen. Um nicht verrückt zu werden vor lauter widersprüchlichen Gefühlen, fragte sie schließlich Nonno nach dem Grund für Kunigundes Fortbleiben.
»Sie hat eingesehen, dass es gefährlich für dich wäre«, erklärte er. »Du darfst ihr das nicht übel nehmen. Sie ist die Königin. Für sie gelten noch viel mehr Regeln als für uns anderen zusammen. Aber wenn es dich tröstet: Heute Morgen hat sie wie immer nach dir fragen lassen. Gunther hat ihr ausgerichtet, dass du wieder ganz gesund bist.« Nonno wies auf einen Berg von buntem Stoff, der über einem Lehnsessel lag. »Das hat sie schicken lassen, damit du dir den schönsten aussuchen kannst. Für ein neues Kleid, glaube ich.«
Rona musterte die herrlichen Seiden- und Brokatstoffe. Dann schüttelte sie den Kopf. »Ich brauche keine Kleider mehr. Sondern nur etwas Praktisches zum Reiten.«
»Dann solltest du ihr das am besten selbst sagen.« Nonno wies auf den Zeltausgang.
Rona biss sich auf die Zunge. »Wahrscheinlich.«

Sie brauchte eine geraume Weile, bis sie den Mut aufbrachte, zu Kunigundes Zelt zu gehen.

»Rona!« Die Königin schien sie erwartet zu haben. Es gab Rona einen Stich, sich vorzustellen, dass sie vielleicht jeden einzelnen Morgen so dagestanden und auf sie gewartet hatte. Ganz kurz wurde Rona in ihrem Entschluss wankend.

Kunigundes Gewand war aus hellgrünem, fein gewebten Stoff und lag wie ein Schleier um ihre Gestalt. Auch ihre Haare hatte sie heute nicht hochgesteckt, sondern in offenen, weichen Wellen auf den Schultern liegen. Sie war schön, dachte Rona, wenn man von dem harten, traurigen Zug um ihren Mund absah.

»Hast du schon gefrühstückt?«

Kein einziges Wort fiel über den Giftanschlag, und die Atmosphäre war so angespannt von dem Versuch, die Erinnerung an dieses schreckliche Erlebnis zu verdrängen, dass Rona sich anstrengen musste, um nicht kurzerhand aus dem Zelt zu stürzen. Sie zwang sich, das Lächeln der Königin zu erwidern und schüttelte den Kopf.

Kunigunde schickte eine Zofe fort, um etwas zu essen zu holen. Unschlüssig blieb Rona mitten im Raum stehen, dann jedoch gab sie sich einen Stoß.

»Was passiert mit Elisabeth und Magda?«

»Sie sind bestraft worden.« Kunigunde zog die Augenbrauen zusammen, und es sah warnend aus.

Rona wurde kalt. Wollte sie wissen, worin die Bestrafung bestanden hatte? Sie war sich nicht sicher,

und so war sie der Königin dankbar dafür, dass sie kurzerhand das Thema wechselte.
»Ich finde, es ist an der Zeit, dir etwas zu zeigen. Komm mit.« Das Zelt war durch eine Stoffbahn in zwei Räume aufgeteilt. Rona war noch nie im hinteren Teil gewesen, aber genau dorthin führte Kunigunde sie jetzt. Rona sah dicke Felle in unterschiedlichen Farben auf dem Boden liegen und auch ein paar bunte Teppiche. Das Bett war mit einem seltsam schillernden Tuch bedeckt. Kunigunde ging zu einer Truhe und öffnete sie.
Neugierig ging Rona näher.
Ganz oben auf den prächtigen Kleidern lagen drei Bücher.
Kunigunde nahm das kleinste heraus. Es war kaum so groß wie Ronas Hand, aber dafür so dick, dass es seltsam unförmig aussah. »Das hier«, erklärte Kunigunde, »ist mein liebstes. Schau her.« Sie legte es auf einen Tisch und schlug es auf.
Rona stockte der Atem. Die Bilder, die sie sah, waren genauso bunt und lebendig wie die in der verbrannten Bibel. Und das Wunderbarste war: Auf jeder Seite war nur sehr wenig Text! Zwei, drei Zeilen in zierlichen Buchstaben und meist roter Tinte. Rona kniff die Augen zusammen, um ein paar Worte zu entziffern. Es waren Bibelverse, das erkannte sie.
»Wozu dient es?«, fragte sie. Fort war alles Grübeln über Verrat und Verräter, über Gift und strenge Bestrafungen.

Kunigunde lachte leise. »Zur Unterhaltung. Zur Freude.«
Rona fasste sich an die Kehle. Sie konnte sich beim besten Willen nicht vorstellen, dass jemand etwas so Kostbares einfach nur zur Freude besaß. Kurz zuckte der Gedanke durch ihren Kopf, dass sie das auch haben konnte, wenn sie Kunigundes Angebot nur annehmen würde. Rasch schob sie ihn beiseite. Sie beugte sich dichter über das Buch und starrte auf die wunderbaren Bilder.
»Wenn du bei mir bleibst«, sagte Kunigunde, »dann schenke ich es dir.«
Rona presste die Lippen zusammen. »Und die beiden anderen?«, meinte sie. Weil die Frage nach Gier klang, fuhr sie rasch fort: »Ich meine … darf ich sie auch ansehen?«
Statt einer Antwort schlug Kunigunde das Buch zu, räumte es fort und kam mit dem zweiten zurück zum Tisch. Es war weitaus größer und viel dünner als das erste. Und es enthielt kein einziges Bild.
»Das ist eine Übersetzung des Evangeliums von Johannes«, erklärte Kunigunde. »Ich glaube, der Mann, der es mir angefertigt hat, ist derjenige, zu dem du unterwegs bist.«
»Claudius von Ravenna?«
»Genau. Er beherrscht die griechische Sprache sehr gut. Er hat behauptet, diese Übersetzung nach einem Originaltext von Johannes angefertigt zu haben.«

Rona schaute Kunigunde skeptisch an. »Der wäre fast tausend Jahre alt!«
Kunigunde lachte. »Stimmt. Ich habe es auch nicht geglaubt.«
Die Fröhlichkeit, die sie jetzt an den Tag legte, nahm Rona etwas von ihrer Beklommenheit. Aber auch eine ganze Menge ihrer Entschlossenheit. Sie zwang sich, sich vor Augen zu halten, dass das genau Kunigundes Absicht war. Nur aus diesem Grund zeigte sie ihr überhaupt die Bücher: weil sie längst wusste, dass Rona nicht bleiben konnte.
»Das dritte«, sagte Kunigunde und riss Rona damit aus ihrer Versenkung, »ist ein Bericht über meine Krönung. Ein guter Freund meines Mannes, ein Gelehrter namens Thangmar hat ihn angefertigt. Er kennt übrigens auch deinen Bischof Bernward. Er war sein Lehrer.«
Rona sah in Kunigundes Gesicht. Die Zofe kam mit dem Frühstück zurück. Kunigunde lauschte, wie sie im vorderen Zimmer herumkramte. Rona spürte, dass die Königin auf ihre Antwort wartete, und sie konnte ihrem fragenden Blick nicht standhalten. Am liebsten hätte sie sich in einem Mauseloch verkrochen.
»Mach es uns beiden doch nicht so schwer«, sagte die Königin unvermittelt. »Du hast dich längst entschieden, oder etwa nicht?«
»Ja.« Rona schluckte. Sie hatte Mühe, in Kunigundes Gesicht zu blicken.
»Und?«

»Nein«, sagte Rona. Es kam schnell, hastig. Ängstlich. Es fiel ihr schwer zuzusehen, wie die Ahnung in Kunigundes Gesicht dem Verstehen wich.
Die Königin nickte langsam. »Das hatte ich vermutet. Warum nein? Ich kann dich vor weiteren Anschlägen beschützen lassen, aber ich glaube, das ist nicht der wirkliche Grund, oder?«
Rona räusperte sich. Plötzlich standen ihr Tränen in den Augen, aber sie war sich jetzt ganz sicher, das Richtige zu tun. »Wegen Nonno«, erklärte sie. »Ich kann ihn nicht alleine lassen.«
»Er könnte mit hier bleiben«, schlug Kunigunde vor.
Rona schüttelte den Kopf. »Er muss nach Ravenna, um das Buch zu holen. Und ich muss mit ihm gehen.«
»Das könnte einer meiner Männer machen«, sagte Kunigunde.
»Doch das wäre nicht das Gleiche.« Rona überlegte, wie sie es am besten ausdrücken konnte. Sie vermutete, dass Kunigunde sie nicht verstehen würde, aber sie versuchte es trotzdem. »Ich habe den Fehler gemacht, bei dem das Buch verbrannt ist. Ich muss es wieder gutmachen.«
Zu Ronas Überraschung nickte Kunigunde. »Das verstehe ich.«
»Und außerdem möchte ich ... Nonno und ich ... ich meine, wenn ich bei Euch bleibe ...«
Kunigunde unterbrach Rona, indem sie die Hand hob. »Das, was du versuchst, mir zu erklären, nennt

man Loyalität, Rona«, sagte sie leise. »Du fühlst dich deinem Freund verpflichtet, und das ist gut so. Leider bedeutet es für mich, dass ich dich verlieren werde, aber deine Entscheidung ehrt dich. Und ich fürchte, sie macht dich in meinen Augen noch viel liebenswerter.« Die Königin verstummte. Ihre Unterlippe hatte bei den letzten Worten angefangen zu beben, und jetzt presste sie die Lippen zusammen.
»Dürfen wir trotzdem im Zug bleiben, bis wir in Sankt Gallen sind?« Rona hatte das Gefühl, für den Rest ihres Lebens nur noch flüstern zu können.
»Natürlich. Ich vermute, du möchtest jetzt gehen, oder?« Kunigunde sah zum Ausgang des Zeltes.
Rona nickte. Sie stand auf, wartete darauf, entlassen zu werden.
»Ich werde deinem Freund sagen, dass er stolz auf dich sein kann«, sagte Kunigunde. Dann entließ sie Rona.
Als Rona vor dem Zelt stand, holte sie so tief Luft, dass ihr schwindelig wurde. Wie hatte die Königin das genannt, was sie für Nonno empfand?
Loyalität.
Sie war sich sicher, dass Kunigunde sich täuschte.
In Wahrheit war es wohl Liebe, dachte sie.

In Sankt Gallen fand der königliche Zug Aufnahme in dem berühmten Kloster, und hier, im weitläufigen Kloster-Innenhof, verabschiedete Kunigunde sich von Rona. Es war ein kühler, regnerischer

Morgen. Nonno und Rona wollten noch zu dieser Stunde weiter in Richtung Süden reisen, denn der Herbst stand vor der Tür. Und bald würde es schwierig werden, die Alpen zu überqueren. Der königliche Hof würde eine ganze Weile in Sankt Gallen bleiben.

Kunigunde lächelte Rona aufmunternd zu, aber ihr war anzusehen, dass sie mit dem Abschiedsschmerz kämpfte. »Vielleicht sind wir ja noch hier, wenn du zurückkommst. Und ich gebe die Hoffnung darauf nicht auf, dass du dich dann anders entscheidest.«

Rona nickte. Sie war sich ziemlich sicher, dass ihre Entscheidung endgültig war, und eigentlich war sie auch froh darüber. Trotzdem brachte sie es nicht übers Herz, Kunigunde die Hoffnung zu nehmen.

In einem Anfall von Gefühlsaufwallung kniete die Königin nieder und umarmte Rona so fest, dass ihr die Luft wegblieb. Dann, als fiele ihr ein, wie würdelos diese Szene aussehen musste, sprang sie wieder auf die Füße und klopfte sich die Kleider ab. Da es allerdings schon den ganzen Morgen geregnet hatte, war ihr Gewand vorne an den Knien schmutzig geworden.

»Nimm das«, sagte die Königin und drückte Rona etwas Kleines, Hartes in die Hand. Es war eines ihrer Parfümfläschchen. Rona schloss die Augen.

Als sie sie wieder öffnete, wies Kunigunde auf Gunther und Nonno, die bereits in den Sätteln saßen und am Rand des Klosterhofes warteten. »Pass auf dich auf, ja?«

»Ja«, antwortete Rona. »Ihr auch.« Sie zögerte noch einen Moment, aber dann rannte sie zu ihrem Pony, das von Gunther am Zügel gehalten wurde.
Blume begrüßte sie mit einem freundlichen Stupser gegen die Brust, und da schluchzte sie auf.

25. Kapitel

ach dem Attentat war die Reise über die Alpen das Schlimmste, was Rona bisher erlebt hatte.

Sie brachen von Sankt Gallen aus in Richtung Süden auf. Zumindest behauptete das Gunther, auch wenn Rona es nicht so recht glauben mochte. Für sie hatte »Süden« immer Sonne bedeutet, Sonne und Wärme. Sie wusste von Bäumen, die Blüten und gleichzeitig grüne und gelbe Früchte trugen. In ihrer Phantasie hatte sie Ebenen überquert, auf die die Sonne so heiß niederbrannte, dass alles Grün verdorrt war und nur zähes, braunes Gestrüpp seine Zweige in die Höhe reckte. Kleine, bunte Ziegen hatten auf diesen Ebenen geweidet und immer wieder im Schatten von eigenartig verkrüppelten Bäumen mit dunkelgrünem Laub Schutz vor der sengenden Sonne gesucht.

Aber die Gegend, in die sie jetzt kamen, war das genaue Gegenteil von Ronas Träumereien. Schroff ragten die Berge vor ihnen auf, wie Drachenzähne, die nur der Teufel ihnen in den Weg gepflanzt haben konnte, damit sie auf ihren Hängen scheitern mussten. Ihr Weg schraubte sich in schier endlosen Bögen über steile, steinige Hänge in die Höhe, immer weiter hinauf, bis die letzten Bäume hinter

ihnen zurückblieben und schließlich auch jede Art von Vegetation.
Grau und kalt war es hier.
Ein eisiger Wind wehte von den schneebedeckten Höhen auf sie herab, und auf Rona machte es den Eindruck, als wollten die Berge selbst sie von ihren Flanken blasen.
Kunigunde hatte dafür gesorgt, dass sie gut gerüstet waren. Sie besaßen neue Reisekleidung und ein jeder zwei dicke, warme Mäntel, die sie schließlich übereinander anzogen, um sich wenigstens einigermaßen die schneidende Kälte vom Leib zu halten. Rona verkroch sich so tief wie möglich in die Falten ihrer Gewänder, sodass nur noch ihre Augen daraus hervorschauten. Ihr Atem blies gegen den Schal und schlug sich auf dessen Fasern in winzigen, scharfen Eiskristallen nieder. Ihre Augen brannten vom Wind, und ihre Hände waren bald völlig taub, obwohl sie über ihren Lederhandschuhen noch ein zweites Paar dicke, fellbesetzte Fäustlinge trug. Kaum noch konnte sie die Zügel halten.
Blume schienen weder der steile Weg noch die Kälte etwas auszumachen. Munter und mit hochgestellten Ohren schritt sie aus, stieg vorsichtig über scharfkantige Felsbrocken und erkletterte Anstiege, die so steil waren, dass sie unpassierbar wirkten.
Nonnos Pony tat es ihr gleich, aber Gunthers Pferd machten der unebene Untergrund und auch die dünne Luft sichtbar zu schaffen. Es hielt den Kopf gesenkt, die Ohren flach nach hinten gelegt, und

wenn Rona genau hinhörte, konnte sie sein angestrengtes Atmen hören. Irgendwann stieg Gunther ab, um es zu entlasten.

Sie folgten dem Weg über einen geröllübersäten Abhang hinweg. Hier trafen sie zum ersten Mal auf einen Flecken Schnee, der grau und schmutzig unter einem Felsvorsprung lag. Dann machte der Weg einen weiten Bogen um die Bergflanke herum, und als sie seinem Verlauf wieder mit den Blicken folgen konnten, stöhnte Nonno auf.

»Was ist?« Gunther reckte den Kopf, um an ihm vorbeisehen zu können.

Nonno beugte den Oberkörper zur Seite und deutete auf ihren Pfad. Er führte ein Stück geradeaus und verlief dann an einem Steilhang entlang. Rona presste die Lippen zusammen. Rechts des Weges ging es wohl mehr als tausend Schritt in die Tiefe, und der Pfad selbst wurde hier so schmal, dass sie ihn mit einem einzigen Arm überspannen konnte.

»Da müssen wir vorbei?«, flüsterte sie. Vor ihrem inneren Auge sah sie sich bereits mit zerschmetterten Gliedern im Tal liegen.

Gunther schürzte die Lippen, während er den Weg schweigend musterte. Seine Wimpern und Augenbrauen waren von der Kälte mit Reif überzogen, und fast sah er aus wie ein uralter Greis. »Sieht ganz so aus.«

Nonno ächzte. »Na wundervoll! Und was kommt danach?«

»Darüber machen wir uns Gedanken, wenn es so

weit ist.« Gunther gab seinem Pferd einen Klaps und bedeutete Nonno weiterzureiten.

»Ich glaube, ich steige auch lieber ab«, sagte der.

Gunther schüttelte den Kopf. »Besser nicht. Eure Ponys sind bisher noch kein einziges Mal gestolpert. Auf ihrem Rücken seid Ihr sicherer als auf Euren eigenen Beinen, glaubt mir.«

Nonno sah skeptisch aus, aber er musste Gunther Recht geben. Er stieß seinem Tier die Fersen in die Flanken und es ging willig weiter.

Rona folgte ihm. In ihrem Magen hatte sich Angst zu einem harten, schmerzhaften Knoten verdichtet. Vorsichtig schielte sie auf den rechten Wegrand, der mit jedem von Blumes Schritten ein Stück näher auf sie zurückte.

»Schau nicht in den Abgrund!«, riet Gunther ihr.

Sie wagte nicht, den Kopf zu wenden, um ihn anzusehen, sondern hockte so verkrampft im Sattel, als sei sie plötzlich zu Stein erstarrt.

Dann war der Abgrund so dicht neben ihr, dass sie seitlich an Blumes Bauch vorbei den Wegrand nicht mehr sehen konnte. Die Tiefe verschwamm vor ihren Augen zu einem trüben, unheimlichen Grau, aus dessen Dunst ihr das ferne Tosen von Wasser entgegenhallte. Sie schloss rasch die Augen.

Blumes Schritt stockte für einen kurzen Moment, und Ronas Herz setzte einen Schlag lang aus.

»Lass ihr den Kopf frei!«, hörte sie Gunther rufen. »Sie findet ihren Weg besser, wenn du sie nicht so hart an den Zügel nimmst.«

Rona lockerte ihre verkrampften Finger, und sofort wurde Blumes Gang wieder sicher. Rona entschied, dass es besser war, die Augen geschlossen zu lassen.

Ein Adler stieß irgendwo in der Ferne einen heiseren Schrei aus. Das Tosen des Flusses unter ihnen wurde zu einem monotonen Hintergrundgeräusch von Ronas Angst, und erst, als Blume heftig den Kopf schüttelte, riss sie die Augen wieder auf.

Der schmale Teil des Weges lag hinter ihnen!

Rona war so erleichtert, dass sie auflachte. Das Geräusch brach sich an den Felswänden und wurde dutzendfach zurückgeworfen.

Es war nicht die einzige schwierige Wegstelle, die sie zu überwinden hatten. Sie überquerten Pässe, Durchlässe zwischen zwei Berggipfeln, von denen ein oder zwei so schmal waren, dass Rona fast fürchtete, Gunther würde mit seinen breiten Schultern darin stecken bleiben.

Eine Nacht verbrachten sie in einer verlassenen Einsiedlerklause. Das einzige vorhandene Lager bestand aus einem verrotteten Strohsack, der, als Rona ihn berührte, so unangenehm stank, dass sie alle sich dafür entschieden, lieber auf dem Boden zu schlafen.

Als Rona am nächsten Morgen aufwachte, juckte es ihr am gesamten Körper.

»Was zum Henker ist das denn?« Nonno setzte sich

mit einem Ruck auf und kratzte heftig an seinem Nacken herum.
Gunther rieb sich den Arm. »Flohstiche«, sagte er düster.
Rona hatte auch welche, und rasch zählte sie sie. »Bei mir sind es vier.«
Nonno hatte sieben und Gunther kam immerhin auf drei. »Die Viecher haben wahrscheinlich seit Jahren gehungert«, meinte er, während er sich erhob und seinen Umhang, der ihm als Unterlage gedient hatte, ausschüttelte.
»Wir müssen sie wieder loswerden«, sagte Rona. Ihr krabbelte es in den Haaren, und sie kratzte sich am Kopf.
»Ja, aber nicht hier. Wer weiß, wie viele von den Viechern hier noch lauern. Lasst uns ein Stück weiterreiten und dann eine Rast machen. Dann können wir uns gegenseitig absuchen.« Gunther verließ das kleine Gebäude und verschwand aus Ronas Blickfeld, um zu den Pferden zu gehen. Sie hatten sie am Vorabend hinter dem Haus angebunden, wo der Wind nicht so scharf war.
Nonno und Rona halfen Gunther, den Tieren ein wenig von dem Hafer zu geben, mit dem Kunigunde sie versorgt hatte, dann stiegen sie wieder in die Sättel und nahmen den nächsten eisigen und gefährlichen Tag in den Bergen in Angriff.

»Au!« Nonno kratzte sich hinten im Nacken. »Ich glaube, du hast nicht alle erwischt, Rona!«

Von ihrem Platz hinter ihm aus konnte Rona sehen, dass ein schmaler Blutfaden aus seinen Haaren rann. Er hatte Recht. Offensichtlich hatte sie bei ihrer Flohjagd an diesem Morgen einen Quälgeist übersehen.

»Da hinten wird der Weg breiter«, sagte Gunther und wies nach vorne. »Da können wir anhalten und eine Rast einlegen.«

Das taten sie, und Rona erlegte auch noch den letzten von Nonnos Flöhen. »Kratz nicht zu sehr an den Stichen herum«, riet sie ihm. »Sonst jucken sie noch mehr.«

»Du hast gut reden!« Mürrisch verzog er das Gesicht, aber plötzlich glitt ein Strahlen über seine Züge.

Er hatte den Blick über Ronas Schulter hinweg in die Ferne gerichtet, und schnell drehte sie sich um, um zu sehen, was ihn so sehr erfreute.

Auf einem Steilhang auf der anderen Seite der Schlucht standen zwei Steinböcke. Mächtige Tiere waren es, mit langen, gebogenen Hörnern und wunderschönem braungrauem Fell. Sie schauten zu ihnen herüber, und sie schienen zu wissen, dass die Menschen keine Gefahr für sie waren, denn sie rührten sich eine ganze Weile lang nicht. Endlich jedoch wandten sie sich ab und sprangen mit eleganten Sätzen von Felsen zu Felsen davon, bis sie Ronas Blicken entzogen waren.

»So müssten wir auch vorankommen!«, seufzte Nonno.
Gunther lachte. »Ich weiß nicht. Ich stelle mir das ziemlich nervenaufreibend vor, so über die Abgründe zu fliegen.«
»Jedenfalls wären wir dann schneller am Ziel.« Sehnsüchtig sah Nonno in die Richtung, in der die Tiere verschwunden waren, dann gab er sich einen Ruck und grinste Rona an. »Sie waren großartig, oder?«
Sie nickte nur. Das waren sie gewesen, ja.

Irgendwann, als Rona es schon nicht mehr für möglich gehalten hatte, kamen sie wieder in tiefere Gefilde. Die Berge wurden niedriger, der Schnee wich zurück, der eisige Wind ließ nach, sodass sie schließlich einen ihrer Mäntel ausziehen und im Gepäck verstauen konnten. Die Pferde waren froh, dass sie wieder frisches Gras fressen konnten. Rona freute sich über den Anblick von Büschen und Bäumen, und als sie endlich in einen Wald hineinritten, war sie fast glücklich.
Bis sie allerdings die italienische Tiefebene erreichten, dauerte es noch einige Tage, und als es so weit war, musste Rona feststellen, dass es noch eine ganze Menge Dinge gab, die ebenso unangenehm waren wie Schnee und Eis. Stickige, feuchte Hitze und Schwärme von Mücken zum Beispiel.
Rona war heilfroh, als am Horizont endlich eine

Stadt auftauchte und Gunther das erlösende Wort sprach:
»Ravenna!«

26. Kapitel

avenna war größer als Hildesheim, aber das war es nicht, was Rona an ihr am meisten faszinierte. Diese Stadt lag am Meer! Rona hatte noch nie das Meer gesehen, und es kam ihr in seiner Weite und Unendlichkeit beängstigend vor. Das Sonnenlicht, das hier eine ganz andere Intensität hatte als zu Hause, funkelte auf den Wellen, als befänden sich dort Millionen von Edelsteinen. Um die Stadt zu erreichen, mussten sie durch weite Pinienwälder reiten, deren Laub einen aromatischen Duft verbreitete. Zu ihren Füßen wuchs wohlriechendes Heidekraut, in den Bäumen sangen Vögel. Rona sah Rotkehlchen und Amseln, genau wie zu Hause, aber auch wilde Tauben und andere Arten, die sie noch nie zuvor zu Gesicht bekommen hatte. Die Stadt selbst war von einer langen, hoch aufragenden Mauer umgeben, aber zahlreiche Siedlungen waren vorgelagert, sodass es aussah, als platze der Ort aus allen Nähten. Ganz in der Nähe, auf einem Hügel konnte Rona eine große, prächtige Palastanlage sehen, deren Säulengänge sich wie ein Wald in den Himmel reckten. Sie wies darauf.
»Was ist das?«
»Die Pfalz des Kaiserhauses«, erklärte ihr Gunther.

Rona sah auf die herrliche Anlage, und ein wehmütiges Ziehen durchdrang ihre Brust. Ob Kunigunde in diesem Palast schon einmal gewesen war? Rasch wandte sie sich ab.

Sie ritten durch eine der Stadt vorgelagerte Siedlung bis zur Stadtmauer. Gunther sprach eine der Wachen an, und er benutzte dazu eine Sprache, die in Ronas Ohren wie das Schnattern einer Gans klang. Schnell war sie, und sie schien aus lauter kurzen, atemlosen Silben zu bestehen. Das einzige Wort, das Rona verstehen konnte, war »Claudius«.

»Was war das für eine Sprache?«, fragte Rona, nachdem Gunther sich von dem hilfsbereiten Wachmann verabschiedet hatte und sie durch die Gassen der Stadt ritten.

»Italienisch natürlich.« Gunther schien mit der Entwicklung des Ganzen sehr zufrieden zu sein, denn er lächelte still in sich hinein.

»Woher könnt Ihr das?«

»Ich habe Teile meiner Kindheit in diesem Land verbracht«, erklärte Gunther. »Zusammen mit meiner Mutter.«

Rona hielt Blume davon ab, sich von einem Obststand, an dem sie vorbeiritten, einen dicken, rotbäckigen Apfel zu stibitzen. Sie gab dem vorlauten Pony einen strafenden Klaps auf den Hals, aber es schien sich nichts daraus zu machen. Es schüttelte nur die dicke Mähne und schnaubte dann, als wollte es sagen: »Stell dich nicht so an. Es war doch nur ein einziger Apfel!«

Rona spähte in Gunthers Gesicht, in der Hoffnung, die gute Laune ihres Begleiters würde gross genug sein, um ihm ein paar Einzelheiten über sein früheres Leben zu entlocken. Rona wusste so gut wie gar nichts über Gunther, und nun, da sie einen kleinen Zipfel des Wissens über ihn in den Händen hatte, erwachte ihre Neugierde. »Was hat Eure Mutter in Italien zu tun gehabt?«

Gunther lachte leise. »Nichts. Sie ist hier geboren.« Er pustete sich von unten gegen die Haare, die während der Reise zu lang geworden waren und ihm immer wieder in die Augen spitzten. Die Sonne hatte sie zu einem sehr hellen Blond ausgeblichen, das fast schon weiss aussah. »Ich weiss, was du jetzt sagen willst: Dass ich nicht aussehe, wie der Sohn einer Italienerin, nicht wahr?«

Rona sah sich um. Etliche Menschen ringsherum, die ihnen in den schmalen Gassen der Stadt entgegenkamen oder hinter einem ihrer Marktstände standen und ihnen mit lauter Stimme ihre Ware anpriesen, waren blond oder braunhaarig, sodass Rona die Worte Gunthers nicht so recht verstand.

»Im Süden des Landes sind die meisten Menschen schwarzhaarig und viel dunkelhäutiger als hier. Von dort stammt meine Mutter.« Gunther sah sich um. »Aber ich ähnele vielmehr meinem Vater, und der war sächsischer Abstammung.«

»Und mit ihm seid Ihr irgendwann dann nach Norden gegangen?«

Gunther umrundete eine Hausecke und lenkte sein

Pferd in eine Gasse, die so eng war, dass Rona an die vor kurzem erst überwundenen Passstraßen in den Bergen denken musste. Hier roch es intensiv nach Urin, und sie beeilten sich, dieses Viertel rasch hinter sich zu lassen. Erst als sie durch ein kleines Tor ritten und wieder auf eine breitere Straße kamen, gab Gunther Antwort auf Ronas Frage.

»Nachdem meine Mutter gestorben war, trat mein Vater in den Dienst von Graf Tammo, einem Bruder Bischof Bernwards. Durch ihn kam es, dass mein Vater sich entschloss, zurück in seine sächsische Heimat zu gehen, wo er schließlich ein Gefolgsmann von Ludger von Quedlinburg wurde, dem Vater Ingerids.«

Rona rümpfte die Nase. Namen und Erbfolgen hatten sie noch nie besonders stark interessiert. Eigentlich hatte sie gehofft, Gunther würde ihr etwas mehr von seinen Erlebnissen erzählen. Immerhin hatte er an einigen Feldzügen teilgenommen und – zumindest wenn Nonno zu glauben war – sogar eine Reise ins Heilige Land angetreten. Das jedoch schien Gunther lieber für sich behalten zu wollen, denn den Rest des Weges ließ er sich von Rona keine weiteren Auskünfte mehr entlocken.

Bis sie Claudius' Haus erreichten.

Rona staunte. Den Ort, an dem ein so berühmter Schreiber wie Claudius von Ravenna wohnte, hatte sie sich gänzlich anders vorgestellt. In ihren Gedanken war Claudius ein Mönch gewesen, und sein Scriptorium eine kahle Zelle in einem gestrengen

Kloster. Offenbar hatte Rona sich gründlich getäuscht. Vor ihr ragte ein zweistöckiges, sehr wohlhabend aussehendes Gebäude in die Höhe. Seine Fenster waren samt und sonders mit Glasscheiben verschlossen, was Rona nicht einmal in den königlichen oder bischöflichen Palästen gesehen hatte. Über der Eingangstür hing ein bunt bemaltes Schild, das eine Feder und ein aufgeschlagenes Buch zeigte.
Gunther stieg vom Pferd, gab Nonno die Zügel und klopfte an die Tür. Es dauerte eine ganze Weile, bis sich etwas tat.
Dann wurde geöffnet. Ein Junge streckte den Kopf heraus wie eine Schildkröte aus ihrem Panzer und musterte Gunther von oben bis unten. Dann fragte er etwas in italienischer Sprache.
»Gunther von Ölsburg.« Gunther grüßte den Jungen ebenfalls auf Italienisch, wies dann auf Nonno und fuhr in Deutsch fort: »Und das ist Fridunant, der Sohn meiner Herrin, der Gräfin Ingerid von Goslar. Wir wurden deinem Herrn angekündigt.«
Mit einer ruckartigen Kopfbewegung starrte der Junge erst Nonno an, dann Rona. Er sog die Lippen zwischen die Zähne, was ihm ein albernes Aussehen gab. Sein Gesicht war schmal und blass wie bei einem sehr vornehmen, kleinen Mädchen, und lange, pechschwarze Wimpern ließen seine Augen riesengroß erscheinen.
»Meister Claudius ist gerade nicht da, und ich darf während seiner Abwesenheit niemanden ins Haus

lassen.« Sein Deutsch hatte einen seltsamen Klang, aber es war gut verständlich.

»Wo können wir ihn finden?«, fragte Nonno. Auch er war inzwischen abgestiegen und hatte sich neben Gunther gestellt.

Der Junge sah ihn einen Augenblick lang schweigend an und wedelte dann mit einer Hand die Gasse hinunter. Da die jedoch nur wenige Schritte weiter auf eine der Hauptstraßen der Stadt mündete, war seine Geste keine große Hilfe. »Bei einem Kunden!«

»Und wann kommt er wieder?«

»Weiß nicht!«

Gunther neigte den Kopf zu einem grimmigen Nicken. »Gut. Sag deinem Herrn, dass wir hier waren.« Er nannte noch einmal seinen und Nonnos Namen. »Wir werden uns in der Nähe ein Gasthaus suchen und gegen Abend noch einmal wiederkommen.«

»Das Gasthaus vom einäugigen Anselm liegt um die Ecke. Es ist das beste in diesem Teil der Stadt.« Erneut wedelte der Junge mit der Hand.

Gunther bedankte sich für die Auskunft. Nonno und er stiegen wieder in die Sättel, und als sie aus der Gasse auf die Hauptstraße einbogen, knurrte Nonno: »Was für ein Wichtigtuer!«

Der einäugige Anselm war tatsächlich einäugig. Ein breiter, grauer Stoffstreifen bedeckte die eine Hälfte seines Kopfes wie ein verrutschtes Kopftuch. Als müsse das übrig gebliebene Auge etwas ausgleichen, huschte es mit solcher Geschwindigkeit von einem Punkt zum anderen, dass Rona allein vom Hinsehen der Schädel zu schmerzen begann. Nachdem Gunther Anselm erklärt hatte, dass sie Gäste von Claudius waren, gab er ihnen Plätze in seinem Pferdestall und versprach, eine Ecke in seiner Gaststube für ein Nachtlager freizuhalten. Gunther und Nonno versorgten die Pferde mit Futter und Wasser, und als sie damit fertig waren, beschlossen sie, sich die Zeit bis zum Abend damit zu vertreiben, sich die Stadt anzusehen.

Ravenna war schon vor vielen hundert Jahren erbaut worden, und überall in der Stadt fanden sich bunte Mosaiken und Gebäude aus längst vergangenen Zeiten. Sie besichtigten das Mausoleum des Theoderich, besahen sich Mauern und Gebäude, die schon vor der Geburt Jesu Christi gebaut worden waren. Mehr als tausend Jahre war das her! Eine unvorstellbar lange Zeit, fand Rona, und sie hatte eine Gänsehaut bei diesem Gedanken. Kurz fragte sie sich, was wohl in weiteren tausend Jahren aus der Stadt geworden sein mochte, aber dann schob sie den Gedanken von sich fort. Es war nicht gut, sich solche Fragen zu stellen, denn Gott allein wusste, ob seine Schöpfung in tausend Jahren überhaupt noch existieren würde. Sie war nur ein einfaches Mädchen – über solche Dinge sollte sie sich lieber nicht den Kopf zerbrechen.

Rona wanderte an Nonnos und Gunthers Seite durch unzählige öffentliche Gärten, in denen es nach Kräutern und fremdartigen Früchten duftete. Sie schöpfte Wasser aus einem Brunnen, der die Form einer geöffneten Muschel hatte, und es kam ihr vor, als habe sie noch nie so etwas Köstliches getrunken – den süßen Saft Kunigundes eingeschlossen. Nonno pflückte ihr eine fremdartige Frucht von einem der Bäume. Sie war zur Hälfte grün und zur Hälfte gelb, und ihre Schale fühlte sich eigenartig fest und narbig an.

Gunther grinste, als Rona ihr Messer nahm, die Frucht aufschnitt und von dem hellen Saft kostete. Es schmeckte, als habe sie in einen unreifen Apfel gebissen – so sauer, dass auf Ronas Zunge ein unangenehmer Pelz entstand. Sie spuckte Nonno vor die Füße. »Bäh, was ist das denn?«

»Eine Zitrone!« Gunther warf Nonno einen strafenden Blick zu, aber Rona konnte ihm ansehen, dass er das nicht ernst meinte. Auch ihm schien es gefallen zu haben, sie zu verulken.

Nonno machte ein unschuldiges Gesicht. »Für jemanden, der Kilians Ziegenkäse mochte, kannst du dich ganz schön anstellen!«

Rona streckte ihm die Zunge heraus. »Ich habe Kilians Käse aus Höflichkeit gegessen!«, erinnerte sie Nonno. »Ganz im Gegensatz zu dir!« Kilian war ein Bergbauer gewesen, den sie kurz nach ihrer Überquerung der Passstraße getroffen hatten und der sie eine Nacht in seiner winzigen Hütte hatte

schlafen lassen. Der selbstgemachte Käse, den er ihnen voller Stolz angeboten hatte, war so scharf gewesen, dass er Rona beinahe die Zunge weggebrannt hätte.
Gunther lachte auf. »Ich glaube, Ihr werdet Euch mehr Mühe geben müssen, junger Herr«, spottete er. »Wenn Ihr jemals das letzte Wort gegen diese Dame behalten wollt!«

Kurz vor Einbruch der Dunkelheit schlug Gunther vor, den Rückweg anzutreten, und Nonno und Rona hielten es für eine gute Idee.
Ronas Füsse schmerzten von den langen Wanderungen durch Gassen und über Märkte. Ihr Kopf summte und die Haut auf ihrer Nase brannte unangenehm, weil die Sonne den ganzen Tag lang darauf geschienen hatte.
Auf dem Heimweg nahmen sie einen anderen Weg als den, den sie gekommen waren, und dabei trafen sie auf eine Ansammlung von baufälligen Hütten, die den Eindruck machten, als seien sie seit Jahren unbewohnt.
»Du liebe Zeit«, entfuhr es Rona. »Hier ist es aber finster!« Sie schaute auf schiefe Dächer, halb heruntergebrochene Wände und dazwischen hüfthoch wachsendes Unkraut. Wären nicht die unzähligen kleinen Kinder gewesen, die zwischen all dem Unrat spielten, hätte Rona das Viertel tatsächlich für ausgestorben halten können.

Kein Erwachsener ließ sich sehen.

Gunther musterte schweigend die düsteren Gassen, in denen sich jetzt die Abenddämmerung sammelte. »Hierdurch wäre der kürzeste Weg zurück zum Gasthaus«, murmelte er. »Aber ich glaube, es ist besser, wir machen einen Umweg.«

Gerade wollte Rona ihm beipflichten, als eine Hand voll Gestalten aus dem Schatten einer Ruine auf sie zutraten.

»Holla!«, ertönte eine tiefe, heisere Stimme in holperigem Deutsch. »Können wir dem hohen Herrn irgendwie dienlich sein?«

Gunther richtete sich ein Stück höher auf. Rona sah, wie seine Hand nach dem Schwertgriff tastete. Mit der Linken schob er sie hinter sich.

»Nein«, erwiderte er mit ruhiger Stimme. »Wir haben uns nur ein wenig verirrt.«

Die Männer – es waren vier, stellte Rona jetzt fest – traten einige Schritte näher. »Verlaufen? Wenn Ihr wünscht, zeigen wir Euch den rechten Weg.« Die Freundlichkeit in der Stimme des Redners wurde Lügen gestraft durch den Knüppel, den er bei jedem Wort sachte in seine offene Hand schlug.

»Nicht nötig. Ich danke euch.« Gunther lächelte den Mann an.

Rona verzog die Nase. Ein strenger Geruch ging von den vieren aus, wie von gekochtem Kohl und etwas Säuerlichem, das sie nicht einzuordnen wusste. Das Geräusch, mit dem der Knüppel auf die Handfläche prallte, klang wie ein feuchtes Klatschen.

»Nicht nötig? Wie Ihr meint!« Noch einen Schritt kamen die Kerle näher. »Aber vielleicht halten *wir* es für nötig?«
Mit einem leise singenden Geräusch zog Gunther sein Schwert. »Ich würde mir das gut überlegen«, sagte er, noch immer freundlich. »Ihr seid zwar zu viert, aber woher wisst ihr, wem von euch ich zuerst den Bauch aufschlitze?«
Der Redner zögerte kurz. Zwei seiner Männer machten vorsichtshalber einen Schritt rückwärts. Gunther lächelte breit.
Der Redner warf einen langen Blick auf Rona. »Schon gut!«, murmelte er. »Schon gut.« Dann machte er kehrt und winkte seinen Männern. »Kommt schon!«, knurrte er.
Ebenso lautlos, wie sie aufgetaucht waren, verschwanden sie wieder in den Schatten zwischen den Ruinen.

Auf dem Weg zu Claudius' Haus kreisten die Gespräche von Nonno und Rona um nichts anderes als um den missglückten Überfall. Ronas Herz raste noch immer ganz oben im Hals, und sie wunderte sich darüber, wie ruhig Gunther aussah.
»Hat dich das erschreckt?«, fragte er. Seine Miene war ausdruckslos dabei. »Nun, wir können von Glück sagen, dass wir so weit gekommen sind, bevor wir mit dem ersten Überfall zu tun bekommen haben.«

Seine Worte erinnerten Rona daran, wie gefährlich es war, eine so weite Reise zu unternehmen. Ihre Gedanken wanderten zu ihrem Vater. Was er wohl gerade tat? Ob er sie vermisste? Und ob es ihm gut ging?
Als Gunther zum zweiten Mal an diesem Tag an die Tür des Schreibers klopfte, durchrann Rona ein freudiges Kribbeln. Sie waren fast am Ziel!
Wieder öffnete ihnen der blasse Junge. Diesmal lächelte er, und sein Gesicht sah dadurch noch mehr wie das eines Mädchens aus. Seine tiefdunklen Augen fielen Rona auf. In ihnen spiegelte sich das Licht einer Kerze, die er in den Händen hielt.
»Mein Herr erwartet Euch.« Er ließ sie eintreten.
»Friedrich?«, erscholl eine Stimme aus dem hinteren Teil des Hauses, dann folgte eine Folge von unverständlichen italienischen Sätzen.
Friedrich antwortete, dann führte er Gunther, Nonno und Rona durch einen langen Gang und schließlich in einen Raum, in dem es überraschend hell war. Die Luft war trocken und roch nach Staub. Dutzende von Kerzen brannten in eisernen Haltern und vertrieben die Finsternis der einsetzenden Nacht. Flackernde Schatten warfen sie auf Regale mit Büchern, Schriftrollen und Pergamentstapeln. Rona sah sich fasziniert um. Es schien keine einzige freie Fläche zu geben, auf der nicht irgendetwas mit Buchstaben Beschriebenes lag. Ein Stehpult quoll über von unordentlich zusammengeschobenen Blättern, aus denen einzelne hervorschauten wie

vorlaute Zungen. Zwei Schemel trugen Bücherstapel, die so schief wirkten, als würden sie nur durch Zauberei im Gleichgewicht gehalten. An einer Wand, der einzigen, die nicht mit Regalen voll gestellt war, hing eine Karte. Rona sah fein gezeichnete Linien und Umrisse von Ländern, deren Namen sie noch nie zuvor gehört hatte.

Ein Mann trat ihnen entgegen und reichte Gunther die Hände zu einem überschwänglichen Gruß.

»Ich freue mich, dass Ihr wohlbehalten angekommen seid!«, sagte er mit einem Lächeln. Im Gegensatz zu dem Jungen klang sein Deutsch flüssig und vertraut. »Bischof Bernward schrieb mir, dass Ihr kommen würdet. Ihr seid schnell gereist.«

»Gott war unserer Sache gewogen«, sagte Gunther.

Claudius nickte. »Ja. Das war er wohl. Ich habe gehört, dass Bernward ein großes Kloster baut? Wahrscheinlich hat er Gott damit Freude gemacht.«

»Fehlt nur noch Euer Buch.« Gunther sah zu, wie Claudius begann, die Schemel freizuräumen. Ein Bücherstapel rutschte dabei in sich zusammen und landete auf einem unordentlichen Haufen. Rona hätte ihn am liebsten aufgehoben, aber da der Schreiber keinerlei Anstalten machte, es selbst zu tun, wagte sie es nicht.

»Setzt Euch!«, sagte Claudius. »Ich habe Friedrich angewiesen, das Abendessen etwas üppiger zuzubereiten. Ich hoffe, Ihr seid mit meinen bescheidenen Mitteln zufrieden.«

Bescheiden!, dachte Rona. Die Bücher, die hier herumlagen, mussten mehr wert sein als alle Schätze Ravennas. Sie schwieg jedoch und verrenkte sich stattdessen den Hals, um einige der Titel auf den Buchrücken entziffern zu können. »Ich habe gedacht, Ihr seid Mitglied eines Klosters«, sagte sie in die entstandene Stille hinein.

Claudius wackelte mit dem Kopf. »Das war ich. Das war ich. Ich habe meine Kunst in einem Kloster gelernt. Aber ich war nicht geeignet für die strenge Zucht dort.« Er lachte auf. »Ich war zu aufmüpfig, könnte man sagen. Kurzzeitig spielte ich mit dem Gedanken, um meine Entlassung aus dem Orden zu bitten, aber Gott hat es gut mit mir gemeint. Er gab mir eine Fähigkeit, die nur wenige Männer beherrschen: die Fähigkeit, die kostbarsten Bücher zu erschaffen, die man sich nur vorstellen kann. Das Kloster verdiente viel zu gut an meiner Arbeit, als dass der Abt es sich hätte leisten können, mich gehen zu lassen. Nun, und um mich zu halten, erklärte er sich bereit, mir einige Sonderrechte zuzubilligen. Seitdem darf ich hier in der Stadt wohnen und arbeiten.«

Friedrich kam herein. Sein Blick wanderte zu Rona. Er lächelte ihr zu und stellte dann ein Tablett mit dampfenden Schüsseln einfach auf einen Stapel Bücher. Rona lächelte zurück.

Nonno verzog mürrisch das Gesicht.

In den Schüsseln befand sich heiße Suppe, in die kräftiges Brot gebrockt worden war.

»Wie lange dauert es, bis Ihr mit Bischof Bernwards Auftrag fertig seid?«, fragte Gunther zwischen zwei Bissen.
Claudius kicherte zufrieden. »Nicht mehr lange, denke ich. Nur noch zwei oder drei Monate.«

27. Kapitel

unther entschied, dass es das Sinnvollste war, wenn sie die Wartezeit über in dem Gasthaus wohnen bleiben würden. Er handelte mit dem einäugigen Anselm einen Sonderpreis aus, und für die drei begann das Warten.

Nonno und Rona verbrachten die ersten Tage damit, die Stadt zu erkunden. Dabei erfuhr Rona, dass »Nonno« in der Sprache der Menschen hier »Großvater« bedeutete, und sie amüsierte sich eine ganze Weile darüber. Bis sie merkte, dass er sich darüber ärgerte. Gunther begleitete sie auf ihren Streifzügen, denn sie hatten alle den missglückten Überfall nicht vergessen. Aber nachdem sie herausgefunden hatten, welche Viertel sicher waren und welche nicht, machten Nonno und Rona sich schließlich allein auf den Weg.

Sie besuchten unter anderem die dem Evangelisten Johannes geweihte Basilika am Hafen und das berühmteste Stadttor, das den schönen Namen *Porta Aurea*, Goldene Pforte, trug. Nonno begleitete Rona zwar die ganze Zeit über getreulich, aber sie merkte bald, dass er sich mehr für die Marktstände, genauer für die Waffen- und Brünnenschmiede, interessierte als für die Bauwerke. Am dritten Tag gelang es Rona, ihn zu einem Ausflug zur Kaiser-

pfalz zu überreden. Sie machten einen Spaziergang zu dem Hügel hinauf, umrundeten die Pfalz einmal ganz und kamen abends erschlagen und sonnenverbrannt ins Gasthaus zurück. Leise Enttäuschung ließ Ronas Gesten schwermütig werden und ihre Sprache leise. Insgeheim hatte sie gehofft, Kunigunde würde hier in Ravenna sein.
Am nächsten Morgen hatte Nonno keine Lust auf einen weiteren Streifzug.
»Mach, was du willst«, knurrte er Rona an, als sie ihn zu einem Gang zum Hafen überreden wollte. »Aber ich bleibe heute hier und ruhe mich aus.« Er beugte sich vor und massierte seine Füße – was eine übertriebene Geste war, denn so viel waren sie am Vortag auch wieder nicht gelaufen. Rona zuckte die Achseln und verließ das Gasthaus.
»Wo willst du hin?« Gunther fing sie in der Gasse vor dem Haus ab.
»Ich weiß noch nicht. Eigentlich wollte ich zum Hafen, aber Nonno hat keine Lust mitzukommen. Da es allein zu gefährlich ist, dachte ich, ich besuche Claudius und sehe nach, wie weit er ist.«
Gunther schien mit dieser Antwort zufrieden und ließ sie gehen. Rona schlenderte zu Claudius' Haus. Wieder dauerte es ziemlich lange, bis auf ihr Klopfen hin jemand an die Tür kam. Als endlich geöffnet wurde, streckte Friedrich einen von der Arbeit hochroten Kopf heraus.
»Ah, Rona!« Er lächelte breit. »Schön, dass du kommst.« Er ließ sie herein.

Wieder umfing Rona die trockene, staubige Luft des Hauses. Sie unterdrückte ein Niesen. »Ich wollte eigentlich nur einmal nachschauen, wie weit ihr mit der Arbeit seid«, erklärte sie.

Friedrich bat sie in die Schreibstube. Wie schon bei ihrem ersten Besuch hier, musste er erst einen Schemel freiräumen, bevor er ihr einen Sitzplatz anbieten konnte. Rona sah auf die herumstehenden Bücherstapel, die Berge von Schriftrollen und leeren Pergamentbögen. In ihrer Phantasie entwickelte all das ein Eigenleben, machte sich über frei gewordene Flächen her, besetzte sie und überzog sie mit einer gleichmäßigen Schicht aus Wissen.

Sie schielte nach dem obersten der Bücher, die Friedrich von dem Schemel heruntergenommen hatte. Es war in dunkelbraunes Leder eingebunden und mit einer geflochtenen Kordel verschnürt, als müsse es vor dem Auseinanderfallen bewahrt werden. Einzelne Blätter waren zwischen die Seiten gelegt und ragten darüber hinaus wie Lesezeichen. Einen Titel konnte Rona nicht ausmachen, und so deutete sie auf das Buch und fragte Friedrich danach.

»Oh!« Er lächelte schon wieder. Überhaupt hatte er gar nichts mehr an sich von dem etwas überheblichen Jungen, als den sie ihn bei ihrem ersten Treffen wahrgenommen hatten. Jetzt, Rona gegenüber, erschien er freundlich, zuvorkommend und fast ein wenig zu nett. »Das ist von einem Mann namens Anicius Manlius Severinus Boëthius geschrieben worden. Vor fünfhundert Jahren.«

»Und was ist es?« Rona legte eine Hand darauf.
Friedrich verstand ihren unausgesprochenen Wunsch und machte eine zustimmende Geste. »Schau ruhig rein. Kannst du Lateinisch?«
Rona nahm das Buch, entwirrte den Knoten der Kordel und schlug das Buch auf.
De institutione arithmetica stand auf dem oberen Rand der ersten Seite und dann jener Name, den Friedrich schon genannt hatte.
»Nicht besonders gut. Ich habe ein paar Stunden gehabt, aber ich beherrsche es nur schlecht.« Rona tippte auf die aufgeschlagene Seite. »Was ist das für eine Abhandlung?«
»Über Arithmetik. Das ist Mathematik. Sehr kompliziertes Zeug, aber mein Herr sammelt diese Bücher. Mathematik und Astronomie von großen griechischen und römischen Gelehrten aus vergangenen Jahrhunderten.«
»Dann muss Claudius sehr reich sein«, vermutete Rona.
Friedrich lachte. »Im Gegenteil! Er besitzt fast gar kein Geld. Immer, wenn er welches verdient hat, gibt er es sofort für Bücher aus.«
Ganz konnte das nicht stimmen, dachte Rona, denn immerhin besaß Claudius ein vornehmes Haus, und auch das Essen, das er ihnen vorgesetzt hatte, hatte von Wohlhabenheit gesprochen. Sie ließ Friedrichs Behauptung im Raum stehen.
»Ist das ein Original?«, fragte sie und deutete auf das Buch.

Wieder lachte er. »Bewahre! Claudius besitzt nur sehr wenige Originale, denn die sind natürlich fast unbezahlbar. Das ist eine Abschrift von einer Abschrift.« Er reckte sich stolz. »Die ich angefertigt habe.«

»Du hilfst ihm bei der Arbeit.« Das hatte Rona sich schon gedacht. »Bist du ein Novize des Klosters?«

»Nein. Ich bin Claudius' Lehrling und Gehilfe. Eine der Annehmlichkeiten, die er dem Abt abgerungen hat, weil er so wichtig ist für das Kloster. Der Boëthius ist mein erstes Werk gewesen.«

Rona blätterte eine Weile in dem Text herum. Sie verstand nur sehr wenige Wörter, und die zeigten ihr, dass sie überhaupt keine Ahnung hatte, wovon das Werk handelte. *Arithmetik.*

Sie schüttelte den Kopf. »Ich wäre schon froh, wenn ich ein kleines bisschen rechnen könnte!«

»Boëthius hat auch andere Bücher geschrieben. Eines über Geometrie. Das ist die Kunst, Körper zu berechnen. Würfel und Kugeln und so.« Friedrich sah Rona an. »Rechnen ist nicht so schwer.«

Sie erwiderte seinen Blick skeptisch. »Na ja.«

»Wenn du willst, kann ich versuchen, es dir beizubringen.« Sein Gesicht, das inzwischen seine normale Farbe wiedererlangt hatte, färbte sich erneut rötlich.

Rona zuckte die Achseln, nicht, weil sie sein Angebot nicht gerne angenommen hätte, sondern weil sie wusste, dass sie, bevor sie sich an die Mathematik

wagen konnte, zuvor noch sehr viel anderes würde lernen müssen. »Lateinisch wäre besser.«
»Warum nicht beides?« Friedrich stand auf und holte ein anderes Buch aus einem Regal. Es war kleiner als der Boëthius und in weinrotes Leder gebunden. Als Friedrich es aufschlug, roch es intensiv nach frischer Tinte und Ziegenleder. Rona sog den Duft ein, wie sie es damals mit Kunigundes Parfum getan hatte.
»Das ist ein Werk eines hiesigen Gelehrten. Comodus heißt er. Er hat vor ein paar Jahren eine lateinische Grammatik geschrieben und mein Meister hat ihn gebeten, sie kopieren zu dürfen.« Er gab Rona das Buch aufgeschlagen in die Hand.
Sie sah Listen von Wörtern. Mit dem Zeigefinger fuhr sie eine entlang.
»*Fui, fuisti, fuit, fuimus ...*«
»*Ich bin gewesen*«, übersetzte Friedrich. »*Du bist gewesen, er ist gewesen, wir sind gewesen ...* Weißt du auch, was *ich bin* heißt? Und *du bist*?«
»*Sum*«, antwortete Rona. »Und *es*, dann weiter: *est, sumus, estis, sunt.*«
»Genau!« Friedrich strahlte sie an. »Das ist doch schon gut. Du hattest einen klugen Lehrer, oder?«
»Eine Lehrerin, ja.« Ronas Gedanken verweilten einen Augenblick bei Kunigunde und wieder spürte sie diesen feinen, schmerzhaften Stich. Sie entschied, dass es besser war, Friedrich nicht zu verraten, *wer* ihre Lehrerin gewesen war.
»Wollen wir gleich mit einer Unterrichtsstunde anfangen?«, erkundigte er sich.

Rona überlegte. »Musst du nicht irgendwelche Arbeiten für Claudius erledigen?« Der Schreiber war offensichtlich auch heute nicht zu Hause, denn sie hatte ihn noch nirgends gesehen.
»Schon. Aber ich würde viel lieber dich unterrichten.«
Das glaubte Rona ihm gerne. »Was musst du machen?«
»Ich soll eine Seite von eurem Buch mit Zierranken bemalen.« Friedrich stöhnte. »Ich hasse diese Malerei! Das Schreiben ist mir viel lieber.«
»Auch die unangenehmen Arbeiten müssen erledigt werden!«, erklärte Rona ihm. Das war ein Satz, den sie oft von ihrem Vater zu hören bekommen hatte. Sie lauschte in sich hinein und fand auch bei diesem Gedanken einen leichten Schmerz in sich. Beide vermischten sich zu einem Anflug von Traurigkeit, die ihr plötzlich wie ein heißer Klumpen im Magen lag. Es war Heimweh, begriff sie. Sie wollte nach Hause, wollte ihren Vater wiedersehen, das Dorf, Marianne, all *ihre* Kinder.
Friedrich nickte betrübt. »Ich weiß.«
»Außerdem will ich dich nicht von deiner Arbeit abhalten, denn ich bin mir ziemlich sicher, dass Nonno und Gunther schnell wieder nach Hause wollen.«
Friedrich fixierte sie. »Und du?«
Sie ließ das Heimweh noch ein wenig stärker werden, bevor sie antwortete. »Ich auch.«

Das nächste Mal traf Rona Friedrich am darauf folgenden Sonntag. An diesem Tag hatte er frei, und so konnten sie sich auf dem Platz vor der Basilika treffen und sich ein bisschen unterhalten.

Er war der Sohn eines kleinen Landadligen, erfuhr Rona, der eigentlich in ein Kloster hatte gehen sollen. Aber zufällig war Claudius bei der Familie zu Besuch gewesen, hatte Friedrichs Talent für das Schreiben entdeckt und seinen Vater davon überzeugt, dass sein Sohn bei ihm weitaus mehr lernen konnte als in dem kleinen Kloster, das man schon für ihn ausgesucht hatte.

So war Friedrich zu Claudius gekommen, und er fühlte sich wohl bei dem Schreiber, auch wenn der ein strenger Herr war, der ihn mit Arbeit überhäufte.

»Aber egal«, sagte Friedrich fröhlich. »So lerne ich so viel wie möglich.«

Rona erzählte ihm über ihren Vater und seine Arbeit als Schmied. Bald jedoch waren sie wieder bei Claudius' Büchern. Rona erfuhr, dass der Gelehrte die arabische Sprache beherrschte und in dieser seltsamen, verschnörkelten Schrift Bücher von vielen berühmten griechischen Schriftstellern besaß. Von Aristoteles und Platon, Euklid und anderen, deren Namen Rona noch viel fremdartiger und unaussprechlicher klangen.

»Wenn ich fertig bin mit meiner Ausbildung«, sagte Friedrich, »dann gehe ich fort von hier.«

»Warum?«

»Weil ich auch eine Schreibstube aufmachen möchte, so wie Claudius. Und ich möchte ihm keine Konkurrenz machen.«

»Und wo willst du hin?«

Er sah über den Kirchplatz und saugte an seinem Eckzahn. »Vielleicht in den Norden. Ich dachte mir, es müsste interessant sein dort.«

»Kalt vor allem.«

»Das ist mir egal. Ich würde meine Tage ja sowieso hauptsächlich am Schreibpult verbringen und Bücher kopieren.«

Rona dachte an den Geruch der Pergamente in Claudius' Haus, an das Rascheln der Feder, wenn sie über den Schreibgrund strich, an das feine Aroma, das frisch zubereitete Tinte verströmte. Und ehe sie sich versah, erblickte sie sich im Geiste Seite an Seite mit Friedrich über einem Schriftstück sitzen und schreiben.

Sie fühlte, wie ihre Ohren heiß wurden.

Er schien es nicht zu bemerken. »Und du?«, fragte er völlig arglos.

»Ich?« Rona tat verwirrt.

»Was willst du tun, später, wenn du erwachsen bist?«

»Wahrscheinlich das, was jede Frau tut, oder?«

»Heiraten und Kinder haben?«

Rona antwortete nicht. Sie hätte gerne Kinder gehabt, dachte sie. Aber es war nicht alles, was sie sich von ihrem Leben erträumte, das hatte ihr die Reise nach Ravenna gezeigt.

Michael, der Maurergeselle fiel ihr ein. Ob er die Erlaubnis bekommen hatte, bei einem Steinmetz in die Lehre zu gehen? Und ob er sein Vorhaben, sie zur Frau zu nehmen, inzwischen aufgegeben hatte? Eignete sie sich als Frau eines Steinmetzen? Sie dachte an ihren Vater. Sie war sein einziges Kind, und irgendwer würde später einmal seine Schmiede übernehmen müssen. Vielleicht würde sie sich also auch einen Schmied suchen.

So viele Wege, und von keinem kannte sie das Ende! Sie warf einen Blick über den Kirchplatz, betrachtete einige kleine Kinder, die im Schatten der Häuser Fangen spielten, und plötzlich kam sie sich undankbar vor. Keines dieser Kinder, das wusste sie, hatte so viele Wahlmöglichkeiten wie sie! Niemand hatte das. Eigentlich hätte sie das glücklichste Mädchen der Welt sein müssen, denn egal, was sie später einmal tun würde, sie würde es ganz allein entscheiden können. Und das konnten in ihrer Welt nicht viele Menschen von sich behaupten – und Frauen schon gar nicht.

Rona unterdrückte ein Seufzen. »Heiraten und Kinder haben«, sagte sie dann.

»Heiraten und Kinder haben?« Eine Stimme ließ sie herumfahren.

Nonno stand vor ihr, die Hände in die Hüften gestützt und einen fragenden Ausdruck im Gesicht.

»Redet ihr über euch selbst?«

»Ja. Wir malen uns aus, was wir später einmal machen wollen.« Friedrich strahlte Nonno an. Als er

bemerkte, dass seine Freundlichkeit nicht erwidert wurde, blinzelte er irritiert.
Nonno starrte ihm finster ins Gesicht. »So, so. Du wirst wahrscheinlich bis zum Ende deines Lebens über verstaubten Schwarten hocken, bis du keine einzige Zeile mehr lesen kannst, weil deine Augen von der vielen Arbeit ganz schwach geworden sind.«
Friedrich öffnete den Mund, um auf diesen mit hohntriefender Stimme vorgebrachten Vorwurf zu reagieren. Aber offensichtlich fiel ihm keine passende Erwiderung ein. Er schwieg gekränkt.
Stattdessen nahm Rona den Streit auf. »Und wenn?«, zischte sie Nonno an. »Was ist dabei? Seine Arbeit ist allemal sinnvoller als …« Aber auch ihr ging die Puste aus. Schlagartig wurde ihr klar, dass sie keine Ahnung hatte, wie Nonno sich sein Leben vorstellte, und die Erkenntnis, dass sie mit ihm nie darüber gesprochen hatte, nahm ihr den Wind aus den Segeln. Warum, schoss es ihr durch den Kopf, hatte sie sich eben in ihrer Vorstellung zwar ein Leben mit Friedrich und Michael ausgemalt, aber keines mit Nonno? Lag das nur daran, dass er ja eigentlich Novize war? Ronas Herz machte einen kleinen Hüpfer, und auf einmal glaubte sie zu wissen, warum sie so unschlüssig auf Friedrichs Frage reagiert hatte. Sie zwang sich, jetzt nicht weiter darüber nachzudenken. Sie würde Zeit dafür brauchen, und die hatte sie im Moment nicht.
Nonno reckte herausfordernd das Kinn vor. »Sinnvoller als was?«, knurrte er.

Rona machte eine wegwerfende Handbewegung. »Ach nichts!«
Nonno sah wütend aus, wütend und verletzt, und ihr war klar, woher seine Verletzung rührte. Sie blickte Friedrich an.
»Ich muss jetzt gehen«, sagte sie zu ihm und versuchte sich an einem Lächeln für Nonno. Es gelang nicht besonders gut. »Wollen wir zu Anselm zurück?«
Nonno schien kurz zu überlegen. In seinen Augen wandelte sich der Zorn in Nachdenklichkeit, flackerte aber gleich darauf wieder auf. Er fuhr sich mit der Handfläche über die Kehle, was eigenartig böse aussah. »Mach doch, was du willst!«
Mit einem brüsken Ruck wandte er sich um und stiefelte davon.
»Was war das denn?«, fragte Friedrich und kratzte sich am Kopf.
Rona sah Nonno nach, bis er um die Ecke der Basilika verschwunden war. »Keine Ahnung«, meinte sie, aber es war gelogen.
In Wahrheit wusste sie ganz genau, was Nonno hatte.

28. Kapitel

in oder zwei Tage lang überlegte Rona, ob sie zu Nonno gehen und mit ihm reden sollte, aber sie tat es nicht. Zum einen, weil sie nicht wusste, wie sie ein Gespräch beginnen sollte, zum anderen aber auch, weil sie Angst hatte, etwas vor sich selbst zuzugeben.
Sie hatte sich in Nonno verliebt!
Das war der Grund gewesen, warum sie so unzufrieden in ihre eigene Zukunft blickte, denn sie ahnte, dass die Schranken, die zwischen ihnen beiden lagen, unüberwindbar sein würden. Sie war nur eine einfache Handwerkerstochter, er dagegen der Sohn eines Grafen. Selbst wenn es ihm gelang, nach seiner Rückkehr der Ausbildung zum Mönch zu entgehen: Er war und blieb für Rona unerreichbar! Ganz so frei, wie sie sich eingeredet hatte, war sie also doch nicht. Oder anders ausgedrückt: Sie hatte es abgelehnt, eine solche Freiheit zu erlangen, indem sie sich gegen Kunigundes Angebot entschieden hatte. Jetzt, hier in Ravenna, mit dem wütenden und kühlen Nonno in ihrer Gegenwart, mit ihrem eigenen, wunden Herzen in der Brust, begann sie sich Vorwürfe über ihre Entscheidung zu machen. Als Mündel der Königin wäre sie eine standesgemäße Frau für Nonno gewesen! Wie hatte

sie nur so dumm sein können, das nicht zu erkennen?
Sie wusste, warum: Weil sie zu jenem Zeitpunkt noch nicht gewusst hatte, wie es um ihre Gefühle für Nonno wirklich stand.
Und jetzt war es zu spät.
Um sich nicht in ihre Selbstvorwürfe und Traurigkeit zu ergeben, nutzte Rona die Tatsache, dass Friedrich geradezu darauf brannte, ihr Lateinstunden zu geben. Immer mehr Zeit verbrachte sie mit dem jungen Schreiber, und ihre Studien waren das Einzige, was sie vom Grübeln abhalten konnte.
Nonno ging ihr aus dem Weg, und sie war froh darüber. Sie richtete sich ihr Leben ein zwischen dem Gasthaus des einäugigen Anselm und den Büchern von Claudius. Und schließlich gelang es ihr sogar, ihrem Herz zu befehlen, es solle aufhören wehzutun.
Dann geschah etwas, was ihren ruhigen Tagesablauf aus dem Gleichgewicht brachte – und was bald darauf von noch schlimmeren Dingen gefolgt werden sollte, die alles aus dem Ruder warfen.
Es war ein kühler, regnerischer Tag im Oktober, an dem Rona, wie gewohnt, vormittags zu Claudius' Haus ging. Sonst war um diese Zeit hier alles ruhig und wie ausgestorben, aber an diesem Tag traf sie vor der Tür auf einen sehr erregten, wild gestikulierenden Mann.
Er kam aus Claudius' Schreibstube. Er trug schlichte Kleidung, aber das lange, reich verzierte Schwert

an seiner Seite wies ihn als Mann von hoher Geburt aus. Seine Züge waren bleich, nur auf den Wangenknochen prangten zwei dunkelrote Flecken, die aussahen, als habe ihm jemand eine Ohrfeige versetzt.

»Das wird Euch teuer zu stehen kommen!«, hörte Rona den Mann zischen. »Ich lasse so etwas mit mir ...« Er unterbrach sich, weil er fast gegen sie gerempelt wäre.

Rasch sprang sie zur Seite und war froh, dass er seinen Zorn nicht auf sie richtete. Er drehte den Kopf zwar kurz in ihre Richtung, und seine Augenbrauen zogen sich noch ein Stück weiter zusammen, aber dann fuhr er fort, auf Claudius einzureden. »Ihr hattet mir das Buch bis heute zugesagt, und ich bin nicht bereit, mich vertrösten zu lassen!«

Claudius stand in der Tür und versuchte ein ums andere Mal, die Stimme zu erheben, wurde aber immer wieder von dem Mann unterbrochen.

»Spart Euch Eure Ausflüchte! Ich will mein Geld zurück, und ich erwarte von Euch, dass Ihr den mir entstandenen Schaden wieder gutmacht!«

Claudius hob beide Hände und drehte sie mit den Flächen nach oben. »Ihr könnt nicht zwei Wochen vor Ende der Frist in meine Werkstatt marschieren, von mir verlangen, dass ich die Abschrift in einem gänzlich anderen Format vornehmen soll, und dann erwarten, dass ich zum angegebenen Zeitpunkt fertig bin!« Rona konnte sehen, wie sehr ihn das Verhalten des Mannes verletzte, denn sein Unterkiefer

bebte bei jeder Silbe, als müsse er sich die Worte einzeln abringen.
Der Mann wischte den Einwand beiseite. »Ich brauche das Buch heute!«
»Aber ...«
»Nichts aber! Das wird ein Nachspiel haben!« Der Mann drehte sich brüsk um, schoss noch einen zweiten, finsteren Blick in Ronas Richtung ab und stiefelte davon.
Claudius blieb mit hängenden Schultern in der Tür stehen. Seine Lippen bewegten sich lautlos, und Rona fragte sich, ob er stumm betete oder den unverschämten Kerl verfluchte.
»Wer war das denn?« Sie trat näher.
»Ein unzufriedener Kunde.« Claudius versuchte ein Lächeln, aber es misslang ihm gründlich. »Vor zwei Wochen ist er gekommen, weil ihm eingefallen ist, dass das Buch, das ich für ihn abschreiben sollte – eine unwichtige Abhandlung über das Markusevangelium im Übrigen –, unbedingt in einem anderen Format hergestellt werden sollte.«
»Das heißt, Ihr musstet noch einmal ganz von vorne anfangen?«, fragte sie.
Claudius nickte. »Ja. Und ich habe es dummerweise getan, ohne den Mann darauf hinzuweisen, dass er das Buch dann natürlich nicht zum versprochenen Zeitpunkt erhält.« Er rieb sich mit dem Knöchel seines Zeigefingers über die Augen. »Ich dachte, es müsse ihm klar sein.«
»Aber das war es nicht.« Claudius ging zurück ins

Haus, und Rona folgte ihm. »Was wollt Ihr jetzt tun?«

»Egal, was ich tue, ich kann den Termin nicht einhalten. Der Mann wird unzufrieden bleiben, auch wenn ich mich auf den Kopf stelle. Und ich fürchte, das ist gar nicht gut fürs Geschäft.«

Friedrich war aus der Schreibstube gekommen und hatte die letzten Worte seines Meisters mit angehört. »Der Mann ist sehr einflussreich in Ravenna«, erklärte er Rona. »Wenn er will, kann er Claudius' Ruf schwer schädigen.«

Claudius ließ sich auf einen Schemel sinken und bedeckte die Augen mit einer Hand. »Es ist nicht so sehr die Schädigung meines Rufes, die ich fürchte. Meine Kunden sind bisher alle zufrieden gewesen mit meiner Arbeit, und es dürfte schwer fallen, dagegen anzukommen. Aber der Mann ist jähzornig. Und er ist mächtig.«

Rona begriff nicht, was Claudius damit meinte, aber es sollte nicht lange dauern, bis sie es erfahren sollte.

Nonno verbrachte seine Zeit mit Dingen, über die er Rona wenig erzählte. Sie vermutete, dass Gunther mit ihm Schwertübungen veranstaltete, aber sie fragte nicht nach. Zu rüde und kurz angebunden reagierte Nonno auf all ihre Versuche, ein Gespräch in Gang zu bringen, und so gab sie es schließlich auf. An diesem Abend jedoch traf sie ihn zufällig vor dem Haus des einäugigen Anselm. Er saß auf einer Bank neben der Tür, hatte den Kopf gegen die Hauswand gelehnt und genoss die letzten Strahlen der Herbstsonne.

»Hallo, Nonno!«, sagte Rona vorsichtig.

Er öffnete die Augen. Kurz leuchtete etwas darinnen auf, aber dann verschloss sich seine Miene zu der altbekannten düsteren Grimmigkeit. »Hallo, Rona.«

»Darf ich?« Sie wies auf den Platz neben ihm.

Er schaute darauf, als müsse er sich vergewissern, dass es keine Möglichkeit gab, ihr das Hinsetzen zu verweigern. Dann nickte er. »Natürlich.«

Sie setzte sich, und um das Schweigen zu brechen, erzählte sie ihm von dem aufgebrachten Kunden von Claudius.

»Hm.« Nonno schien nicht besonders interessiert an Ronas Geschichte zu sein.

Sie unterdrückte ein Seufzen. »Und was hast *du* heute gemacht?«

»Nichts.«

»Das glaube ich dir nicht.«

»Stimmt aber.« Er schloss die Augen wieder.

Sie tat es ihm gleich. Hinter ihren Lidern zauberten die Sonnenstrahlen tanzende, orangefarbene Leuchtpunkte. »Warum bist du so?«, fragte sie leise.

Nonno gab keine Antwort, und so öffnete sie die Augen, beugte sich vor und spähte ihm ins Gesicht. »Nonno!«

Er winkte ab. »Ach, nichts!«

Da beschloss Rona, den Stier bei den Hörnern zu packen, und ihn zu einer Reaktion zu provozieren. Bewusst entschied sie sich für eine Frage, die sie selbst für völlig abwegig hielt: »Kann es sein, dass du eifersüchtig auf Friedrich bist?«
»Unsinn!«
»Was sonst? Ich meine, du benimmst dich, als hätte ich dir die Geldkatze gestohlen! Habe ich neuerdings einen ansteckenden Ausschlag im Gesicht, Nonno von Goslar? Oder ...«
»Typisch!« So heftig fiel Nonno ihr ins Wort, dass Rona erschrocken den Mund zuklappte. »In deinem Kopf dreht sich alles nur um dich, nicht wahr? Wie kommst du darauf, dass es an dir liegen könnte, wie ich bin? Du bist nur halb so wichtig, wie du denkst, Rona!«
Erstarrt sah Rona Nonno an. Dieser Vorwurf war ungerecht! Und er machte sie wütend. Sie überlegte fieberhaft, was sie ihm entgegensetzen konnte, aber ihr wollte nichts einfallen. Und was das Allerschlimmste war: In ihrem Innersten meldete sich leiser Zweifel. Hatte er vielleicht doch Recht?
Sie schüttelte zornig den Kopf. Nein! Was ihn so böse machte, war die Tatsache, dass sie sich weigerte, die kleine, dumme Rona zu bleiben, die sie zu Beginn ihrer Reise gewesen war. Dass sie lernte – und dass sie besser war als er. *Das* konnte er nicht haben! Und aus diesem Grund versuchte er, ihr ein schlechtes Gewissen zu machen wegen ihrer Stunden mit Friedrich.

»Wenn du glaubst, Nonno, dass ich die Möglichkeit aufgebe, lesen zu lernen, nur weil du es mit deinem Stolz nicht vereinbaren kannst …« Sie kam nicht dazu, zu Ende zu sprechen, denn mit einem Ruck stand Nonno auf und stiefelte davon.
Wütend und sprachlos zugleich starrte Rona ihm hinterher.
»Na? Streit?« Gunther stand auf einmal neben ihr. Sie hatte ihn gar nicht kommen hören. Er lächelte auf sie nieder und setzte sich dann dorthin, wo noch eben Nonno gesessen hatte.
Rona zuckte die Achseln. »Ein bisschen.«
»Hm.« Gunter rupfte einen Grashalm ab und steckte ihn zwischen die Zähne.
»Was meint Ihr mit *hm*?«, erkundigte Rona sich.
»Dir ist nicht klar, warum er so ist, oder?«
»Doch. Er mag es nicht, dass ich lerne.« Rona schnaubte. »So ein Idiot!«
Gunther kaute auf dem Halm, und er wippte sachte.
»Was?«, rief Rona aus. Es war offensichtlich, dass Gunther sich über sie amüsierte.
Er grinste breit. »An deiner Stelle würde ich mir Gedanken darüber machen, ob nicht vielleicht du die Idiotin bist.«
Rona warf die Arme in die Höhe. »Warum nur will mir jeder das Studieren verbieten?«, stöhnte sie.
Gunther stand auf und warf den Halm weg. »Niemand verbietet dir etwas, das sollte dir eigentlich aufgefallen sein.«

Er war längst fort, als Rona ein Gedanke kam. Konnte es sein, dass Gunther ihr etwas hatte sagen wollen? Etwas, das sie nicht begriffen hatte?

In der folgenden Nacht kreisten Ronas Gedanken um das seltsame Gespräch mit Gunther, und dann formte sich in ihrem Kopf eine Idee, die sie mit so viel Aufregung erfüllte, dass sie es aufgab, einschlafen zu wollen.
Konnte es sein, dass Nonno sich nicht an ihren Studien störte, sondern dass er doch einfach nur eifersüchtig auf Friedrich war? War es das, was Gunther ihr hatte klar machen wollen? Der Grund, warum er *sie* für idiotisch hielt und nicht Nonno?
Aber wenn es so war: Warum sprachen die beiden dann nicht offen darüber? Weil sie Männer sind, dachte Rona. Ritter dazu, oder jedenfalls einer von ihnen. In ihren Augen gehörte es sich nicht, über Gefühle zu sprechen, schon gar nicht, wenn es dabei um Liebe ging.
Sie erinnerte sich an Nonnos betont gelassene Reaktion auf ihre provozierende Frage, ob er eifersüchtig auf Friedrich sei. Unsinn, hatte er gesagt, und sich dabei kaum gerührt. Vielleicht hatte er damit einfach nur seinen eigenen Schmerz verbergen wollen? Je länger Rona darüber nachdachte, umso mehr Hinweise fielen ihr ein, dass sie vielleicht Recht haben könnte.
Das Leuchten in Nonnos Augen, wenn er Rona

morgens zum ersten Mal sah, das in der letzten Zeit jedoch wie von einem dunklen Schleier verhängt war.
Die vielen kleinen Gesten auf der ganzen Reise. Die Momente, wenn er ihre Hand gehalten hatte. Wenn er mit ihr gelacht hatte.
Die Worte in der dunklen Erde von Augsburg ...
Rona schluckte.
Möglicherweise war Nonno in sie ebenso verliebt wie sie ihn ihn!
Wie um alles in der Welt konnte sie herausbekommen, ob ihre Hoffnung sie nicht trog?
Eine ganze Weile grübelte sie darüber herum, und schließlich kam ihr eine Idee. Zufrieden verschränkte sie die Arme hinter dem Kopf und lächelte in die Dunkelheit.
Sie würde Nonno einer kleinen Prüfung unterziehen!

Am nächsten Morgen kramte sie in ihren Sachen nach der Wachstafel, die Gunther ihr in Augsburg geschenkt hatte. Sie lag ganz unten in Ronas Bündel, und als sie sie hervorzog, glitt ein Lächeln über ihre Züge.
Sie nahm den Griffel, dann sah sie in die Luft und dachte nach. Ein passender Satz war schnell gefunden, und inzwischen hatte sie von Friedrich genug gelernt, um ihn ins Lateinische zu übersetzen.
Rasch schrieb sie ihn auf.

»Was machst du da?« Nonno beugte sich über ihre Schulter und versuchte, einen Blick auf die Tafel zu erhaschen.

»Nichts.« Rona klappte die Wachstafel rasch zu. Dann jedoch überlegte sie, dass sie ihr Vorhaben gleich in die Tat umsetzen konnte. »Stimmt nicht«, gab sie zu. »Das hier, nun, ich habe es für dich geschrieben.«

Über Nonnos Gesicht huschte ein schwaches, ungläubiges Lächeln. Er zögerte, die Tafel in die Hand zu nehmen, und sie musste sie ihm aufdrängen.

Er klappte sie auseinander und las den einen Satz.

Rona ab Nonnonem amata est?

Ein fragender Ausdruck glitt über seine Züge, und er wollte gerade den Mund aufmachen, um zu fragen, was das heißen sollte, als die Tür aufflog und Friedrich hereingestürzt kam.

»Stell dir vor!«, keuchte er und hielt aus vollem Lauf inne. Dann erst bemerkte er Nonno. »Euer Buch ist fertig. Und Claudius hat mir gestern gesagt, dass meine Ausbildung ebenfalls so gut wie beendet ist. Ich kann mit dir nach Norden reisen, Rona, wie findest du das?«

Rona sah Friedrich an. Sie freute sich für ihn, und für einen kurzen Augenblick sah man ihr das wohl auch an. Dann fiel ihr Blick auf Nonno.

Über dessen Miene war ein finsterer Schatten geglitten. »Ach«, flüsterte er mit heiserer Stimme. »Ihr habt ja offenbar schon eine ganze Menge Pläne gemacht, was? Ich wette, du freust dich schon auf zu Hause, Rona, weil du dann zusammen mit Friedrich ...« Die Stimme versagte ihm. »Wie lange plant ihr das schon, hä?«

»Wir ...« Rona wollte ihm erklären, dass sie gar nichts geplant hatten, dass Friedrich sie mit seiner Ankündigung ebenso überrascht hatte wie ihn.

Sie kam nicht zu Wort.

Nonno machte eine so harsche, wütende Handbewegung, dass es fast aussah, als wolle er ihr auf den Mund schlagen. Seine Augen funkelten jetzt zornig, und er wedelte Rona mit der Wachstafel vor den Augen herum. »Und was soll das hier? Nicht genug, dass du diesen, diesen Weichling mir vorziehst. Musst du mich auch noch verspotten, ja?«

Rona öffnete den Mund. »Aber ...«

»Lateinisch, Rona!« Jetzt klang Nonno flach. »Du weißt genau, dass ich das hier nicht verstehe. Weißt du was? Du bist eine heimtückische, boshafte Weibsperson!« Mit diesen Worten knallte er Rona die Tafel vor die Füße. Die Wachsschicht bekam Risse, und ein Stück des Holzrahmens brach ab und prallte als kleiner Splitter gegen ihr Schienbein.

Sprachlos starrte sie Nonno an, unfähig, ein einziges Wort herauszubringen.

Mit einem letzten, wütenden Funkeln wandte Nonno sich ab und stiefelte aus dem Raum.

»Dann geh doch, du hirnrissiger Trottel!«, schrie sie ihm nach, und sie wusste in dem Moment, in dem sie die Worte aussprach, dass sie alles falsch gemacht hatte.

29. Kapitel

wei Tage lang redeten sie kein einziges Wort miteinander. Aus lauter Trotz verbrachte Rona noch mehr Zeit mit Friedrich, und sie genoss es, dass er versuchte, sie zu trösten. Sie gab es ihm gegenüber nicht zu, aber der Streit mit Nonno tat ihr so weh, dass sie die Nächte auf ihrem Lager lag und nur mühsam die Tränen zurückhalten konnte.

Und dann kam der Tag, an dem sie Ravenna wieder verlassen sollten. Für den Vormittag war ein Treffen mit Claudius geplant, bei dem er ihnen das fertige Buch feierlich überreichen wollte.

Zwischen Friedrich und Rona fiel kein Wort über seine Reisepläne, aber sie wusste, dass er dabei war, seine Sachen zu packen. Er hatte mit Gunther gesprochen und die Erlaubnis erhalten, sich ihnen anzuschließen. Er jedenfalls war wild entschlossen.

An dem Morgen, an dem sie aufbrechen wollten, frühstückten Nonno und Rona gemeinsam, aber noch immer sprachen sie nicht miteinander. Schweigend ritten sie zu Claudius' Haus, und sie hatten noch kein einziges Wort gewechselt, als sie in die Gasse einbogen.

»Was ist denn das?« Gunther, der vor ihnen ritt, zügelte sein Pferd.

Rona versuchte, an seinem breiten Rücken vorbeizusehen, aber sie konnte nicht viel erkennen, außer dass die Gasse voller Menschen war. Aufgeregtes Stimmengewirr drang an ihre Ohren.
Gunther sprang aus dem Sattel.
Und dann sah Rona es.
Jemand hatte mit leuchtend roter Farbe etwas auf Claudius' Fensterscheiben gepinselt. Die Schrift war schwer zu entziffern, denn die Farbe verlief nach unten zu langen, spinnenartig aussehenden Fingern, aber mit ein wenig Mühe konnte Rona lesen, was dort stand.
Es war nur ein einziges lateinisches Wort.
Pfuscher!
Die Tür zur Schreibstube war offen, und sowohl Claudius als auch Friedrich standen draußen in der Gasse. Beide sahen sehr blass aus.
»Was ist geschehen?« Gunther trat neben die beiden und warf einen Blick ins Innere des Hauses.
Rona sprang ab und tat es ihm gleich. Drinnen herrschte eine unglaubliche Unordnung. Sämtliche Bücher waren aus den Regalen gerissen und über den Boden verstreut worden. Pergamente waren zu Knäueln zusammengepresst worden und bedeckten den Fußboden, zerbrochene Tintenfässer lagen dazwischen, und die Tinte hatte alles mit einer gleichmäßigen Schicht aus schwarzen Spritzern übersät.
»Du liebe Güte!« Rona legte Friedrich eine Hand auf den Arm. »Wer hat das getan?«

»Wir vermuten, die Männer unseres unzufriedenen Kunden«, sagte Friedrich leise. Rona sah Tränen in seinen Augen glitzern, und es berührte sie seltsam unangenehm, ihn fast weinen zu sehen.
Nonno stand schweigend im Hintergrund und betrachtete die Szenerie.
»Das werden sie büßen«, presste Claudius zwischen den Zähnen hervor. Er legte Friedrich eine Hand auf den Scheitel. »Geh, und hol das Buch.«
In diesem Augenblick erst fiel Rona ein, warum sie hier waren. »Dann habt Ihr es gerettet?«, murmelte sie. Schlagartig wurde ihr klar, dass es weitere Monate hier in Ravenna bedeuten würde, sollte das Buch der Zerstörungswut der Fremden zum Opfer gefallen sein.
»Keine Sorge, das habe ich.« Claudius wies auf Friedrich, der jetzt mit einem frisch gebundenen Buch auf dem Arm die Stiege aus dem oberen Stockwerk herunterkam. »Wir hatten es mit nach oben genommen, dem Herrn sei Dank!«
Friedrich gab das Buch seinem Meister, der zögerte kurz und ließ seine Blicke von Nonno zu Gunther und dann zu Rona wandern. Er war sich nicht sicher, wem er es übergeben sollte. Schließlich entschied er sich für einen Kompromiss. »Kommt mit.« Er ging nach drinnen, stieg dabei über die zerstörten und beschmutzten Bücher hinweg, als sei es nur unwichtiger Unrat, und legte das Buch auf sein Schreibpult. »Bitte sehr.« Er trat zur Seite und überließ Gunther, Nonno und Rona die Ent-

scheidung darüber, wer zuerst einen Blick hineinwerfen durfte.

Gunther nickte Rona aufmunternd zu.

Sie trat an das Pult, dann holte sie tief Luft und schlug das Buch auf. Sie sah bunte Zeichnungen, Textzeilen, die sie jetzt hätte lesen und auch verstehen können, und trotzdem nahm sie nichts davon wirklich wahr. Plötzlich verschwamm alles vor ihren Augen.

Dies war das Pfand, das sie dem Bischof für die Freiheit ihres Vaters geben würde! Es war seltsam, aber erst in diesem Augenblick, da das Gewicht von ihr genommen war, das ihre unverzeihliche Tat im Scriptorium von Sankt Michaelis auf sie geladen hatte, erkannte sie, wie sehr es sie tatsächlich belastet hatte. Auf einmal kam sie sich leicht vor, heiter, als könne sie im nächsten Moment den Boden unter den Füßen verlieren und sich in die Lüfte schwingen.

»Jetzt wird alles gut, oder?« Sie wandte den Kopf in Gunthers Richtung, aber auch ihn konnte sie kaum erkennen. Mühsam blinzelte sie die Tränen fort.

Gunther wiegte den Kopf. »Freu dich nicht zu früh«, warnte er. »Erst müssen wir das kostbare Ding heil nach Hause schaffen!«

In diesem Moment war Rona sich sicher, dass sie auch das schaffen würden. Sie lachte befreit auf.

»Kann ich dich kurz sprechen?« Friedrich zupfte an ihrem Ärmel, und er sah seltsam bedrückt aus dabei. Rona nahm die Hände von dem Buch.

»Natürlich.«
Sie folgte ihm nach draußen. Die Schaulustigen hatten sich inzwischen davongemacht, und so lag die Gasse leer und verlassen vor ihnen.
»Was hast du?« Sie sah in Friedrichs tränenerfüllte Augen.
»Ich kann nicht mit euch kommen«, sagte er leise.
»Warum nicht?«
»Claudius braucht mich jetzt hier.« Er wies ins Innere des Hauses. »Als wir heute Morgen das Chaos hier fanden, da erzählte er mir, dass er seit langem mit dem Gedanken spielt, mir die Schreibstube einmal zu vererben. Er hat keine Kinder, weißt du?«
Rona nickte langsam. Es war eine gute Idee, fand sie, und als sie in sich hineinlauschte, da wurde ihr schlagartig klar, dass es für sie alle wahrscheinlich die beste Lösung war.
Ein trauriges Lächeln glitt über ihr Gesicht. »Ich freue mich für dich.«
»Ich weiß nicht …« Friedrich stockte.
»Du wirst hier sehr glücklich werden«, prophezeite sie ihm.
Er presste die Lippen zusammen und sah nicht sehr überzeugt aus. Wieder glänzten die Tränen hell in seinen Augen auf. »Ach, Rona!«, seufzte er.
Rona überlegte nicht lange. Mit einer blitzartigen Bewegung beugte sie sich vor, und ehe er begriffen hatte, was geschah, gab sie ihm einen raschen Kuss auf die Wange.

Sie wies mit dem Kinn auf das Haus. »Lass uns zu den anderen zurückgehen«, sagte sie.
Und ohne nachzusehen, ob er ihr auch folgte, ging sie wieder hinein.
Nonno sah ihr fragend entgegen, und sie lächelte ihm zu.
Gunther rückte seinen Gürtel zurecht. »Sieht ganz so aus, als sei unser Auftrag hier erledigt.«
Claudius klatschte in die Hände, und es kam Rona unpassend vor, weil es so fröhlich klang. »So, wie es aussieht«, sagte er, »ist die Stunde des Abschieds gekommen.«

30. Kapitel

ona hatte gedacht, dass ihr Abschied von Friedrich Nonnos Stimmung verbessern würde, aber sie hatte sich getäuscht. Er blieb mürrisch und wortkarg, bis sie die Alpen erreicht hatten.

Diesmal kam Rona die Reise über die Berge weitaus weniger anstrengend vor. Sie schob es darauf, dass sie die ganze Zeit, bis sie Augsburg erreichten, immer wieder an Friedrich denken musste. Ihr Lebewohl war kurz ausgefallen, denn er hatte plötzlich auf dem Absatz kehrtgemacht und war davongelaufen, wahrscheinlich, damit Nonno seine Tränen nicht sah. Ronas Gedanken an Friedrich waren von einer seltsamen bitteren Süße, denn ihr war klar, dass sie ihn wahrscheinlich niemals wiedersehen würde.

Alles in allem, dachte sie in diesen Tagen häufig, war er ein netter Kerl, mit dem sie gerne noch mehr Zeit verbracht hätte. Diese Gedanken jedoch wurden seltener, je weiter sie nach Norden kamen, und jedes Mal, wenn Ronas Blick auf Nonno fiel, verblasste Friedrichs Gesicht in ihrer Erinnerung ein wenig mehr.

In Sankt Gallen hoffte sie auf Kunigunde zu treffen, aber diese Hoffnung wurde enttäuscht. Der königs-

liche Zug war längst weitergereist, und so musste Rona sich mit dem Gedanken abfinden, dass auch die Königin jemand war, den sie niemals mehr in ihrem Leben wiedersehen würde.
Augsburg kam ihr seltsam fremd vor, so leer und ungeschmückt. Sie hatte die Stadt anders in Erinnerung und war froh, dass sie nur zwei Tage blieben und dann rasch weiterreisten.
Sie ließen Würzburg hinter sich und Fulda, und fast sah es so aus, als sollte ihre Reise ohne Zwischenfälle zu Ende gehen. Doch da hatten sie sich getäuscht.
Jenseits von Göttingen erwartete sie ein Abenteuer, das ihre Reise auf dem letzten Stück beinahe noch zum Scheitern brachte.

In Göttingen hatten sie sich mit frischen Vorräten eingedeckt und Gunthers Pferd neu beschlagen lassen. Während sie darauf warteten, dass der Schmied seine Arbeit beendete, diskutierten Gunther und Nonno, welchen Weg sie jenseits des Ortes einschlagen sollten. Direkt in Richtung Norden lag ein Moor, das Gunther gerne umgehen wollte, während Nonno dafür plädierte, es zu durchqueren, um keine Zeit zu verlieren.
»Wir sollten kein Risiko eingehen«, sagte Gunther. »Auf ein paar Tage mehr oder weniger kommt es doch jetzt auch nicht mehr an.«
Rona konnte Nonno die Ungeduld ansehen, die

ihn erfasst hielt, seit sie die Alpen überquert hatten. Sie fragte sich, was es war, das ihn nach Hause trieb. Im Grunde hatte er dort doch nichts zu erwarten als ein Leben hinter Klostermauern. Und dennoch schien er Rona ungeduldig und begierig, die Reise endlich zu beenden. Das Gefühl, es könne an ihr liegen, er wolle endlich aus ihrer Reichweite entkommen, verursachte ihr Bauchschmerzen und einen unangenehmen, dumpfen Druck in der Brust. Obwohl Ravenna weit hinter ihnen lag, hatte Nonno mit keinem Wort, ja nicht einmal mit einer kleinen Geste zu verstehen gegeben, dass Ronas Hoffnung, er könne ebenfalls in sie verliebt sein, berechtigt war. Im Gegenteil: Er war stumm und verstockt, und er blieb es.

Der Schmied kam und übergab Gunther sein Pferd. Er hatte die letzten Sätze mit angehört und blickte jetzt gen Norden, wo ein Wald den Blick auf das Moor versperrte. »Der Erzbischof hat vor einem guten Jahr den Weg befestigen lassen«, erklärte er. »Es ist nicht nötig, dass Ihr einen Umweg reitet.« Ein Grinsen verzog seinen Mund, und Rona konnte sehen, dass er keine Backenzähne mehr hatte. »Allerdings behauptet man, in diesem Moor spuke es!«

Wenn er erwartet hatte, ihnen damit Angst zu machen, so hatte er sich getäuscht. Gunther und Nonno unterhielten sich noch eine Weile darüber, ob es Geister gab oder nicht, und schließlich ließ Gunther sich überreden, durch das Moor zu reiten.

Am nächsten Morgen machten sie sich auf den Weg. Es war ein kühler, trüber Tag, und auch als es bereits gegen Mittag ging, lag ein eigentümlich graues, düsteres Licht über der Ebene. Es sah aus, als wolle es im nächsten Augenblick anfangen zu regnen, aber dann blieb es doch trocken. Dumpf klangen die Tritte der Pferde auf den dicken Holzbohlen, die man zu einem unebenen, glitschigen Weg zusammengefügt hatte. Verkrüppelte Bäume standen mit den Füßen in schwarzem, stinkenden Wasser, auf dessen Oberfläche sich graugrüne Pflanzen und Schmutz zu einem schmierigen Belag verbanden.

Plötzlich ließ ein hohles, unheimliches Heulen Rona aufhorchen.

»Was war das?« Ihr kroch eine Gänsehaut den Rücken hinunter.

»Still!« Gunther zog die Zügel seines Pferdes an und brachte es zum Stehen. Lauschend verharrten sie alle drei.

Es dauerte eine Weile, aber dann ertönte das Geräusch von neuem. Es klang wie das Stöhnen eines riesigen Ungeheuers.

Rona zog die Unterlippe zwischen die Zähne und biss darauf, um nicht vor Angst aufzuseufzen. Noch nie in ihrem Leben war ihr so unwohl gewesen wie in diesem Moment. Nicht einmal, als sie Abt Johannes gegenübergestanden hatte, die noch warme Asche der verbrannten Bibel zwischen den Fingern.

»Der Schmied!«, hauchte Nonno. »Er hatte doch Recht. Hier gibt es Geister!« Nichts mehr war von der Selbstsicherheit übrig, mit der er noch am Vortag das Gegenteil behauptet hatte.

Rona ließ die Zügel fahren und umschlang sich selbst mit den Armen. Ohne dass sie es verhindern konnte, hatten ihre Zähne angefangen zu klappern.

»Es gibt keine Geister!«, brummte Gunther. Fast hätte die Sicherheit in seiner Stimme Rona beruhigt, aber dann fügte er hinzu: »Und wenn doch, dann wird Gott uns beschützen!«

»Sehr tröstlich!« Nonno lenkte sein Pony neben Blume. Er war blass, aber sein Unterkiefer zitterte nicht, wie der von Rona. Ohne ein Wort darüber zu verlieren, langte er zu ihr hinüber und bot ihr seine Hand. Rona sah ihn überrascht an. Er bemerkte es und zuckte die Achseln. Sie legte ihre Hand in seine und war froh, dass sich sein Griff fest und beruhigend um ihre Finger schloss.

Das Heulen erklang zum dritten Mal.

»Es kommt von da vorne!« Gunther stieß seinem Pferd die Fersen in die Flanken und trieb es vorwärts. Vorsichtig setzte es einen Fuß vor den anderen. Ronas Pony folgte ihm zögernd und so steif, dass sie fürchtete, es würde sich im nächsten Moment herumwerfen und kopflos einfach mitten ins Moor flüchten. Sie nahm die Zügel fester in die Hand, ohne dabei jedoch Nonnos Finger loszulassen.

Einige wenige Sonnenstrahlen durchbrachen das

trübe Grau des Nachmittags, aber auch sie konnten das seltsame Geräusch nicht weniger unheimlich machen. Rona war kalt vor Angst.
Und dann ging alles ganz schnell.

Gunthers Pferd stieß einen entsetzten Kiekser aus und scheute. Gunther blieb im Sattel, aber Blume hatte sich auch erschreckt. Mit einem lauten Wiehern erhob sie sich auf die Hinterbeine.
Und Rona flog in hohem Bogen durch die Luft. Sie landete dicht neben dem Bohlenweg auf einem Stück Land, das unter ihr nachfederte. Auf diese Weise tat sie sich zwar nicht weh, aber ihr Rücken war sofort von ekligem, dunklem Wasser durchnässt. Fauliger Gestank drang ihr in die Nase. Hastig kam sie auf die Füße und krabbelte auf den Steg zurück. Nonno hatte Blumes Zügel erwischt, sodass das Pony nicht weglaufen konnte. Es tanzte unruhig neben ihm hin und her.
Aus dem Boden wuchsen dunkle Gestalten, und in diesem Augenblick war Rona fest davon überzeugt, es müssten tatsächlich Geister sein. Kohlschwarz waren sie und riesig.
»Runter vom Pferd!« Eine Stimme. Sie klang ganz gewöhnlich und sehr menschlich.
Voller Faszination und Angst starrte Rona auf die Gestalten, die sich jetzt dem Bohlenweg näherten. Sie sahen noch immer unheimlich und dunkel aus, aber jetzt erkannte Rona, dass es Menschen waren.

Sie sah Waffen, ein paar Äxte, ein Schwert und vor allem zwei Bogen, auf deren Sehnen Pfeile gelegt waren.

Langsam ließ sich Gunther aus dem Sattel gleiten. »Bist du in Ordnung, Mädchen?«, fragte er, ohne sich dabei zu Rona umzudrehen. Seine Hände hatte er halb in die Höhe gehoben.

»Ja.« Ronas Stimme kam ihr selbst hoch und piepsig vor.

Die Gestalten näherten sich. Rasch entwaffneten sie Gunther, dann stießen sie ihn herum und banden ihm die Hände auf dem Rücken zusammen. Nonno erging es nicht besser.

Als die Vaganten sich Rona zuwandten, stieß Gunther ein verächtliches Schnauben aus. »Angst vor einem kleinen Mädchen?«, höhnte er. »Das ist schlau, sie wird euch nämlich in den Rücken fallen und euch mit bloßen Händen die Kehlen aufschlitzen!«

Einer der Vaganten, ein Riese mit langen, schwarzen Haaren und einem Bart, der ihm fast bis in die Augen wuchs, zögerte. Dann nickte er. »Lasst sie in Ruhe!«, befahl er. Und die Männer ließen Rona ungefesselt! Sie musste sich wieder auf Blumes Rücken setzen, und dann ging es hinunter von dem Bohlenweg und tiefer hinein ins Moor.

Es dauerte nicht lange, dann wich der tückische, nasse Untergrund fester, pechschwarzer Erde.

Das unheimliche Heulen war jetzt sehr nahe.
Rona betrachtete ihre Häscher, ihre breiten Rücken und die kräftigen Arme. Nur zwei von ihnen hatten ein eigenes Pferd. Die anderen marschierten neben ihnen her und schwangen dabei ihre Waffen wie altertümliche Keulen neben ihren Beinen. Die Pfeile waren zurück in die Köcher gewandert. Die Bogen hingen unbenutzt über den Schultern ihrer Träger, und das brachte Rona auf eine Idee.
Rasch überdachte sie ihre Möglichkeiten.
Und dann handelte sie, ohne viel darüber nachzudenken. Sie grub Blume die Hacken in die Seite, sodass das Pony einen Riesensatz zur Seite machte. Dabei rempelte es den Mann neben sich zu Boden. Mit einem Sprung war es über ihn hinweg, strauchelte kurz, fing sich jedoch und jagte dann los. Rechts und links fegten dürre Äste an Ronas Gesicht vorbei und peitschen ihr in die Augen. Sie hörte ein wütendes Brüllen, etwas zischte dicht neben ihrem Kopf über ihre Schulter, und sie fragte sich lieber nicht, was es gewesen war.
»Lasst sie reiten!«, hörte sie den schwarzhaarigen Riesen sagen, aber seine Stimme war schon kaum noch zu verstehen. »Sie kommt nicht weit. Noch bevor der Abend da ist, ist sie im Moor versunken!«

Irgendwann blieb Blume mit bebenden Flanken und pumpenden Lungen stehen und ließ den Kopf hängen.

Rona fiel vornüber auf ihren Hals. Es dauerte eine ganze Weile, bis sie nicht mehr zitterte und sich wieder aufrichten konnte.

Was nun?

Sie sah sich um. Zwar war rings um sie herum der Boden fest und trittsicher, aber in dem trüben, grauen Licht konnte sie nicht erkennen, ob das vielleicht auf der nächsten Elle schon ganz anders war. Der Vagant hatte Recht: Sie würde nicht weit kommen! Sie sah sich schon bis zum Hals im Moor versinken, und bevor die Phantasie mit ihr durchgehen konnte, vertrieb sie die hässlichen Bilder.

»Was machen wir jetzt?«, fragte sie Blume. Leise Verzweiflung entstand als kalter Knoten in ihrem Magen und kroch schmerzhaft in ihrem Hals nach oben. Bald würde es dunkel werden. Was hatte sie sich nur dabei gedacht zu fliehen?

Ein Geräusch ließ sie aufhorchen.

Zuerst erkannte sie es nicht, aber als sie genauer hinhörte, bemerkte sie, dass es das Heulen war, das ihnen noch eben so unheimlich vorgekommen war. Jetzt klang es anders, nicht mehr so klagend, sondern beinahe vertraut. Rona lenkte Blume in die Richtung, aus der es kam.

»Sei vorsichtig, wo du hintrittst!«, bat sie.

Blume schnaubte leise.

Das Geräusch wurde lauter. Und langsam begriff Rona, woran es sie erinnerte. Manchmal hatte der Wind, wenn er um die Ecke ihres Hauses heulte,

doch ganz ähnliche Töne gemacht. Rona lachte erleichtert auf. Der Wind! Sie hatten sich vor dem Wind gefürchtet!
Blume hob plötzlich den Kopf und stellte die Ohren hoch. Rona hielt an. »Was hast du?«
Unter dem Sattel erbebte das Pony.
»Ist da was?« Sie reckte den Hals und spähte nach vorne. Inzwischen war der Nachmittag weit fortgeschritten, und das graue Licht hatte sich verdüstert. Dennoch konnte sie erkennen, dass vor ihr ein Lager war. Sie sah flache, aus biegsamen Ruten erbaute Hütten, die sich unter eine Hand voll verkrüppelte Bäume duckten. In den schwarzen Ästen der Bäume hingen hohle Röhren aus Ton und schwangen leicht hin und her. Immer wenn sich eine von ihnen bewegte, erklang das klagende, unheimliche Heulen.
»Schau dir das an!«, flüsterte Rona Blume zu. »Damit halten sie sich Verfolger vom Leib!«
Sie glitt aus dem Sattel. Zwischen den Hütten waren Stimmen laut geworden. Rasch versteckte Rona sich hinter einem Hügel und zog Blumes Kopf nach unten. Ein Wiehern erscholl von jenseits der Hütten, und bevor sie es verhindern konnte, antwortete Blume.
»Scht!«, warnte Rona.
Aber es war zu spät.
Der schwarzhaarige Riese trat ins Freie und starrte in ihre Richtung. Hastig duckte Rona sich noch ein wenig tiefer. Und dann hatte sie eine Idee.

»Lauf!«, flüsterte sie Blume zu. »Geh zu den anderen!«
Und sie ließ Blumes Zügel los.
Das Pony trottete mit hängendem Kopf um den Hügel und trabte dann auf den Riesen zu. Der fing es ein.
Rona hörte ihn lachen. »Hast dich aus dem Moor befreit, ja? Kluges Tierchen. Und deine kleine Reiterin? Hast sie wohl abgeworfen, was? Hast noch zugeschaut, wie sie versunken ist?«
Er brachte Blume zu den anderen Tieren, die an einem der Bäume angebunden standen.

Den Rest des Abends verbrachte Rona damit, das Lager zu beobachten und sich den Kopf darüber zu zerbrechen, was sie tun sollte. Sie hatte keine Ahnung, in welcher der Hütten sich Gunther und Nonno befanden, aber kurz nach Sonnenuntergang fand sie es heraus.
Sie sah zu, wie ein Vagant in einer der niedrigen Türen verschwand, einen Moment im Inneren der Hütte blieb und dann mit Nonno wieder herauskam. Er hatte die Hand um Nonnos Oberarm gelegt, und Nonno wehrte sich gegen den harten Griff.
»Ich laufe dir schon nicht weg!«, hörte Rona ihn sagen. Und dann, als sie ganz in der Nähe von ihr stehen blieben: »Was ist? Willst du mir etwa beim Pinkeln zusehen?«

Der Vagant zögerte kurz, aber Nonno starrte ihn mit einem so bösen Blick nieder, dass er nickte und sich ein ganzes Stück zurückzog.

»Mach keine Dummheiten!«, knurrte er zuvor noch.

Nonnos Hände waren jetzt nicht mehr hinter dem Rücken, sondern vor dem Bauch zusammengebunden, sodass er alleine pinkeln konnte.

»Ssst!« Rona wagte nicht, laut nach ihm zu rufen. Er hob erschrocken den Kopf.

»Ich bin's!« Ganz leise zischte sie in seine Richtung.

»Rona!« So erleichtert klang er, dass ihr ganz warm ums Herz wurde. »Sie haben uns gesagt, du bist im Moor versunken!«

»Ich lebe noch. Wie kann ich euch befreien?«

»Keine Ahnung!«

»Was ist mit dem Buch? Haben sie es euch weggenommen?«

»Nein. Jedenfalls noch nicht. Sie haben Gunther nach Geld durchsucht, aber da mussten wir sie enttäuschen. Sie wollen wahrscheinlich meinen Vater um ein Lösegeld erpressen.«

»Sorg dafür, dass sie Gunther zum Pinkeln hierher lassen.«

»Gut.« Nonno zog seine Hose wieder hoch und winkte dem Vaganten. Dann ließ er sich widerstandslos zurück in die Hütte bringen, in der er und Gunther festgehalten wurden.

Gunther durfte erst kurz vor Morgengrauen hinaus. Rona verbrachte eine schlaflose Nacht, während der sie fror und sich mehr fürchtete, als jemals zuvor in ihrem Leben. Obwohl sie jetzt wusste, woher die unheimlichen Geräusche kamen, flößten sie ihr in der Finsternis neuen Schrecken ein. Die dunkelste Zeit der Nacht überstand Rona nur, weil sie sich eine Faust in den Mund stopfte und nervös darauf herumkaute.
»Rona?« Gunthers Stimme war ganz dicht bei ihr.
Sie fuhr hoch. Hatte sie tatsächlich geschlafen?
»Ich bin hier!«
»Tapferes Mädchen.«
»Was machen wir jetzt?«
Gunther warf einen Blick über die Schulter. Im schwachen Licht der Sterne sah seine Gestalt aus wie eine Schablone, die jemand vor den Himmel hielt. »Mein Bewacher ist ganz in der Nähe. Du musst vorsichtig sein. Kannst du an meine Hände herankommen?«
Ganz sachte schob Rona sich über die Hügelkuppe und hinein in das Gebüsch, das Nonno und Gunther zum Pinkeln nutzten. Sie roch den Urin, aber für Ekel war keine Zeit. Übervorsichtig robbte sie an Gunther heran.
»Zerschneide meine Fesseln! Und dann gib mir dein Messer!«, befahl Gunther.
Rona zog ihr kleines Messer aus dem Gürtel. Obwohl Gunther es vor wenigen Tagen erst geschliffen

hatte, hatte sie Mühe, die rauen Stricke an seinen Handgelenken damit zu durchtrennen.
»Beeil dich mal!«, befahl der Vagant und machte Anstalten, näher zu kommen.
»Bin gleich fertig!« Gunther tat, als ziehe er seine Hose hoch. »Schneller!«, drängte er Rona.
Sie biss die Zähne so fest zusammen, dass sie quietschend übereinander rutschten. Dann hatte sie es geschafft. Die Stricke fielen lautlos zu Boden.
»Endlich!« Rona steckte Gunther den Messergriff zwischen die Finger. »Geht es?«
»Sie sind taub, aber es muss. Verschwinde jetzt. Er kommt!«
Hastig robbte Rona zurück hinter den Hügel. Kurz überlegte sie, ob sie sich verborgen halten sollte, aber dann siegte ihre Neugier. Vorsichtig hob sie den Kopf so weit, dass sie sehen konnte, was geschah.
Gunther hielt seine Hände vor dem Leib, als seien sie noch immer gefesselt. Der Vagant griff nach seinem Arm, und da nutzte er die Gelegenheit. Mit einer einzigen, schnellen Bewegung setzte Gunther ihm die Klinge an die Kehle.
»Überrascht? Wehe, du gibst einen Laut von dir. Dann schlitze ich dir den Hals auf.« Er stieß den Vaganten in Richtung Gefängnishütte. »Aufmachen!«, befahl er ihm.
Der Vagant schien zu überlegen, aber die Klinge an seinem Hals brachte ihn rasch zur Vernunft. Er nestelte den Riegel vor der Tür fort und stieß sie auf.

Sofort war Nonno zur Stelle.
Und in diesem Moment gellte der Alarmschrei des Vaganten durch die Nacht.
»Lauft!« Gunthers Stimme brach sich in den Weiten des Moors.
Es hätte seiner Aufforderung nicht bedurft. Gleichzeitig hetzten er und Nonno los, und auch Rona warf sich auf den Fersen herum und rannte, so schnell sie konnte.
Gunther war hinter ihr. Dann war er neben ihr. Er griff nach ihrer Hand, zerrte sie mit sich.
Pfeile schossen an ihnen vorbei. Laute Rufe schollen heran.
Und dann hörte Rona den dunkelhaarigen Riesen sagen: »Lasst sie laufen. Wir haben ihre Pferde, das genügt.«
Trotzdem hetzten sie noch eine ganze Weile weiter. Und endlich ließen sie sich erschöpft auf den weichen Moorboden fallen.

»Das war eine reife Leistung!« Nonnos Stimme erfüllte Rona mit Stolz. Lächelnd sah sie ihn an, und er erwiderte das Lächeln! Unauffällig rieb er sich über die aufgeschürften Stellen an den Handgelenken, aber als er bemerkte, dass sie es sah, hielt er sofort inne.
»Tut es sehr weh?«, fragte sie.
»Kaum der Rede wert!« Die großspurige Geste, die er dabei machte, ließ Rona auflachen.

»Was waren das für Kerle?«, fragte sie Gunther. Seit dem frühen Morgen waren sie jetzt wieder auf dem Bohlenweg und hofften, das Moor spätestens am Ende dieses Tages hinter sich gelassen zu haben.

»Ganz einfache Gesetzlose, glaube ich.« Gunther zuckte die Achseln. »Sie haben versucht, aus uns herauszukriegen, woher wir kommen. Wahrscheinlich hatten sie vor, Nonnos Vater zu erpressen.«

»Dass wir etwas sehr Wertvolles hatten, haben sie nicht begriffen, oder?« Rona tippte gegen das in gewachstes Leder eingeschlagene Bündel, das Gunther an seinem Gürtel trug.

»Vielleicht. Vielleicht aber waren sie auch nur zu schlau, das Buch an sich zu nehmen. Sie hätten es verkaufen müssen, und das wäre aufgefallen.«

»Stimmt.« Rona fühlte sich leicht und beschwingt, als habe die überstandene Gefahr ihren Körper in den eines Engels verwandelt.

»Und darüber hinaus haben sie jetzt unsere Pferde. Damit sollten sie mehr als zufrieden sein«, setzte Gunther hinzu.

Ein Anflug von Wehmut überkam Rona, als sie an Blume dachte, konnte aber die Leichtigkeit nicht ganz vertreiben. »Hoffentlich behandeln sie sie gut!«

»Das tun sie bestimmt. Pferde sind wertvoll für sie.« Gunther deutete voraus. »Da vorne ist das Moor zu Ende!«

Nachdem sie das Moor verlassen hatten, und sein Geruch hinter ihnen zurückblieb wie eine unangenehme Erinnerung, trat Nonno dicht an Ronas Seite. Er brauchte eine Weile, bis er sich aufraffen konnte, etwas zu sagen.
»Danke«, meinte er schließlich. »Du warst ganz schön mutig!«
Fast hätte Rona mit einer spöttischen Bemerkung reagiert, aber sie beherrschte sich gerade noch rechtzeitig. »Bitte«, erwiderte sie schlicht, aber in ihrem Bauch begann es zu krabbeln.
Nonno sah voraus. »Bald sind wir zu Hause.«
»Ja.«
»Freust du dich?«
»Natürlich. Ich habe meinen Vater sehr vermisst.«
Nonno holte tief Luft. »Manchmal hat man das gemerkt.«
»Wirklich?«
»Ja.«
»Ich hatte nicht den Eindruck, dass du dir viele Gedanken um mich gemacht hast.« Rona fühlte sich unwohl dabei, ihre negativen Empfindungen auszusprechen. Groß erschien ihr die Gefahr, dass Nonno wieder wütend werden und sich erneut zurückziehen würde. Aber sie konnte auch nicht einfach schweigen. Obwohl sie sich inzwischen fast sicher war, dass seine Bissigkeit von der Eifersucht auf Friedrich kam, hatte sie dennoch das Gefühl, es stünden einige wichtige Dinge zwischen ihnen. Sie wollte sie geklärt haben, bevor sie sich erneut

Hoffnungen darauf machte, er könne sie vielleicht gern haben.
»Habe ich aber.«
»Das ist schön. Wirklich.«
Nonno schwieg.
»Was hast du vor, wenn wir wieder zu Hause sind?«, fragte Rona. »Gehst du zurück ins Kloster?«
»Nicht, wenn ich es vermeiden kann.«
»Meinst du, dein Vater lässt mit sich reden?«
»Er wird mich wie einen erwachsenen Mann behandeln nach dieser Reise.«
So sicher klang Nonno, dass Rona nachdenklich in sich hineinlauschte. Ebenso wie ihn, erkannte sie, hatte die Reise auch sie verändert. Sie war erwachsen geworden. Sie hatte gelernt, für ihre Taten geradezustehen, und was vielleicht noch wichtiger war: Sie wusste jetzt, was sie wollte!
Und sie würde sich von nichts und niemandem von ihrem Willen abbringen lassen.
Aus dem Augenwinkel sah sie Nonno an. »Wahrscheinlich hast du Recht«, sagte sie.
»Und du?«
»Was ich machen werde?«
»Ja.«
Rona tat, als überlege sie, aber in Wirklichkeit versuchte sie nur, Kraft zu sammeln für das, was sie jetzt sagen wollte. »Ich werde weiter lernen.«
Nonno richtete die Augen auf sie. Eine Weile lang wanderten seine Blicke über Ronas Züge, dann nickte er. »Ja. Das ist gut.«

Rona schluckte.
Irgendwie hatte sie gehofft, er würde etwas anderes sagen.

31. Kapitel

ie erreichten Hildesheim kurz vor dem ersten Advent. Rona schaute von dem letzten Hügel hinunter auf die Stadt, und wilde, ungestüme Freude durchrieselte sie.
Heute würde sie ihren Vater wiedersehen!
Mehr als ein Jahr war sie fortgewesen! Es kam ihr vor wie ein einziger Tag.
»Rona?« Als sie durch das Andreasviertel gingen, ließ eine fragende Stimme Rona innehalten.
Sie drehte sich um. »Michael!«
Michael stand vor ihr und stierte sie aus tellergroßen Augen an. Sie musste lachen. »Du siehst aus, als hättest du ein Gespenst gesehen!«
Er öffnete den Mund, klappte ihn wieder zu, öffnete ihn erneut. »Ich, ich dachte, du bist …«
»Was? Tot? Nun, wie du siehst, lebe ich noch.«
Während Rona das sagte, trat eine junge Frau neben Michael. Sie hatte ein grobporiges Gesicht, aus dem zwei hübsche, grüne Augen leuchteten. Rona warf ihr einen fragenden Blick zu.
Michaels Ohren wurden rot. »Äh, Rona, das ist Frieda, meine …« Er hustete verlegen. »Meine Verlobte. Ich meine …«
Noch einmal lachte Rona auf. »Du dachtest, wo ich doch tot bin!« Sie schlug ihm kumpelhaft auf die

Schulter. »Kein Problem!« Auf diese Weise war wenigstens eine Entscheidung von ihr fortgenommen worden.

Michael wirkte verletzt. Rona lächelte ihm und Frieda zu, und dann ließ sie sie stehen.

Nonno lachte leise. »Armer Tropf!«

»Warum das?«

»Er hat wohl gedacht, du würdest enttäuschter sein.«

»Kann sein.«

Gunther war ihnen ein Stück vorausgegangen. Jetzt folgten sie ihm durch das Tor der Domburg und quer über den Kirchplatz bis zum Palast des Bischofs.

Gunther hielt einen Mönch an, der an ihnen vorbeieilte, und bat ihn, dem Bischof ihre Ankunft mitzuteilen. Der Mönch warf einen Blick auf Nonno, zog die Augenbrauen zusammen und rannte eiligst davon. Es dauerte nur Augenblicke, da kam er auch schon wieder.

»Der Bischof erwartet Euch in seiner Halle!«, rief er atemlos bereits von weitem.

Als sie ihren Weg fortsetzten, fiel Rona das erschrockene Gesicht auf, mit dem der Mönch ihnen nachblickte. Sie sah ihn mit einem zweiten Mönch tuscheln, aber alles, was sie verstand, waren die Worte: »… der Sohn von Graf Germunt, ja … armer Kerl …«

Der Bischofspalast und die Halle kamen Rona heute lange nicht so Ehrfurcht gebietend vor wie noch vor einem Jahr. Lag es daran, dass sie mit dem Buch hier ankam? Oder vielleicht an den vielen Erfahrungen, die sie seitdem gemacht hatte? Sie straffte sich. Ihr Blick fiel auf Nonno, und auf dessen Gesicht lag ein zufriedenes, ruhiges Glühen. Er schien das seltsame Verhalten der Mönche nicht bemerkt zu haben.

Der Bischof trat ihnen entgegen. »So hat Gott Euch sicher zu mir zurückgeführt!« Mit einer angemessenen Geste nahm er Gunthers Paket in Empfang. Rona konnte das Glitzern in seinen Augen sehen, das seine Erregung zeigte. Ihr Lächeln wurde noch breiter.

Bernward nahm das Paket, legte es andächtig auf einem Tischchen ab und kniete nieder, um es auszuwickeln. Als das Buch vor ihm lag, schaute er lange Zeit nur schweigend darauf hinab.

Endlich strich er über den Deckel und öffnete es.

»Ja!« Mehr sagte er nicht.

Rona sah ihm zu, wie er mit bebenden Lippen zu lesen begann.

Es dauerte eine Weile, bis er sich besann, dass er nicht allein war. Er hob den Blick von seinem neuen Buch und heftete ihn auf Nonno. Plötzlich waren seine Gesichtszüge so düster, dass Rona erschrak.

Und noch mehr erschrak sie, als der Bischof sich an Gunther und sie wandte und sie bat, draußen zu warten.

»Was hat er gesagt?« Bange starrte Rona in Nonnos Gesicht, als er endlich aus dem bischöflichen Gemach trat. Er war blass, und in seinen Augenwinkeln schimmerte es feucht.

»Mein Vater ist gestorben«, murmelte er. Mehr bekam Rona nicht aus ihm heraus.

Gunther nahm die Nachricht vom Tod des alten Grafen mit unbewegter Miene auf, und auch er akzeptierte, dass Nonno vorerst nicht über Einzelheiten sprechen wollte.

»Die Schuld deines Vaters ist beglichen«, sagte er zu Rona. »Ich vermute, du willst jetzt sofort zu ihm, oder?«

Rona nickte nur. Sie sah Nonno an und fühlte Wut in sich aufsteigen. Warum musste so etwas ausgerechnet jetzt passieren? Zu gerne hätte sie sich gemeinsam mit Nonno über ihre glückliche Rückkehr gefreut. Aber nun, da sie ihn so traurig sah, konnte auch sie nicht mehr froh sein. Sie griff nach Nonnos Hand und drückte sie. Er sah auf und versuchte ein Lächeln, das jedoch kläglich misslang.

»Ich bringe dich noch nach Hause«, sagte er mit heiserer Stimme.

Eine halbe Stunde später erklommen sie den Hügel, der zu Ronas Dorf hinaufführte.

Ihr Vater stand vor dem Haus. Er hatte die Hände in die Hüften gestemmt und blickte den Weg entlang, als warte er auf Rona. Sie blieb stehen. Ein

schmerzlicher Stich fuhr durch ihr Herz. Ob er das letzte Jahr über jeden Tag so dagestanden und nach ihr Ausschau gehalten hatte?
Als Vater sie sah, richtete er sich auf, hob eine Hand über die Augen, wie um sie gegen die Sonne zu beschatten, die jedoch an diesem Tag gar nicht schien. Unglaube erschien auf seinen Zügen, dann ein glückliches, breites Lachen.
Rona gab sich einen Ruck. Die letzten Meter flog sie förmlich. Sie warf sich in die Arme ihres Vaters, umschlang ihn, als würde sie ihn niemals wieder loslassen können. Lachend und weinend zugleich rieb sie ihre Wange an seiner Schulter, und als sie sich endlich losmachte, um ihn anzusehen, da bemerkte sie, dass auch er weinte.
»Du bist wieder da!«, flüsterte er. Tiefe Falten hatten sich in seine Augenwinkel gegraben. »Endlich bist du wieder da!«

Nachdem sie sich beruhigt hatten, bemerkte Vater Nonno. Er musterte ihn lange, nickte ihm dann freundlich zu und bat die beiden ins Haus.
Hier hatte sich nichts verändert. Ronas Lager mit dem Kissen befand sich in der vertrauten Ecke und sogar das halbfertige Tuch auf dem Webstuhl schien das ganze Jahr lang auf sie gewartet zu haben.
Sie hatte plötzlich einen dicken Kloß im Hals.
Nonno folgte der Aufforderung ihres Vaters, sich zu setzen, und nachdem Rona ihrer Beklemmung

Herr geworden war, tat sie es ihm gleich. Die nächsten Stunden verbrachten sie damit, Vater in allen Einzelheiten ihre Reise zu erzählen.
Er hörte zu, stellte Fragen und machte Zwischenbemerkungen, wenn ihm das Ganze zu seltsam vorkam.
»Tja«, endete Nonno schließlich. »Und da sind wir wieder. Der Bischof hat sein Buch, Ihr seid wieder ein freier Mann und Eure Tochter ...« Er verstummte.
Rona sah ihn an.
Über Vaters Gesicht flog ein Schatten, und die Linien, die der Kummer im letzten Jahr in sein Gesicht graviert hatte, wurden noch ein wenig tiefer.
»Was ist?«, fragte Rona.
»Jetzt, da ihr alles berichtet habt«, sagte er, »ist es wohl an der Zeit, euch zu erzählen, was hier geschehen ist. Ich konnte Eurem Gesicht ansehen, junger Herr, dass man Euch bereits in Kenntnis gesetzt hat.«
Nonno nickte, das Gesicht steinern. »Der Bischof wollte mir keine Einzelheiten erzählen. Er sagte mir, Ihr würdet es besser wissen.«
Rona fühlte, wie etwas in ihrem Innersten erzitterte.
»Nachdem ihr zwei oder drei Monate fort wart«, begann ihr Vater zu erzählen, »traf ein Bote hier bei mir ein. Ein Bote Eurer Mutter, Fridunant. Von ihm weiß ich, dass Euer Vater und auch Euer Bruder bei einem Brand umkamen.«

Nonno lehnte sich zurück und schloss die Augen. Seine Finger hatten angefangen zu zittern. Ohne darüber nachzudenken, legte Rona eine Hand auf sie. Nonno öffnete die Augen wieder, schien sie aber gar nicht wahrzunehmen.

Ronas Vater berichtete nun in Einzelheiten, was geschehen war. Als er endete, glaubte Rona, den Geruch des Feuers zu riechen, in dem der Graf und sein Sohn umgekommen waren. Ihr Vater räusperte sich. »Eure Mutter hoffte, dass ich weiß, wo Ihr Euch befindet, aber natürlich wusste ich nicht mehr als sie.« Vater hatte die Hände auf der Tischplatte zu Fäusten geballt, als spüre er noch jetzt die Hilflosigkeit, die ihn angesichts der Situation erfasst hatte. »Der Bote reiste Euch nach, aber an Eurer Reaktion sehe ich, dass er Euch nie gefunden hat, nicht wahr? Ihr wusstet bis heute nichts vom Tod Eures Vaters.«

»Ich erfuhr erst durch den Bischof davon.« Nonno schüttelte den Kopf, sehr langsam. Es war nur eine schwerfällige Bewegung einmal nach rechts und einmal nach links, und dann erstarrte er zu völliger Bewegungslosigkeit.

Lange saß er so da. Rona überlegte, was sie sagen sollte, aber ihre Kehle war wie zugeschnürt. Irgendwann erhob sich Nonno, zögerte kurz. Dann schlug er mit beiden Fäusten auf die Tischplatte, wandte sich ab und ging hinaus.

Vater hielt Rona zurück, als sie ihm folgen wollte.
»Warte ein bisschen, bis er sich gefasst hat«, riet er, und Rona folgte seinem Rat.
Als sie nach draußen ging, wo Nonno sich gegen die Hauswand gelehnt hatte und in den Himmel starrte, war es schon beinahe finster. Die ersten Sterne zeigten sich funkelnd dicht über dem östlichen Horizont, und ein schmaler Mond stand direkt über ihren Köpfen. Rona stellte sich vor, wie er sich in ein silbernes Boot verwandelte und Nonno und sie einfach forttrug. Tränen standen ihr in den Augen, denn sie wusste bereits, was kommen würde.
Ohne Nonno zu berühren, stellte sie sich neben ihn, verschränkte die Arme vor der Brust, um sich selbst Halt zu verschaffen. Eine Wolke zog vor dem Mond vorbei und ließ ihn blinzeln.
Rona räusperte sich. »Du darfst deine Mutter nicht noch länger warten lassen«, gelang es ihr schließlich zu sagen. Alles in ihr wollte sie davon abhalten, aber sie zwang sich, ruhig und sachlich zu sprechen.
»Ich weiß. Sie braucht mich.«
Der Wind rauschte in den Bäumen des nahen Waldes. Rona hörte ein Käuzchen schreien und dann, aus weiter Ferne, das Läuten irgendwelcher Glocken.
»Du wirst nicht mehr Mönch werden müssen«, versuchte sie der Situation etwas Gutes abzugewinnen. »Du kannst das Gut deines Vaters übernehmen.«
»Ja.«
»Vielleicht kannst du irgendwann selbst Graf wer-

den, Nonno. Ich bin nur die Tochter eines einfachen Schmiedes.«

Jetzt wandte Nonno den Blick vom Himmel ab und heftete ihn auf Ronas Gesicht. Er sah sie an, als sähe er sie zum ersten Mal. Oder zum letzten. Rona spürte, wie ihre Augen überzulaufen drohten.

»Das ist mir ganz egal«, sagte er mit heiserer Stimme. Jetzt erst sah Rona, dass er mit irgendetwas herumspielte. In der herrschenden Finsternis konnte sie aber nicht erkennen, was es war. »Ich möchte, dass du mit mir kommst.«

Vater trat aus der Hütte, näherte sich ihnen jedoch nicht. Rona wusste, dass er jedes ihrer Worte mitgehört hatte, als er leise sagte: »Ihr seid noch nicht volljährig, junger Herr. Und Rona ist es auch nicht.«

Was bedeutete, dass er Rona nicht die Erlaubnis geben würde, mit Nonno zu gehen.

Sie schluckte. Sie war einmal mit Nonno fortgelaufen, und sie hatte heute im Gesicht ihres Vaters lesen können, welchen Kummer sie ihm damit bereitet hatte. So sehr sie sich auch wünschte, bei Nonno zu bleiben, ihr war klar, dass sie Vater das nicht ein zweites Mal antun konnte.

»Eure Tochter verdient ein besseres Leben als das hier«, murmelte Nonno. »Sie hat unterwegs lesen und schreiben gelernt. Sie könnte so vieles erreichen.«

»Ich weiß. Und ich glaube Euch, dass Ihr ihr das bieten könnt – sobald Ihr ein Mann geworden seid. Aber das seid Ihr noch nicht, so Leid es mir tut.«

In Rona tobten die unterschiedlichsten Gefühle. Zorn auf sich selbst und auf Nonno, weil sie so lange gebraucht hatten, um sich über ihre Gefühle klar zu werden. So lange, bis es zu spät war. Neben dem Zorn empfand sie Trauer, weil sie nun auch noch Nonno verlieren würde, so wie sie Kunigunde und Friedrich verloren hatte.

Eine Träne löste sich aus ihren Wimpern und rollte ihr über die Wange.

Nonno stieß sich von der Hauswand ab und steckte den Gegenstand, mit dem er gespielt hatte, fort. Jetzt sah Rona, dass es das Wachstafelbuch gewesen war, das sie ihm in Ravenna gegeben hatte. »Ich muss gehen, Rona.«

Rona hätte sich am liebsten in seine Arme geworfen und ihn festgehalten, aber sie tat es nicht. Sie nickte nur.

»Es tut mir Leid«, sagte Nonno.

»Kommst du wieder?«

»Die Wahrheit ist, ich weiß es nicht.«

Nicht einmal das bekam sie: ein wenig Hoffnung.

Nonno gab sich einen Ruck. Er kam auf Rona zu und zog sie in seine Arme. Tief sog sie seinen vertrauten Geruch ein.

Dann machte er sich los, und ehe Rona es begriffen hatte, hatte die Finsternis ihn verschluckt.

Zwei Jahre später

audao, laudas, laudat, laudamus, lau...« Der neunjährige Junge, der vor ihrem Haus zu Ronas Füßen hockte und Verbformen hersagte, hielt mitten im Wort inne und biss sich grübelnd auf die Lippe. Gemeinsam mit seinem Bruder und zwei anderen Kindern war er gekommen, um eine wöchentliche Lateinstunde erteilt zu bekommen.

Rona ließ ihren Stock sinken, mit dessen Hilfe sie den Kindern den Takt vorgab. Sie war stolz darauf, dass sie ihn fast nie dazu benutzen musste, um einen Hosenboden strammzuziehen.

»... *laudatis«*, sagte sie vor. »Und dann *laudant*. Hast du zu Hause nicht geübt, Johannes?«

Der Junge rümpfte die Nase, ließ seine Unterlippe in Ruhe und schüttelte dann zögerlich den Kopf.

»Warum nicht? Ich hatte es dir doch aufgetragen.«

»Weil es blöd ist! Wozu muss ich wissen, was diese ganzen Wörter heißen? *Ich lobe, du lobst, er lobt* – so ein Schwachsinn!«

Rona unterdrückte ein Lächeln. Sie konnte den Vater des Jungen aus seinem kleinen Mund sprechen hören. Johannes, der Zimmermann aus dem Andreas Viertel, war nicht besonders erbaut darüber, dass seine Frau Agnes darauf bestanden hatte, ihre beiden Söhne zu Rona in den Unterricht zu geben. »Es ist überhaupt kein Schwachsinn, etwas zu lernen«, belehrte Rona den Knaben. »Je mehr du weißt, umso besser wird es dir später einmal ergehen.«

»Ich muss nur hier rumhocken, weil Mutter es so will!« Johannes pustete sich gegen die Haare.

»Genau! Denn deine Mutter ist eine kluge Frau! Und du solltest ihr dankbar sein, dass sie deinen Vater überredet hat, dir und deinem Bruder diese Stunden zu bezahlen!«

»Pah!« Johannes winkte ab. Rona war klar, dass sie ihn nicht überzeugen würde. Bei Jungen seines Alters half alles Reden nichts.

Sie wandte sich seinem kleineren Bruder zu. »Und du, Matthäus? Warst du denn wenigstens fleißig?« Ihm hatte sie die Konjugation der unregelmäßigen Verben aufgegeben, und jetzt plapperte er voller Stolz drauf los:

»*sum, es, est, sumus, estis, sunt, eram, eras, erat, eramus, eratis, erant.* Dann kommt: *ero, eris, erit, erimus ...*«

Lachend hob Rona die Hände. »Schon gut, schon gut! Das war hervorragend.« Sie beobachtete Johannes dabei, wie sie seinen kleinen Bruder lobte, aber der Ältere zeigte keinerlei Reaktion. Stattdessen starrte er träumerisch in den Himmel und verfolgte den Flug der Schwalben. Die Sonne schien warm auf sie herab, zeichnete helle Flecken auf die Erde.

Rona fragte auch noch ihre anderen beiden Schüler

ab und wollte sich dann einer neuen Übung zuwenden, als Johannes plötzlich seufzend murmelte: »Hoffentlich kommt Vater bald!«
Mit seinem Vater hatte Rona vereinbart, dass sie die beiden Kinder so lange unterrichten durfte, bis sie für andere Aufgaben gebraucht würden. Manchmal nutzte der Zimmermann diese Vereinbarung für seine Zwecke, kam mit einem Vorwand und löste seine Kinder aus. Rona ärgerte sich über dieses Verhalten, aber sie konnte nichts dagegen machen. Sie war ja schon froh, dass es ihr gelungen war, die Eltern der Kinder dazu zu bringen, sie zu ihr zum Studieren zu schicken – und ihr dafür auch noch einige Münzen zu zahlen, mit denen sie ihren Lebensunterhalt bestreiten konnte.
»Es wird nicht mehr lange dauern!«, prophezeite Rona und lächelte den kleinen Matthäus an. Wie immer würde er auch heute derjenige sein, der sich am Ende der Stunde als bester Schüler einen Apfel verdient hatte.
»Mutter hat gesagt, dass Vater uns heute zu Ende lernen lassen soll«, verkündete der Knirps ernsthaft. »Er kommt bestimmt nicht.«
»Und wenn doch?« Johannes zog die Stirn in tiefe, missmutige Falten. »Immerhin hat Vater das Sagen in unserem Haus, oder etwa nicht?«
Matthäus war klug genug, darauf nicht zu antworten.
Johannes fixierte Rona. »Und er will auf keinen Fall, dass auch Maria hierher kommt!«

Rona ging nicht auf die Provokation ein. Sie wusste, dass Johannes' Vater sich weigerte, auch seine einzige Tochter zu ihr zum Studium zu schicken. Bisher hatte weder ihr gutes Zureden den Zimmermann umstimmen können, noch das von Agnes.
Rona seufzte. Es war noch ein langer Weg bis zu jenem Tag, an dem sie auch Mädchen würde unterrichten dürfen. Aber sie beklagte sich nicht. Sie war glücklich mit dem, was sie tat, und sie hätte sich kein besseres Leben vorstellen können.
»Erzählst du uns ein bisschen von deiner Reise nach Ravenna?« Matthäus' Bitte riss Rona aus ihren Gedanken. Ihr ging auf, dass sie unaufmerksam gewesen war, und diese Unaufmerksamkeit nutzten die Kinder natürlich sofort, um sie vom Unterrichten abzuhalten.
»Ein anderes Mal!«, wehrte sie ab. Sie hatte schon den ganzen Tag mit leiser Wehmut an ihre Abenteuer denken müssen. Es wunderte sie, dass sie ausgerechnet heute ihren Kopf nicht von den Erinnerungen befreien konnte.
»Och!«, schmollte Matthäus. »Bitte! Bitte! Die Geschichte, in der du fast Prinzessin geworden wärest!«
Es war Matthäus' Lieblingsgeschichte, und er ließ sich auch nicht vom Spott der Größeren davon abbringen, Rona immer wieder darum zu bitten, sie zu erzählen. Rona strich ihm zärtlich über den Kopf.
»Weißt du, dass ich auch gern so einen selbstbe-

wussten und klugen Kerl als Sohn hätte?«, fragte sie.

»Warum hast du keine Kinder? Du bist doch schon so alt!«

Mit leisem Lachen erwiderte Rona: »Ja. Fast achtzehn. Uralt, nicht wahr?« Sie gab keine Antwort auf die Frage. Der Gedanke an Nonno war zu schmerzhaft auf einmal.

»Hast du keinen Mann gefunden dafür?« Wie üblich, war Matthäus nicht gewillt, so schnell lockerzulassen. Die drei anderen Jungen hörten mit einer Mischung aus Interesse und Langeweile dem Gespräch zu. Für sie war alles besser, als zu lernen.

»Nein.« Rona schluckte.

»Warum nicht?«

»Nun, um die Wahrheit zu sagen: Ich hatte schon einen, aber der musste fortgehen.«

»War er ein Prinz?«

Rona lachte auf. »Natürlich nicht, du Dummchen!« *Aber ein Grafensohn,* fügte sie in Gedanken hinzu. *Und darum ist er auch fortgegangen.* Sie schob die Erinnerungen von sich, aber wie anhängliche Lämmer, die man von ihren Müttern zu trennen versuchte, schafften sie es immer wieder, sich von hinten neu zu nähern.

»Warum hast du keinen Schmied geheiratet? Vater sagt, dass es deine Pflicht gewesen wäre, einen Schmied zum Mann zu nehmen, damit die Schmiede deines Vaters weitergeführt werden kann.« Jetzt schien das Gespräch doch noch Johannes' Interesse gefunden zu haben.

Rona ließ ihren Blick über die leerstehende Schmiede wandern. Seit mehr als einem Jahr war das Feuer in der Esse jetzt schon erloschen – seit ihr Vater bei einem Unfall einen Arm verloren hatte.

»Ich habe das Glück, einen klugen Vater zu haben«, sagte Rona zu Johannes. »Einen, dem wichtiger ist, dass ich glücklich bin, als dass seine Schmiede weiterbesteht.«

»Das ist nicht klug!« Beharrlich schüttelte Johannes den Kopf. »Das ist sogar ziemlich dumm!«

Rona war versucht, ihm Recht zu geben. Sie ernährte sich und ihren kranken Vater nur mit Mühe durch ihre Arbeit als Lehrerin. Bisher war es ihr weder gelungen, die Kinder der reichen Händler aus der Stadt als Schüler zu gewinnen, noch hatte sie Erfolg gehabt mit dem Versuch, sich als Schreiberin zu etablieren. Wären nicht Agnes und eine weitere einigermaßen wohlhabende Handwerkersfrau gewesen, die sich selbst und ihre Kinder zu ihr in die Schule gaben, sie hätte wahrscheinlich am Hungertuch nagen müssen.

Sie wandte den Kopf der Sonne zu und unterdrückte ein Seufzen. Dennoch war das hier genau das, was sie für den Rest ihres Lebens tun wollte, dachte sie. Sie war glücklich damit, und sie würde es immer sein – egal, wie wenig Geld sie damit verdienen mochte.

»Als du aus Ravenna zurückgekommen bist, konntest du da alles das, was du uns beibringst?«, fragte Matthäus. Er hatte sich in einen Schneidersitz gehockt, und jetzt beugte er sich vor, um Ronas Antwort besser zu verstehen.

»Natürlich nicht! Ich war ja nur ein einziges Jahr weg. Das ist viel zu wenig Zeit, um zu lernen. Aber als ich wieder da war, da hatte ich ein wenig Glück.«

»Die alte Marianne hat ihr doch geholfen!«, meinte Johannes abfällig, als sei es völlig klar, dass man das wissen musste.

Matthäus ließ sich nicht beeindrucken. »Wie hat sie geholfen?«

Er war erst fünf Jahre alt, er konnte sich an Marianne nicht mehr erinnern, die kurz nach Ronas Rückkehr gestorben war.

»Als ich zurück war aus Ravenna, da besuchte sie mich hier zu Hause«, erzählte Rona. »Sie war schon früher der Meinung gewesen, dass ich einen klugen Kopf hatte, aber durch die Reise schien ich so viel gelernt zu haben, dass sie in dieser Annahme bestätigt wurde.« Rona dachte daran, wie die Alte vor ihr gestanden hatte.

»Du bist groß geworden, Rona!«, hatte sie gesagt. Ihre Stimme hatte noch brüchiger geklungen, als Rona sie in Erinnerung gehabt hatte, und ihre Gestalt war noch gebeugter gewesen als früher. »Aber so ist das! Die einen werden alt, die anderen erwachsen.«

Und nachdem sie sich eine Weile mit Rona unter-

halten und auf diese Weise erfahren hatte, was ihr alles geschehen war auf ihrer Reise, war sie murmelnd und kopfwackelnd wieder davongeschlurft.
Zwei Wochen später dann war ein Schreiben des Bischofs bei Rona abgegeben worden. Zuerst hatte sie gedacht, es müsse ein Irrtum sein, aber dann hatte sie erkannt, dass es an sie adressiert war. Staunend hatte sie es gelesen …
»Sie hat sich an den Bischof gewandt«, erzählte Rona den Kindern. »Und sie hat eine Bitte an ihn gerichtet. Ihr wisst, dass das ab und an erlaubt ist, nicht wahr? Wenn ein hoher Festtag gefeiert wird, zum Beispiel. Dann dürfen die armen Leute vor den Bischof treten und eine Bitte an ihn richten. Marianne bat ihn, mich auf eine Schule zu schicken.«
Matthäus riss die Augen auf. »Und das hat er gemacht?«
Rona lächelte und dachte daran, wie treffend Marianne damals ihre Reise vorhergeahnt hatte. »Manche Leute im Dorf sagen, sie hat Bischof Bernward wohl verhext, aber das ist natürlich Unsinn! Ja, er hat es gemacht. In seinem Brief teilte er mir mit, dass ich die Erlaubnis hatte, in einem Kanonissenstift hier in der Nähe Studien zu betreiben und zu lernen. Ich blieb dort, bis vor wenigen Monaten. Nur einmal bin ich zwischendurch nach Hause gekommen.«
Ihr Vater hatte ihr die Nachricht überbracht, dass die alte Marianne im Sterben lag. Rona hatte das Stift verlassen und war gemeinsam mit ihm nach

Hause zurückgekehrt, und dort, am Sterbebett der alten Frau, hatte sie sich entschlossen, den Platz der Alten einzunehmen. Sie beendete die Ausbildung im Stift und kehrte endgültig in ihr Dorf zurück, um Heilerin zu werden. Und schließlich die Lehrerin, die sie heute war.
Rona blickte den Hügel hinab, von wo eine hochgewachsene, kräftige Gestalt auf das Dorf zukam.
»Euer Vater«, sagte sie zu Johannes und Matthäus.
Die beiden folgten ihrem Blick. In Johannes' Gesicht leuchtete es auf. Er war schon auf den Beinen, bevor er sich dessen besann, was er gelernt hatte, und Rona fragend ansah.
»Geht schon!«, lachte sie. »Ich kann euch bei dem Wetter sowieso nicht halten, oder?«
Sie sah zu, wie die vier Kinder dem Zimmermann entgegenliefen und ihm irgendetwas erzählten. Der ältere Johannes sah zu Rona zurück und winkte ihr zu.
Rona erwiderte den Gruß.
Als ihre Schüler zusammen mit dem Mann aus ihrem Sichtfeld verschwunden waren, erhob sie sich und streckte den schmerzenden Nacken. Im Haus gab es einige Arbeit zu tun. Sie musste einen Brief für Agnes schreiben und das Essen für den Abend kochen.
Aber irgendwie verspürte sie weder zu dem einen noch zu dem anderen Lust.
Die stille Sehnsucht, die sie schon den ganzen Tag umfangen hatte, wurde wieder stärker, und so ent-

schloss sie sich, einen Spaziergang zum Friedhof zu machen. Er war nur klein, und sie kannte den Weg dorthin genau. Sie wanderte eine Weile durch die Reihen, bevor sie kurz an dem Grab ihrer Mutter stehen blieb, um ein Gebet zu sprechen.
Dann ging sie weiter zu einem schlichten Holzkreuz. »Marianne« stand in großen Buchstaben darauf. Um die Arme des Kreuzes gewunden lag eine schmale, stark angelaufene Kette. An der Kette hing die kleine Phiole, die Rona einst von Königin Kunigunde erhalten hatte. Als sie in das Stift gegangen war, hatte sie sie Marianne zum Dank für ihre Hilfe geschenkt, und nachdem man die Alte begraben hatte, hatte sie es für richtig gehalten, das Fläschchen nicht wieder an sich zu nehmen. Seit jenem Tag hing es hier an dem Kreuz, und Wind und Wetter hatten das bunte Glas ausgebleicht und brüchig werden lassen.
Sachte stieß Rona mit dem Finger dagegen und sah zu, wie die Phiole hin- und herpendelte.
»Rona?« Die Stimme ihres Vaters ließ sie sich umwenden.
»Vater.« Sie küsste ihn auf die Wange, wie immer bemüht, den leeren Ärmel zu ignorieren, der an seiner Seite herabbaumelte. Blass war sein Gesicht und eingefallen. Er wirkte müde, aber in seinen Augen stand ein freudiges Leuchten.
»Was ist?«
Er sah auf das Kreuz. »Bläst du etwa Trübsal?«
Rona zuckte die Achseln. »Nicht wirklich. Ich

muss heute nur schon den ganzen Tag an Nonno denken.«

»Du vermisst ihn noch immer.« Vater legte seine Hand auf Mariannes Kreuz. Es wackelte leicht.

»Ja.« Rona rang sich ein Lächeln ab. »Aber es ist nicht so schlimm. Ich habe den Kindern heute wieder Unterricht gegeben. Der kleine Matthäus entwickelt sich ...« Sie unterbrach sich, weil ihr klar wurde, mit welcher Wärme sie von dem Jungen sprach.

Ihr Vater lächelte. »Du glühst, wenn du von dem Kind erzählst, weißt du das? Und es ist nicht nötig, dass du mich anlügst: Ich weiß, wie sehr du Nonno noch immer vermisst.«

Rona überhörte den letzten Satz. »Es ist so wunderbar anzusehen, wie er lernt und alles in sich aufsaugt, was ich ihn lehre.« Ein heftiges Glücksgefühl durchströmte Rona. Das war es, was sie brauchte, dachte sie. Die leuchtenden Augen von Kindern, ihre klugen Fragen, ja sogar ihren Unmut, wenn sie sie wieder zu lange mit unregelmäßigen Verben gequält hatte. Und den Traum, irgendwann einmal einer ähnlichen Tätigkeit nachgehen zu können wie Claudius. Als Schreiberin. Die Zeit würde kommen, hatte er gesagt, in der Schreiber außerhalb der Klöster würden leben und arbeiten können ...

»Aber du glühst ja selbst«, sagte sie zu ihrem Vater. »Was ist los?«

»Eigentlich bin ich gekommen, um dir zu sagen, dass heute Mittag Besuch für dich angekommen

ist!« Vater trat einen Schritt zur Seite und gab den Blick auf zwei Männer frei, die sich dem Friedhof näherten.
Beide waren sie schlank und hochgewachsen.
Beide trugen lange Schwerter am Gürtel.
Einen der beiden kannte sie nur zu gut.
»Nonno!«, entfuhr es ihr. Sie presste beide Hände an den Mund.
Nonno blieb vor ihr stehen, zögerlich, als müsse er sich erst vergewissern, dass sie es auch tatsächlich war. Rona wusste, wie sehr sie sich in den letzten Jahren verändert hatte, aber er hatte es auch. »Du bist ein Mann!«, flüsterte sie. Ohne Übergang schlug ihr das Herz bis in den Hals.
»Ja.« Er sah Rona an, dann die Kette an Mariannes Kreuz. »Denkst du noch manchmal an unsere Reise?«
»Jeden Tag!«
Rona bemerkte, dass Nonno etwas in den Händen hielt, und nun, da ihr Blick daraufgefallen war, hob er es hoch.
»Die Wachstafeln!« Sie streckte die Hand danach aus.
Nonno stand einfach nur da. »Nach unserem Streit in Ravenna habe ich sie wieder aufgehoben. Erinnerst du dich noch, was du hineingeschrieben hast?«, fragte er.
Rona nickte. »Natürlich.«
»In der Zwischenzeit hatte ich viel Zeit, es zu übersetzen.«

»Und? Wie lautet die Antwort?«
Statt sie zu geben, reichte Nonno Rona die Wachstafeln. Ihre Finger zitterten, als sie zuerst über die abgesplitterte Stelle fuhr und das Büchlein dann aufschlug. Das Wachs, in das sie in Ravenna ihre Frage auf Lateinisch geritzt hatte und das bei Nonnos Wutausbruch gesprungen war, war jetzt hart und spröde geworden. Die alten Worte waren kaum noch zu lesen, aber auf der anderen Seite hatte jemand frisches Wachs hineingestrichen.
Dort stand: *Rona ab Nonnonem amata est.*
Rona wird von Nonno geliebt.
Und darunter in Ronas Muttersprache noch etwas.
Sie las es, und Tränen traten in ihre Augen.
Nonno sah sie furchtsam an. »Willst du?«, fragte er schüchtern. »Ich dachte ... mein Bruder ist jetzt Graf. Er hat entschieden, dass ich das Gut weiterführen soll, das eigentlich ... Ich meine, ich bin jetzt ein erwachsener Mann, und das Gut braucht eine Herrin, am besten eine, die lesen und schreiben kann. Ich will mir ...«
Rona blickte unsicher zu ihrem Vater. Zu gut erinnerte sie sich noch an seine Worte, dass er sie nicht mit Nonno gehen lassen konnte, weil sie beide noch nicht volljährig waren. Sie waren es noch immer nicht, aber ihr Vater schien seine Meinung geändert zu haben. Er nickte lächelnd. Im nächsten Moment flog Rona in Nonnos Arme. »Natürlich will ich!«
Und als Nonno sie stürmisch an sich zog, fiel ihr

das Wachstafelbüchlein aus den Händen. Es landete mit den beschriebenen Seiten oben, und nun war deutlich zu sehen, was dort stand.
Es war nur eine einzige, kurze Frage.
Willst du meine Frau werden?

ENDE

Glossar

Andreas, der heilige – einer der Jünger Jesu, hat nach dessen Tod als Apostel dessen Lehre gepredigt
Aristoteles (384–322 v. Chr.) – griechischer Philosoph, Naturforscher und der einflussreichste Denker des Abendlandes. Seine unzähligen Schriften, unter anderem über Physik, Philosophie, Zoologie und Politik, wurden lange Zeit nur in arabischer Sprache überliefert und zählten im Spätmittelalter dann zu den wichtigsten Texten, die ein Gelehrter studieren musste.
Arithmetik – Teilgebiet der Mathematik, das sich mit Zahlentheorie beschäftigt
Boëthius, Anicius Manlius Severinus (475–524 n. Chr.) – christlicher Philosoph. Er gilt als der letzte Repräsentant des antiken Römertums und hat viele griechische Abhandlungen ins Lateinische übersetzt.
Cellerar – Mönch, der vom Abt eines Klosters mit der Aufgabe betraut wurde, Rohmaterial für die Arbeit der anderen Mönche heranzuschaffen und alle Dinge, die das Kloster nicht selbst herstellen konnte
Domburg – Im Mittelalter wurden häufig Mauern um den Dom und die angrenzenden Gebäude gezogen, um diese vor Angriffen von Feinden zu schützen. In diese Mauern konnten sich die Menschen des Umlandes flüchten, und da die ganze Anlage einer Burg ähnelte, entstand der Name Domburg.
Euklid (um 365–300 v. Chr.) – griechischer Mathematiker, Verfasser zahlreicher mathematischer Schriften, auf die sich die Gelehrten des Mittelalters stützten

Eustachius von Rom (gest. um 118 n. Chr. in Rom) – Heiliger, dessen Fest am 20. September gefeiert wird. Nach der Legende war er ein römischer Heerführer, der zum christlichen Glauben bekehrt wurde und den Märtyrertod starb, als Hadrian römischer Kaiser war.
Heinrich II. – seit 1002 n. Chr. deutscher König, wird 1014 zum Kaiser gekrönt. Ehemann von Kunigunde
Hrotsvita (um 935–973 n. Chr.) – besser bekannt als Roswitha von Gandersheim, Kanonisse im Stift Gandersheim, die als Dichterin berühmt wurde
Kanonisse – Bezeichnung für eine Frau, die ein religiöses Leben führt, das nicht an eine klösterliche Gemeinschaft gebunden war
Kunigunde (um 980–ca. 1033 n. Chr.) – zu Ronas Zeit Königin, später Kaiserin, die nach ihrem Tod heilig gesprochen wurde
Lichtgaden – Eine Kirche besteht oft aus drei Teilen, einem so genannten Mittelschiff und den Seitenschiffen. Das Mittelschiff ragt über die Seitenschiffe hinaus, und häufig befinden sich dort, wo es das tut, Fenster in seinen Mauern. Diese Fenster nennt man Lichtgaden oder auch Obergaden.
Livree – eine Art Uniform für Dienstboten
Phiole – ein birnenförmiges Glasgefäß mit langem, engem Hals
Platon – griechischer Philosoph, der um 400 v. Chr. gelebt hat und dessen Ideen sehr viele antike und mittelalterliche Gelehrte zum Nachdenken angeregt haben
Theophanu (um 955–991 n. Chr.) – Kaiserin, Ehefrau Kaiser Ottos II. und eine der einflussreichsten Herrscherinnen des Mittelalters
Tonsur – am Hinterkopf eines Mönchs rund ausrasierte Stelle, die ihn als Kirchenmann ausweist
Torcello – kleine Insel in der Lagune von Venedig

Nachwort der Autorin

Ich hoffe, dass es euch genauso viel Spaß gemacht hat, Rona auf ihrer Reise zu begleiten, wie mir. Solltet ihr Fragen haben oder zusätzliche Informationen über die Zeit um 1000 n. Chr. benötigen – sei es für eine Hausarbeit, ein Referat oder einfach nur aus persönlichem Interesse –, so würde ich mich über Post von euch freuen.
Ihr erreicht mich über die Verlagsadresse:

>S. Fischer Verlag GmbH
>Fischer Schatzinsel
>z. H. Kathrin Lange
>Hedderichtstr. 114
>60596 Frankfurt am Main

oder aber ihr schickt eine E-Mail direkt an mich:

>kathrin.lange@federwelt.de

Ich freue mich über jeden Brief!

Kathrin Lange